두보시선

이원섭 역해

현암사

두보시선

초판 1쇄 발행 | 2003년 3월 10일
초판 14쇄 발행 | 2024년 7월 1일

역해 | 이원섭
펴낸이 | 조미현

펴낸곳 | (주)현암사
등록 | 1951년 12월 24일·제10-126호
주소 | 04029 서울시 마포구 동교로12안길 35
전화번호 | 365-5051·팩스 | 313-2729
전자우편 | editor@hyeonamsa.com
홈페이지 | www.hyeonamsa.com

ⓒ 이원섭 2003

ISBN 978-89-323-1172-2 03820

두보의 시를 다시 펴내며

현암사의 종용이 있어서, 예전에 다른 출판사에서 문고본으로 냈다가 절판이 됐던 것에 약간의 손질을 한 것이 이 책이다.

내키는 김에 활자의 오식과 성에 차지 않는 번역에 얼마쯤 손을 대고, 작품의 제작 연대가 빠져 있던 것을 하나하나 써넣기도 했다.

시를 연대순으로 묶을까도 고려해 보았으나, 그러자면 보충해야 할 시편이 늘어나 내 체력으로는 무리일 것 같아 예전의 체제 그대로 두기로 했다. 그리하여 다섯 파트로 분류한 그대로 놓아 두다 보니, 이를테면 초기 작품인 「연주의 성루에 올라서」가 '5. 나라는 깨져도 산하는 남고'에 편입되는 따위 어색한 면이 있게도 되었으나, 이는 소재의 유사성을 기준 삼아 대강 묶은 데서 빚어진 결과다. 양해하시기 바란다.

두보는 몇 천년에 걸친 중국문학사에서 홀로 시성(詩聖) 소리를 들어 오는 위대한 시인이다. 서투른 번역이지만 독자들을 그의 시심(詩心)에 접근시키는 데 있어 작은 보탬이나마 되었으면 하는 것이 나의 소망이다.

2003년 3월
이원섭

차례

2. 우정의 푸른 물결

3. 역사가 남긴 향기

5. 나라는 깨져도 산하(山河)는 남고

1
꽃이 지는 강촌

절구 1

긴 봄날 햇볕 받아
강산(江山) 고운데

바람 타고 풍겨 오는
화초의 향기!

진흙 차츰 녹으니
제비들 날고

모래톱 따스하매
원앙은 자꾸 졸음에 빠져들어……

絕句二首 一
절구 이수 일

遲日江山麗 春風花草香 泥融飛燕子 沙暖睡鴛鴦
지 일 강 산 려 춘 풍 화 초 향 이 융 비 연 자 사 난 수 원 앙

주

◆泥融(이융) : 진흙이 녹음. 제비는 진흙을 물어다가 집을 짓는다. ◆燕子
(연자) : 제비. 자(子)는 뜻 없이 붙는 말.

해설

광덕(廣德) 2년(764) 성도(成都)에서 쓴 작품인 듯하다. 평화로운 봄날
의 풍경이어서 특별히 언급할 일은 없으나, 잠시 시름을 잊은 듯해서
읽기에 즐겁다.

절구 2

파아란 강물이기
새 더욱 희고

푸른 저 산, 꽃이 벌어
불이 붙은 듯.

이 봄도 어느덧
다하려느니

어느 제나 내 고향
돌아갈 해리?

絶句二首　二
절구이수　이
江碧鳥逾白　山靑花欲然　今春看又過　何日是歸年
강벽조유백　산청화욕연　금춘간우과　하일시귀년

주

◆逾(유) : 유(愈)와 같음. 더욱. ◆花欲然(화욕연) : 연(然)은 연(燃)과 통해서 불탄다는 뜻. 여기서는 꽃이 활짝 피어서 불타는 것 같음. 양(梁)의 원제(元帝)의 시에도 '임간화욕연(林間花欲然)'이라 했고, 유신(庾信)도 '산화염욕연(山花焰欲燃)'이라 했다. ◆看(간) : 어느덧 옮아간다는 뜻.

해설

봄의 아리따운 경치를 바라보면서 고향에 못 돌아감을 한탄한 작품이다. 기(起)·승(承)의 자연 묘사가 고우면 고울수록 전(轉)·결(結)에서의 한은 깊어질 수밖에 없도록 되어 있는 곳에 이 시의 매력이 있다.

달

천상(天上)에 가을이
가까워지니

인간(人間)에는 달 그림자
맑기도 맑네.

강물에 들어가도
두꺼빈 안 빠지고

약 찧으며 장생(長生)하는
한 마리 토끼.

저로 하여 이 단심(丹心)
괴롬 느끼는데

더욱 뚜렷해지는
나의 흰 머리.

온 세상 싸움으로
뒤덮인 이때

서쪽 땅 병영(兵營)을랑
아니 비추길!

月
월

天上秋期近 人間月影淸 入河蟾不沒 搗藥兎長生
천 상 추 기 근 인 간 월 영 청 입 하 섬 불 몰 도 약 토 장 생
只益丹心苦 能添白髮明 干戈知滿地 休照國西營
지 익 단 심 고 능 첨 백 발 명 간 과 지 만 지 휴 조 국 서 영

주

◆人間(인간) : 이 세상. ◆入河蟾不沒(입하섬불몰) : 고대의 전설적 명궁
(名弓)인 예(羿)가 서왕모(西王母)로부터 얻어 온 불사약을, 그 아내인 항아
(姮娥)가 훔쳐 먹고 달나라에 올라가 두꺼비가 되어 거기에 산다고 한다.
섬여(蟾蜍 : 두꺼비)는 달의 이명(異名)이기도 하다. 강에 들어가도 달(두꺼
비)은 빠지지 않는다는 뜻. ◆搗藥兎長生(도약토장생) : 달의 그림자가 진
부분이 계수나무요, 그 밑에서는 토끼가 약방아를 찧고 있다고 고대의 중국
인은 생각했다. ◆只益丹心苦(지익단심고) : 오직 단심(丹心)의 괴로움을 더
하게 할 뿐임. 가뜩이나 괴로운 일편단심이 달빛 때문에 더하다는 뜻. ◆能
添白髮明(능첨백발명) : 능히 백발(白髮)의 환함을 덧붙여 줌. 달빛으로 하

15

여 백발이 더 뚜렷해진다는 말. ◆休照國西營(휴조국서영) : 나라의 서쪽에
있는 병영을 비추지 말라는 뜻. 거기는 전쟁을 하고 있는 지방이므로, 군인
들의 마음이 달빛 때문에 산란해질까 저어함이다.

해설

가을 가까운 밝은 달을 노래하되, 달에 얽힌 전설을 교묘히 섞어 가면서
인간의 비애와 결부시켰다. 특히 5·6구의 기교는 놀라운 것이어서, 대
시인의 역량을 여지없이 발휘했다고 하겠다. 특히 '익(益)'과 '첨(添)'의
두 자를 어찌 만금(萬金)과 바꾸겠는가? 지덕(至德) 2년의 작품이라 한
다. 이 해 윤팔월(閏八月) 23일에 곽자의(郭子儀)가 이끄는 관군(官軍)에
의해 장안(長安)이 수복됐기 때문이니, 이 시 끝에 나오는 '서쪽 병영'이
란 장안 서북인 부풍(扶風)에 주둔하고 있는 군대를 가리킨다는 것.

달

사경(四更)이라 그믐달을
산이 토하니

얼마 남지 않은 밤의
물 밝은 다락.

먼지 앉은 갑(匣)을 열고
보던 거울이

갈구리 돼 발[簾]을 타고
올라올 줄야…….

토끼는 제 흰 머리
의아해하고

두꺼비도 돈피 갖옷
그리우리니

항아(嫦娥)가 과부인 줄
모름 아녀도

날씨 찬 이 가을밤
어찌나 하랴?

月
월

四更山吐月　殘夜水明樓　塵匣元開鏡　風簾自上鉤
사경산토월　잔야수명루　진갑원개경　풍렴자상구

兔應疑鶴髮　蟾亦戀貂裘　斟酌嫦娥寡　天寒奈九秋
토응의학발　섬역연초구　짐작상아과　천한내구추

주

◆四更(사경) : 오전 2시 무렵. 이때에 뜨는 달은 음력 26, 27일의 달이다.
◆殘夜(잔야) : 얼마 남지 않은 밤. ◆水明樓(수명루) : 달빛으로 하여 물이
환하게 보이는 다락. ◆塵匣元開鏡(진갑원개경) : 보름달의 형용. 먼지 낀
갑(匣)에 든 거울을 열어 놓고 보는 듯하다는 것. 원래는 거울같이 둥근 달
이었다는 뜻. ◆風簾自上鉤(풍렴자상구) : 풍렴(風簾)은 바람이 시원히 통
하는 발. 그 발로 갈고리가 오르듯 그믐달이 떠오른다는 뜻. ◆疑鶴髮(의
학발) : 달빛 때문에 더 희게 보이므로, 새삼 자기의 흰 머리를 의아하게 여
긴다는 것. ◆戀貂裘(연초구) : 날씨가 추우므로 돈피 갖옷을 생각한다는
뜻. ◆嫦娥(상아) : 항아(姮娥)라고도 쓴다. 예(羿)의 아내였는데, 남편이 서

18

왕모(西王母)로부터 얻어 온 불사약을 훔쳐 먹고 달에 올라가 혼자 살게 되었다는 전설이 있다. ◆奈(내) : 어찌하랴. ◆九秋(구추) : 90일 간의 가을.

해설

이백이 달을 소재로 발휘한 것 같은 분방한 낭만은 없으나, 아주 찬란하고 고운 달의 이미지를 그려 냈다. 더욱 2·4구의 솜씨는 놀라울 뿐이다. 대력(大曆) 1년(766)의 작품으로 추정되고 있다. 전년에 성도(成都) 교외의 완화초당(浣花草堂)을 떠난 시인은 양자강을 따라 이곳저곳을 떠돌다가 이 해 봄에는 기주에 이르고, 가을에는 서각(西閣)에 안착했으니, 시에 나오는 '물 밝은 다락[水明樓]'이란 이것을 이른다는 것.

곡강(曲江) 1

꽃잎 하나 날아도
봄이 줄어드는데

어찌 보리, 바람에
우수수 지는 모양!

눈앞을 스쳐
사라져 가는 꽃들 바라보면서

지나치기 쉬운 술
입술 들어옴 마다 마시라.

강가의 작은 정자
비취(翡翠) 깃들고

어원(御苑) 곁 높은 무덤
뒹구는 기린(麒麟)!

이 세상 모름지기
즐겨야리니

뜬 이름으로
이 몸 매어 무엇 하리?

曲江二首 一
곡강이수 일

一片花飛減却春　風飄萬點正愁人　且看欲盡花經眼　莫厭傷多酒入脣
일편화비감각춘　풍표만점정수인　차간욕진화경안　막염상다주입순

江上小堂巢翡翠　苑邊高塚臥麒麟　細推物理須行樂　何用浮名絆此身
강상소당소비취　원변고총와기린　세추물리수행락　하용부명반차신

주

◆一片花飛減却春(일편화비감각춘) : 한 조각의 꽃잎이 날아도 그만큼 봄
이 줄어든다는 뜻. ◆欲盡花經眼(욕진화경안) : 다하려고 하는 꽃이 눈을
스쳐 지나감. ◆傷多(상다) : 상(傷)은 과(過)의 뜻. 지나치게 많음. ◆翡翠
(비취) : 비취새. ◆苑邊(원변) : 부용원(芙蓉苑) 근처. ◆麒麟(기린) : 무덤
에 세운 기린의 석상. ◆物理(물리) : 만물을 지배하는 원리. ◆行樂(행
락) : 유쾌히 날을 보내는 것. ◆絆(반) : 얽매는 것.

해설

건원(乾元) 원년(758), 좌습유(左拾遺) 벼슬을 살면서 장안(長安)에 있을 때의 작품. 곡강(曲江)은 장안의 동남쪽에 있는 명승지여서, 특히 봄이면 사람들로 붐볐던 곳이다. 비교적 순탄한 처지에 있었던 때문인지, 시에는 암담한 색채가 보이지 않는다. 봄을 아끼는 다감(多感)한 풍류인의 심정이 넘쳐흐르며, 기교면에서도 아주 잘 짜인 시다.

곡강 2

조정에서 물러나면
봄옷을 잡혀

강가에서 실컷 취해
돌아가곤 하는 나날.

술빚은 예사라
도처에 있고

인생 칠십은
고래로 드물은 것.

꽃 속을 깊이 헤쳐
나비 들어가고

물을 스쳐
훨훨 나는 잠자리.

봄 풍광(風光)에 말하노니
같이 흐르는 몸

잠시나마 서로 아껴
배반 마오리.

曲江二首 二
곡강이수 이

朝回日日典春衣 每日江頭盡醉歸 酒債尋常行處有 人生七十古來稀
조회일일전춘의 매일강두진취귀 주채심상행처유 인생칠십고래희

穿花蛺蝶深深見 點水蜻蜓款款飛 傳語風光共流轉 暫時相賞莫相違
천화협접심심견 점수청정관관비 전어풍광공류전 잠시상상막상위

주

◆朝回(조회) : 조정에서 물러나옴. ◆典(전) : 저당을 잡힘. ◆酒債(주채) : 술빚. ◆穿花蛺蝶(천화협접) : 많은 꽃잎 속을 날아 들어가는 나비. ◆點水(점수) : 몸을 물에 대는 것. ◆蜻蜓(청정) : 잠자리. ◆款款(관관) : 느린 모양. ◆傳語風光(전어풍광) : 봄의 경치에게 말을 전함. ◆共流轉(공류전) : 봄의 풍광(風光)이나 자기나 다같이 유전(流轉)해 간다는 뜻. ◆相賞(상상) : 서로 아낌. ◆相違(상위) : 서로 배반함.

해설

고희(古稀)라는 말의 출처로서 널리 알려진 시다. 날마다 옷을 저당으로
술을 마시며, 술빚쯤은 당연한 것이어서 도처에 있어도 좋으나, 인생
칠십(人生七十)은 예부터 드물다고 달관한 듯한 일면을 보였다.

달밤

오늘밤 부주(鄜州)에선
저기 저 달을

아내 홀로 앉아서
바라보려나.

더더욱 가엾기는
어린 그것들

서울 그릴 줄인들
어떻게 알리?

밤안개에 그대의
머리는 젖고

달빛 아래 구슬 같은
팔이 차리라.

어느 제나 사람 없는
휘장 안에서

눈물 마른 두 얼굴
마주 보려나?

月夜
월야

今夜鄜州月　閨中只獨看　遙憐小兒女　未解憶長安
금야부주월　규중지독간　요련소아녀　미해억장안

香霧雲鬟濕　淸輝玉臂寒　何時倚虛幌　雙照淚痕乾
향무운환습　청휘옥비한　하시의허황　쌍조누흔간

주

◆鄜州(부주) : 장안의 북쪽, 거의 연안(延安)에 가까운 고을 이름. 안록산
(安祿山)의 난이 나자, 두보는 가족을 이곳으로 피난시키고 자기만이 장안
에 남았다. ◆未解憶長安(미해억장안) : 애들이 어려서 장안에 있는 아버지
(杜甫)를 생각할 줄도 모르리라는 뜻. ◆雲鬟(운환) : 윤기 있는 쪽. ◆淸輝
(청휘) : 맑은 달빛. ◆虛幌(허황) : 인기척 없는 휘장. ◆雙照淚痕乾(쌍조
누흔간) : 아내와 함께 달빛에 비춰지면서 눈물의 흔적을 말릴 것인가. 乾
은 말리는 뜻이어서 음이 '간'이다.

해설

안록산의 반란군이 장안을 점령하기에 앞서 두보는 가족을 부주로 옮겼고, 뒤이어 자기는 영무(靈武)에 있는 숙종(肅宗)의 행궁(行宮)을 찾아가려다가 반란군에게 잡혀서 억류당했다. 이런 중에 부주에 있을 가족을 그리워한 것이 이 작품이다.

　두보의 시에는 노성(老成)한 티가 초기의 작품에서까지 풍겨, 청춘의 분방한 정열 같은 것은 찾아보기 어려운 것이 사실이다. 물론 그에게도 양귀비(楊貴妃) 같은 미인을 노래한 시가 없는 것은 아니나, 그것은 객관적으로 청춘과 사랑을 구가한 것이어서, 자기가 청춘의 주체로서 나타난 것은 결코 아니었다. 이런 중에서 이 시는 아주 특이한 인상을 준다. 아내의 머리가 안개에 젖고, 달빛 아래 그 팔이 차가울 것을 생각하는 것은 매우 육감적(肉感的)인 상상이기 때문이다. 끝의 두 줄이 성(性)과 결부되어야 할 것은 말할 나위도 없다.

소한식에 배를 띄우고

명절이라 억지로 마시자니
음식이 찬데

할관(鶡冠) 쓰고 쓸쓸히 앉아
안석(案席)에 기대면

봄물 맑아, 배는 마치
천상(天上)에 앉은 듯

노년(老年)의 꽃은, 안개 속
보는 것 같네.

고운 나비 훨훨
장막 스쳐 지나가고

여울을 내려가는
몇 점(點) 갈매기.

흰 구름 낀 만여 리
첩첩한 청산

북녘 하늘 저쪽이
장안인 것을…….

小寒食舟中作
소한식주중작

佳辰强飲食猶寒	隱几蕭條戴鶡冠	春水船如天上坐	老年花似霧中看
가신강음식유한	은궤소조대할관	춘수선여천상좌	노년화사무중간
娟娟戲蝶過閒幔	片片輕鷗下急湍	雲白山靑萬餘里	愁看直北是長安
연연희접과한만	편편경구하급단	운백산청만여리	수간직북시장안

주

◆小寒食(소한식) : 한식 다음날. ◆佳辰(가신) : 명절. ◆强飮(강음) : 억
지로 마심. ◆食猶寒(식유한) : 한식 전후 3일 간은 불을 때지 않고 찬 음식
을 먹는 풍습이 있었다. ◆隱几(은궤) : 안석에 의지함. ◆鶡冠(할관) : 할
(鶡)은 꿩의 일종. 그 꽁지깃으로 장식한 관이 할관이다. 은사의 관(冠)이었
다. ◆天上坐(천상좌) : 물이 맑아서 하늘이 그대로 비치므로, 배에 타고 있
는 것이 천상(天上)에 앉은 것 같다는 것. ◆娟娟(연연) : 고운 모양. ◆閒幔
(한만) : 고요한 장막. ◆片片(편편) : 한 마리씩 여기저기에 흩어져 있는
모양. ◆急湍(급단) : 여울.

30

해설

대력(大曆) 5년(770) 담주(潭州)에서 쓴 작품으로 보인다. 오래 머물던 촉(蜀)을 떠나 배로 남하(南下)한 두보는 잠시 이곳에 머물면서, 낙양(洛陽)으로 돌아갈 것을 꿈꾸다가 이 해 연말에 죽었다. 서울을 그리는 정은 이 시에도 나타나 있거니와, 배 안에서의 묘사는 말년의 그것답게 노성(老成)함을 보이고 있다.

입춘

봄이라 소반의
가는 그 생채(生菜)

매화 피는 두 서울
생각이 나네.

고문전(高門殿)을 나오는
소반은 백옥(白玉)

섬섬옥수, 건네 주는
푸른 실 같던 그것.

무협(巫峽)의 추운 강변—
어찌 눈으로 보랴?

먼 두릉(杜陵) 나그네
그저 슬퍼지기만······.

정착할 곳 모르는
이 몸이기에

아이 불러 종이 찾아
시 써 달랜다.

立春
입춘

春日春盤細生菜	忽憶兩京梅發時	盤出高門行白玉	菜傳纖手送青絲
춘 일 춘 반 세 생 채	홀 억 양 경 매 발 시	반 출 고 문 행 백 옥	채 전 섬 수 송 청 사
巫峽寒江那對眼	杜陵遠客不勝悲	此身未知歸定處	呼兒覓紙一題詩
무 협 한 강 나 대 안	두 릉 원 객 불 승 비	차 신 미 지 귀 정 처	호 아 멱 지 일 제 시

주

◆春盤(춘반) : 봄날의 소반. ◆細生菜(세생채) : 제(齊) 나라 사람의 「월령」
에, 입춘에는 생채를 먹는다 했다. ◆兩京(양경) : 장안과 낙양. ◆高門(고
문) : 한(漢)의 전각(殿閣) 이름. 미앙궁(未央宮) 안에 있었다. ◆行白玉(행
백옥) : 행(行)은 주(周 : 돌다)의 뜻. 백옥을 돈다 함은, 소반을 백옥으로 만
들었다는 것. ◆菜傳纖手(채전섬수) : 생채를 고운 손을 가진 궁녀가 건네
주는 것. ◆送靑絲(송청사) : 건네 주는 생채가 푸른 실 같다는 뜻. ◆杜陵
(두릉) : 낙양 교외의 지명. 두보의 고향.

해설

입춘(立春)이면 대문과 기둥에 시구를 써서 붙이는 풍습이 우리 나라에 있어 왔고, 이것을 '입춘을 써 붙인다'고 일컫는다. 우리 집에서도 입춘 이면 으레 이런 행사가 벌어지고, 어린 나는 그것을 신기한 듯 바라보 던 기억이 있는데, 부엌문에 붙었던 시구는 해마다 똑같은 '반출고문행 백옥(盤出高門行白玉) 채전섬수송청사(菜傳纖手送靑絲)'였던 것이 지금껏 잊히지 않는다. 그때에는 그것이 두시(杜詩)인 줄도 모르고 바라보았거 니와, 나이 쉰이 넘어 그것을 내 손으로 번역하게 될 줄이야 누가 상상 이나 했겠는가. 대력(大曆) 2년(767) 기주(夔州)의 서각(西閣)에 있을 때 의 작품이다.

12월 1일

저자엔 약한 추위
산빛 차츰 푸르르고

다락 앞 노오란히
해에 물든 강의 안개.

소금을 지고 우물에서 나오는 건
이 골짜기 여인인데

북을 치며 떠나는 저 배
어느 고장 사내이리?

신정(新亭)에서 눈들어 바라보니
풍경도 절실한 속

무릉(茂陵)에 글을 쓰며
소갈(消渴) 길이 앓는 신세!

봄꽃 활짝 아니 핌을
슬퍼 않나니

쫓겨난 몸 가는 대로
배를 맡겨라.

十二月 一日
십이월 일일

寒輕市上山煙碧　日滿樓前江霧黃　負鹽出井此谿女　打鼓發船何郡郎
한경시상산연벽　일만누전강무황　부염출정차계녀　타고발선하군랑

新亭擧目風景切　茂陵著書消渴長　春花不愁不爛漫　楚客惟聽櫂相將
신정거목풍경절　무릉저서소갈장　춘화불수불난만　초객유청도상장

주

◆山煙(산연) : 산에 낀 안개. ◆江霧黃(강무황) : 햇볕을 받아 강에 낀 안
개가 누렇게 변하는 것. ◆負鹽出井(부염출정) : 기주(夔州)의 봉절(奉節)·
대창(大昌) 두 현(縣)에는 염정(鹽井)이라는 우물이 있어서 짠 물이 나왔는
데, 이 물을 퍼다가 소금을 만들어 팔았다. ◆新亭擧目(신정거목) : 신정에
서 눈을 들어 바라봄. 신정은 건강(建康 : 南京)에 있던 정자니, 진(晋)이 망
하고 중종(中宗)을 받들어 여기에서 동진(東晋)을 창업할 때 명사(名士)들이
신정에 모였는데, 주의(周顗)가 '풍경은 다를 것이 없으나 강하(江河 : 양자강
과 황하)의 차이가 있구나!' 하면서 탄식하였고, 이 말을 들은 사람이 모두
눈물을 흘렸다. 이때 왕도(王導)가 소리를 높여서, '마땅히 왕실을 위해 힘

을 모아 함께 신주(神州)를 회복해야 될 것인데도 불구하고, 어찌 초수(楚囚)를 흉내내어 마주보고 운단 말인가' 하고 꾸짖었다. ◆茂陵著書消渴長(무릉저서소갈장) : 한(漢)의 사마상여(司馬相如)는 무릉(茂陵)에 살면서 저술에 종사하고 있었는데, 그에게는 고질인 소갈병이 있었다. ◆楚客(초객) : 쫓겨난 사람. '신정(新亭)'의 주(註) 참조. ◆聽(청) : 맡김. 일임함. ◆櫂相將(도상장) : 노를 저어 이끌어 감. 배를 저어 가는 것.

해설

영태(英泰) 원년(765) 운안(雲安)에 있을 때의 작품이다. 강에 배를 띄우고 목격한 것을 서술했는데, 3·4구의 낭만은 한번 읽은 이로 하여금 길이 잊지 못하게 하는 매력을 지니고 있다. 또 신정(新亭)·무릉(茂陵)의 고사 인용은 얼마나 적확(的確)한 것이랴? 나라가 와해(瓦解)되어 재건을 기도하는 점에서 당시의 사정은 동진(東晉) 초기와 흡사했고, 불우한 일대의 문호(文豪)로 병에 시달린 것은 두보 역시 사마상여(司馬相如)와 마찬가지였었다. 소갈 아닌 해수병이긴 했지만.

강가에서

가구(佳句) 탐하는 버릇
내게 있어서

말이 남을 못 놀래면
죽어도 안 멎더니,

늙으매 흥 내키면
그저 끄적일 뿐

봄이 와도 화조(花鳥) 대해
시름마저 깊이 안 해…….

낚시하려 수정(水亭)에
난간 새로 만들며

떼를 매어 생각나면
배 대신 띄우느니

그 어찌 도사(陶謝) 같은
거벽(巨擘)을 만나

좋은 글 짓게 하여
함께 놀아 보랴?

江上値水如海勢聊短述
강상치수여해세료단술

爲人性癖耽佳句　語不驚人死不休　老去詩篇渾漫興　春來花鳥莫深愁
위인성벽탐가구　어불경인사불휴　노거시편혼만흥　춘래화조막심수

新添水檻供垂釣　故著浮槎替入舟　焉得思如陶謝手　令渠述作與同遊
신첨수함공수조　고착부사체입주　언득사여도사수　영거술작여동유

주

◆佳句(가구) : 좋은 시구.　◆老去詩篇渾漫興(노거시편혼만흥) : 전에는 시구가 남을 놀래지 않으면 죽어도 그만 두지 않는 태도로 시를 써 왔으나, 늙어 가면서는 그렇지가 못해서 쓰는 작품이 모두 아무렇게나 떠오른 흥을 적어 놓은 것에 지나지 않는다는 뜻.　◆春來花鳥莫深愁(춘래화조막심수) : 전에는 꽃이나 새를 대하면 깊은 충격을 받았지만, 이제는 늙었기에 봄이 와서 꽃이나 새를 대해도 깊은 시름조차 안 느끼게 되었다는 것.　◆水檻(수함) : 수정(水亭) 난간.　◆替入舟(체입주) : 배 타는 것을 대신함.　◆陶謝(도사) : 도연명(陶淵明)·사영운(謝靈運) 같은 부류의 시인.　◆渠(거) : 저. 피(彼)와 같음.

해설

시가 젊었을 때와 같지 못함을 한탄한 작품인데, 특히 '어불경인사불휴 (語不驚人死不休)'는 두보의 작시(作詩) 태도를 대변하는 것이라 하여 많이 회자되었다. 여기서도 '첨(添)·공(供)·착(著)·체(替)' 등의 허자(虛字)가 어떻게 쓰였는가를 살핀다면, '어불경인사불휴(語不驚人死不休)'의 그 솜씨를 알고도 남을 것이다. 원제(原題)는 강상에서 물이 바다 같은 형세임을 보고, 약간 짧은 글을 쓴다는 뜻. 성도(成都)의 완화초당에 입주해서 어느 정도 생활이 안정된 여유가 풍겨나는 시다.

밤길의 나그네

풀 돋은 기슭에는
미풍이 일고

높은 돛대, 닻 내리고
홀로 새는 밤.

별밭 온통 드리우니
벌은 넓은데

큰 강에 불끈 솟아
흐르는 저 달!

글 잘한다고
어찌 이름 드러나리?

늙으면 벼슬이야
물러나는 것.

떠도는 몸, 무엇과
같다고 할까?

하늘 땅 사이
갈매기 하나!

旅夜書懷
여야서회

細草微風岸　危檣獨夜舟　星垂平野闊　月湧大江流
세초미풍안　위장독야주　성수평야활　월용대강류

名豈文章著　官應老病休　飄飄何所似　天地一沙鷗
명기문장저　관응노병휴　표표하소사　천지일사구

주

◆旅夜書懷(여야서회) : 여행 중 밤을 지내면서 생각을 기록함. ◆危檣(위
장) : 높은 돛대. ◆獨夜(독야) : 남들은 다 자는 속에서 혼자만이 깨어 있
는 것. ◆官(관) : 두보는 그때 검교공부원외랑(檢校工部員外郞)의 벼슬에 있
었다. ◆沙鷗(사구) : 물가 모래사장에 있는 갈매기.

해설

성도(成都)에서 절도사(節度使)의 막하(幕下) 노릇을 하며 살고 있던 두보는, 영태(永泰) 원년(765) 그의 보호자 엄무(嚴武)가 죽자 거기를 떠나배로 양자강을 내려온다. 이것은 충주(忠州)에 오는 도중에 쓴 작품이다.

이때 두보는 갈 곳이 있어서 가족을 끌고 여행하는 처지는 아니었으며, 성도에서 살 수 없게 되었기에 어디론가 움직일 수밖에 없어서 움직이고 있었던 것이었다. 따라서 좀처럼 잠이 올 리 없어 혼자 배에 앉아서 새우는데, 넓은 벌판 까마득한 지평선까지 온통 뒤덮은 별이 총총한 밤하늘! 그리고 달을 띄워 유유히 흐르는 양자강의 물결! 이 벅찬경치를 바라보며, 과거를 회상하고 지금의 처지에 생각이 미쳐, 한 마리의 갈매기 같다는 탄식이 나오도록 비애는 절실할 수밖에 없었다. 경치가 감회를 자아내고, 비애는 눈 앞의 풍경 때문에 더욱 깊었던 것이니, 이야말로 정경구도(情景俱到)의 명편! 그리고 '성수평야활(星垂平野闊) 월용대강류(月湧大江流)'는, 또 얼마나 신운(神韻) 감도는 표현인가.

낙화

무슨 일 급하기에
이리도 꽂은 지리?

늙는 몸 원하기는
봄 더디 가는 일을…….

애달프니 즐기며
노니는 자리

어딜 가나 젊은 때는
이미 아니어라.

이 마음 달래기야
술이 으뜸이요,

흥을 풀 것, 시(詩) 위에
다시 없느니.

내 마음 도잠(陶潛)은
알았으리만

태어나기 늦었으니
어찌나 하랴?

可惜
가석

花飛有底急 老去願春遲 可惜歡娛地 都非少壯時
화 비 유 저 급 　 노 거 원 춘 지 　 가 석 환 오 지 　 도 비 소 장 시
寬心應是酒 遣興莫過詩 此意陶潛解 吾生後汝期
관 심 응 시 주 　 견 흥 막 과 시 　 차 의 도 잠 해 　 오 생 후 여 기

주

◆有底急(유저급) : 왜 그리도 다급한가? 저(底)는 하(何)와 같은 말로, 속어
(俗語)다. ◆歡娛地(환오지) : 환락의 땅. ◆都(도) : 모두. ◆寬心(관심) :
마음을 너그럽게 함. ◆遣興(견흥) : 흥을 푸는 것. ◆陶潛(도잠) : 도연명.
◆汝期(여기) : 그대가 살던 시기.

해설

성도(成都)의 초당(草堂)에서 살면서 쓴 작품. 사회적 관심이 남달리 강해서 민중의 고통과 나라의 운명을 피눈물로 노래한 시인이긴 해도, 그렇다고 한가함을 즐기는 한때가 없을 수는 없었던 것. 지는 꽃잎을 아쉬워하는 풍류가 버리기 어렵다.

낙일(落日)

발[簾]의 갈강쇠에
낙일(落日) 걸릴 때

시냇가에서는
봄 소식 그윽하다.

기슭으로 테 두른 밭
꽃이 풍기는데

여울에 매인 배선
밥 짓는 어부.

같은 가지 다투다가
참새 떨어지고

벌레들 안뜰 가득
날으는 오늘!

탁주야, 누가 너를
만들었느냐?

한번 마셔 일천 가지
시름 잊으리.

落日
낙일

落日在簾鉤　溪邊春事幽　芳菲緣岸圃　樵爨倚灘舟
낙일재렴구　계변춘사유　방비연안포　초찬의탄주

啅雀爭枝墜　飛蟲滿院遊　濁醪誰造汝　一酌散千愁
탁작쟁지추　비충만원유　탁료수조여　일작산천수

주

◆簾鉤(염구) : 발을 걷어 올려 매어 놓는 갈고랑이쇠.　◆溪邊(계변) : 두보
의 초당(草堂)이 있던 완화계(浣花溪) 근방.　◆春事(춘사) : 봄소식. 봄의 영
위(營爲).　◆芳菲(방비) : 화초가 향기를 풍기는 모양.　◆緣岸圃(연안포) :
기슭을 따라 뻗은 밭.　◆樵爨(초찬) : 나무를 꺾어다가 밥을 짓는 것.　◆啅
雀(탁작) : 시끄럽게 울어 대는 참새.　◆院(원) : 안뜰.　◆濁醪(탁료) : 탁
주.　◆一酌(일작) : 조금 따라 마심.

해설

이것과 앞의 「가석(可惜)」이라는 시는 연대(年代)나 거처(居處)를 시사해 주는 표현이 없다. 아마도 촉(蜀)으로 피난한 두보는, 그곳의 절도사(節度使) 엄무(嚴武)의 비호를 받아 완화계(浣花溪)에 초당(草堂)을 짓고 살았는데, 모처럼 얻은 조그만 안정 속에서 자연에 대한 탐욕스러운 애정을 마음껏 쏟았던 모양이다. '방비연안포(芳菲緣岸圃)'니 '탁작쟁지추(啄雀爭枝墜)' 같은 구는 두보 아니면 꿈도 꾸지 못할 치밀한 묘사이며, 끝구의 멋은 또 어떻다 하랴.

봄비 오는 밤

좋은 비, 자기의
때를 알아서

봄이라 생육(生育)의 일
시작했으니

바람 따라 가만히
밤에 들어와

적시되 가늘어
소리도 없어…….

들길에 구름 끼어
모두 검고

강 속의 배에서는
한 점의 불빛!

새벽녘 붉게 젖은
고장 있으면

꽃으로 뒤덮인
금관성(錦官城)이리.

春夜喜雨
춘 야 희 우

好雨知時節　當春乃發生　隨風潛入夜　潤物細無聲
호 우 지 시 절　당 춘 내 발 생　수 풍 잠 입 야　윤 물 세 무 성

野徑雲俱黑　江船火獨明　曉看紅濕處　花重錦官城
야 경 운 구 흑　강 선 화 독 명　효 간 홍 습 처　화 중 금 관 성

주

◆乃(내) : 이제야말로.　◆發生(발생) : 만물을 낳아서 기르는 것.　◆潤物
(윤물) : 만물을 적심.　◆雲俱黑(운구흑) : 구름이 많이 끼었는데, 그 모두
가 검다는 뜻.　◆紅濕(홍습) : 붉은 빛을 띠고 젖어 있는 것.　◆錦官城(금관
성) : 성도(成都)를 이르는 말.

해설

봄비 오는 밤을 묘사하여 입신(入神)의 기량(技倆)을 발휘했다. 봄비처럼 그 말도 은근하고 나직하여 흔적이 없되, 우리의 마음은 어느덧 촉촉이 젖어 있음을 깨닫게 되니, 조화(造化)의 공(功)을 뺏는다 함은 이를 두고 이름인가. 강선(江船)이니 금관성(錦官城)이니 하는 표현이 나오는 점에서 상원(上元) 2년(761) 성도(成都)에서 쓴 작품임이 분명하다.

귀뚜라미

작고도 아주 작은
귀뚜라미의

울음 소린 또 얼마나
애절함이리?

풀숲에서 불안한 듯
울고 있더니

침상 밑 찾아와서
정다운 노래!

눈물 없인 못 들으리,
오랜 나그네.

버림받은 여인이야
새벽 못 기다릴라.

서글픈 거문고와

격앙된 피리

그 곡조도 못 미칠

이 천진(天眞)함!

促織
촉 직

促織甚微細 哀音何動人 草根吟不穩 牀下意相親
촉 직 심 미 세　애 음 하 동 인　초 근 음 불 온　상 하 의 상 친

久客得無淚 故妻難及晨 悲絲與急管 感激異天眞
구 객 득 무 루　고 처 난 급 신　비 사 여 급 관　감 격 이 천 진

주

◆促織(촉직) : 귀뚜라미. ◆吟不穩(음불온) : 불안하게 운다는 뜻. ◆牀下
意相親(상하의상친) : 침상 밑에 와서 정다운 듯 운다는 뜻. 『시경(詩經)』
칠월시(七月詩)에 '칠월재야 팔월재우 구월재호 시월실솔 입아상하(七月在野
八月在宇 九月在戶 十月蟋蟀 入我牀下)'라 한 것이 있다. 실솔(蟋蟀)은 촉직(促
織)과 같다. ◆故妻(고처) : 버림받은 아내. ◆悲絲(비사) : 슬픈 현악기의
소리. ◆急管(급관) : 격한 관악기의 소리. ◆天眞(천진) : 생긴 그대로인
것. 귀뚜라미 소리의 형용.

해설

건원(乾元) 2년(759) 가을, 진주(秦州)에 있으면서 쓴 작품이라는 설이 있으나 확증은 없다. 귀뚜라미 같은 평범한 소재를 택했건만, 정서도 있고 굴곡도 있어서 버리기 어려운 매력을 지닌 소품이다. 자기가 비애의 구렁에 빠져 있은 때문인지, 두보는 친자식이라도 대하는 듯 이 미물마저도 따스한 애정으로 감싸고 있다.

반딧불

썩은 풀에서
요행히 생겼거니

해를 향해서야
어찌 날으리?

책을 비추기에도
미흡한 그 빛

때론 나그네의
옷에 머물러…….

바람따라 휘장 밖에
흐르던 점이

비에 젖어 숲을 따라
깜박이기도.

시월 되어 찬 서리
되게 친다면

초라한 몸, 어디로
가려 하느냐?

螢火
형화

幸因腐草出 敢近太陽飛 未足臨書卷 時能點客衣
행 인 부 초 출　감 근 태 양 비　미 족 임 서 권　시 능 점 객 의

隨風隔幔小 帶雨傍林微 十月淸霜重 飄零何處歸
수 풍 격 만 소　대 우 방 임 미　십 월 청 상 중　표 령 하 처 귀

주

◆螢火(형화) : 반딧불. ◆幸(행) : 요행히. ◆腐草(부초) : 풀이 썩어 반딧
불이 된다고 중국의 고대인들은 생각했다. 『예기(禮記)』 월령편(月令篇)에
'부초위형(腐草爲螢)'이라는 말이 보인다. ◆臨書卷(임서권) : 책을 비추는
것. 진(晉)의 차윤(車胤)은 가난하여 기름을 살 수 없었기에 반딧불을 모아
그 빛으로 책을 읽었다. ◆幔(만) : 휘장. 방문을 가리는 장막. ◆帶雨(대
우) : 가볍게 비에 젖는 것. ◆飄零(표령) : 영락하여 떠도는 것.

해설

진주(秦州)에 있으면서 쓴 작품이라는 주장도 있으나 확실치는 않다. 평범한 소재를 가지고, 청신(淸新)하고도 온아(溫雅)한 명편을 만들어 냈으니, 건곤(乾坤)도 뒤엎는 뛰어난 역량이 아니런들 어찌 가능하랴.

초승달

희미한 빛, 처음으로
상현이 되니

아직도 위태로운
그 수레바퀴.

낡은 요새 저 밖으로
겨우 솟아 와

저녁구름 자락에
어느덧 숨어…….

은하수도 그 빛깔
바뀌지 않고

멋없이 차가운
국경의 산들.

어느덧 뜰앞에는
흰 이슬 내려

남몰래 함초롬히
국화 적시네.

初月
초 월

光細弦初上　影斜輪未安　微升古塞外　已隱暮雲端
광세현초상　영사윤미안　미승고색외　이은모운단

河漢不改色　關山空自寒　庭前有白露　暗滿菊花團
하한불개색　관산공자한　정전유백로　암만국화단

주

◆初月(초월) : 초승달. ◆弦初上(현초상) : 현(弦)이 차차 위쪽으로 이루어
짐. ◆輪未安(윤미안) : 달이 한쪽만 생겼기에 안정감이 없다. 윤(輪)은 달
의 형용. ◆河漢不改色(하한불개색) : 하한(河漢)은 은하(銀河). 달이 밝으
면 은하의 빛이 줄어들지만, 초승달이기에 아무 영향도 받지 않는다는 것.
◆暗(암) : 어느 사이에. ◆團(단) : 단(溥)과 같다. 이슬이 촉촉하게 내리
는 것.

해설

귀신 같은 솜씨로 초승달을 그렸다. 우선 '초(初)·미(未)·미(微)·이(已)·공(空)·암(暗)' 따위 조자(助字)의 사용법을 보라. 그것이 얼마나 교묘히 사용되고, 또 얼마나 큰 구실을 하고 있는 것이랴?

이것은 진주(秦州)에서의 작품. 그렇다면 전년에 화주(華州)의 사공참군(司功參軍)으로 좌천되었던 두보가 이듬해인 759년 7월 기근을 견딜 길 없어 이곳에 잠시 들렀던 그때니 '낡은 요새 저 밖으로 겨우 솟아 와'니 '멋없이 차가운 국경의 산들'이니 하는 표현에도 단순한 자연 묘사가 아닌 무한한 감개가 서려 있음을 읽어 내야 할 것이다.

강촌

마을을 안아
강이 흐르는데

긴 여름의 대낮
한가롭기만!

제비는 멋대로
처마를 나들고

갈매기는 가까이 가도
날아갈 줄 모른다.

할멈은 종이에
바둑판을 그리고

애놈은 바늘을 두들겨서
낚시를 만들고 있다.

병 많은 몸 요긴키는
오직 약이니

이 밖에야 무엇을
또 바라랴?

江村
강촌

淸江一曲抱村流	長夏江村事事幽	自去自來梁上燕	相親相近水中鷗
청강일곡포촌류	장하강촌사사유	자거자래양상연	상친상근수중구
老妻畵紙爲棊局	稚子敲針作釣鉤	多病所須唯藥物	微軀此外更何求
노처화지위기국	치자고침작조구	다병소수유약물	미구차외경하구

주

◆一曲(일곡) : 한 굽이. ◆幽(유) : 고요함. 한가함. ◆梁(양) : 대들보. ◆相親相近水中鷗(상친상근수중구) : 해칠 마음이 없을 때는 갈매기가 와서 놀다가, 잡을 생각을 하자 오지 않더라는 고사.『열자(列子)』에 보임. ◆畵紙(화지) : 종이에 그림. ◆棊局(기국) : 바둑판. ◆所須(소수) : 필요로 하는 것. ◆微軀(미구) : 미천한 몸. 두보의 자칭.

해설

상원(上元) 원년(760) 완화초당(浣花草堂)에서의 어느 여름날의 한가한 정경! 시간이 정지해 버린 것같이 느껴지는 긴 대낮이 있는데, 이것도 그런 순간의 스케치다. 아무리 두보기로서니 때로 이런 정취마저 맛볼 수 없었더라면, 발광하고 말았으리라.

손님

집의 앞뒤가
다 물이라

갈매기는 떼지어
날마다 와서 논다.

꽃이 길을 묻어도
쓴 적이 없었더니

그대로 해 사립문을
처음 열었다.

저자 멀어 음식은
오직 한 접시

술도 가난해서
남은 것 대접할 뿐.

이웃 영감 동석하기
허락하시면

울 너머로 불러서
마셨으면 한다.

客至
객지

舍南舍北皆春水　但見群鷗日日來　花徑不曾緣客掃　蓬門今始爲君開
사 남 사 북 개 춘 수　단 견 군 구 일 일 래　화 경 부 증 연 객 소　봉 문 금 시 위 군 개
盤飧市遠無兼味　樽酒家貧只舊醅　肯與隣翁相對飲　隔籬呼取盡餘杯
반 손 시 원 무 겸 미　준 주 가 빈 지 구 배　긍 여 인 옹 상 대 음　격 리 호 취 진 여 배

주

◆但見群鷗日日來(단견군구일일래) : 『열자(列子)』에 나오는 이야기. 갈매
기와 친하게 지내는 사람이 있었는데, 그가 바닷가에 가기만 하면 갈매기
가 떼지어 모여들곤 했다. 어느 날, 그의 아버지가 오늘은 갈매기를 꼭 한
마리만 잡아 오라고 했다. 그런데 그 날은 웬일인지 갈매기들이 다 흩어져
달아나고 가까이 오지 않았다 한다. ◆蓬門(봉문) : 사립문. ◆盤飧(반
손) : 소반 위의 음식. ◆兼味(겸미) : 두 가지 이상의 음식. ◆舊醅(구
배) : 오래 된 술. ◆肯(긍) : 승낙함. ◆呼取(호취) : 부른다. 취(取)는 조자
(助字). '간취(看取)'의 경우와 같음.

해설

상원(上元) 2년(761) 초당에서의 작품. 갖은 고생을 다한 두보거니와, 성도(成都)에서 어느 정도 생활도 안정되어 조금 한가함이나마 즐길 수 있는 여유가 생긴 듯, 한숨 돌리고 있는 두보의 모습이 느껴진다.

시골 늙은이

울타리 앞이
바로 기슭이라

강을 좇아 삐뚝히
기운 사립문.

맑은 담수(潭水) 모여들어
어부 그물을 치고

미끄러지듯 낙조(落照) 속 찾아드는
상인의 배들!

검각(劍閣)이 막혔거니
고향은 먼데

조각구름 금대(琴臺)에 엉기는 것
무슨 뜻이리?

동쪽 고을 되찾은 소식
안 들리는 중

가을이라 성문(城門)에서 들려 오는
뿔나발 설워…….

野老
야로

野老籬前江岸廻 柴門不正逐江開 漁人網集澄潭下 估客船隨返照來
야로리전강안회 시문부정축강개 어인망집징담하 고객선수반조래
長路關心悲劍閣 片雲何意傍琴臺 王師未報收東郡 城闕秋生畫角哀
장로관심비검각 편운하의방금대 왕사미보수동군 성궐추생화각애

주

◆野老(야로) : 시골 늙은이. ◆柴門不正逐江開(시문부정축강개) : 평지가
아닌 강기슭에 세운 문이기 때문에 강을 따라 기울어져 있다는 것. ◆潭
(담) : '못'이 아니라, 강에서 물이 많이 괴어 있는 곳. ◆估客(고객) : 상인
(商人). ◆返照(반조) : 저녁의 햇빛. ◆關心(관심) : 마음에 걸림. ◆劍閣
(검각) : 장안에서 촉(蜀)으로 가는 도중에 있는 요해처. ◆琴臺(금대) : 한
(漢)의 문호 사마상여(司馬相如)가 살던 유적. 두보의 초당 근처에 있었다.
◆王師(왕사) : 관군(官軍). ◆東郡(동군) : 동방의 여러 고을. 이곳은 사사
명(史思明)이 점령하고 있었다. ◆城闕(성궐) : 여기서는 성문을 가리킨다.
◆畫角(화각) : 그림으로 장식한 뿔나발.

해설

앞에서는 강촌의 저녁 풍경을 그리고, 뒤에서는 피난살이하는 비애를 읊조렸다. 그러면서도 초점이 흐려지지 않고 강렬한 감명을 주는 것은, 전반부의 풍경 묘사가 단순한 풍경이 아니라 비애가 속으로 억제된 정경이었기 때문이리라. 상원(上元) 원년(760)의 작품이다.

어느 선사에게

높다란 산 위에
한 채의 사찰

그 몇 겹 가로막은
연하(煙霞)이던가?

작은 돌에 기대어
샘이 어는데

개인 날씨 장송(長松)에서
떨어지는 눈.

법을 물어 시의
허망함 알고

일신을 관(觀)하니
술도 시들해…….

처자와의 인연의 줄
끊어 버리고

가까이 와 못 사는 것
한될 뿐일세.

謁眞諦寺禪師
알 진 체 사 선 사

蘭若山高處　煙霞障幾重　凍泉依細石　晴雪落長松
난 야 산 고 처　연 하 장 기 중　동 천 의 세 석　청 설 락 장 송

問法看詩妄　觀身向酒慵　未能割妻子　卜宅近前峰
문 법 간 시 망　관 신 향 주 용　미 능 할 처 자　복 택 근 전 봉

주

◆蘭若(난야) : 절. 범어 아란야(阿蘭若)의 약어(略語). 본래는 고요하고 한가
한 고장을 뜻하며, 그곳이 수행하기 좋으므로 절을 의미하게 되었다. ◆煙霞
(연하) : 안개와 놀. 이것은 실재의 풍경인 동시에 마음의 장애를 상징한다.
◆晴雪(청설) : 갠 날의 눈. ◆法(법) : 진리. ◆觀身(관신) : 자기 몸을 깊
이 관찰하는 것.

해설

이백(李白)이 도가(道家)에 가까웠던 시인인 데 대해 두보가 유교적인 인물이었던 것은 의심할 여지가 없다. 그러나 우국애민(憂國愛民)만으로는 채워질 수 없는 한 인간으로서의 문제도 안고 있었을 것이므로 때로 풍류의 세계를 드나들고, 때로 불교에 관심을 보였다 하여 조금도 이상할 건 없는 줄 안다. 그의 시로 미루어 볼 때, 불교에 대해 특별한 조예까지는 몰라도 기초적인 상식은 갖추고 있었고, 어느 정도의 호감도 지니고 있었던 것은 사실인 것 같다.

구조오(仇兆鼇)는 이 시에 대해 그 연대(年代)를 확정하기 어려우므로, 옛사람들의 관례를 따라 기주(夔州)에서의 작품으로 처리해 둔다고 했다.

우두사를 바라보고

우두산(牛頭山)에서
학림(鶴林)을 바라보니

깊은 산속 아득히
뻗은 사다리길.

봄빛은 산 밖까지
번져 왔는데

은하도 이 절가에
묵어 가는 듯.

밤낮 없이 전해야 할
법의 등이기

황금은 아낌 없이
땅에 까는 것.

미친 노래 하는 짓
이제 그만두고

나도 부주심(不住心)을
찾아 가지리.

望牛頭寺
망 우 두 사

牛頭望鶴林 梯逕繞幽深 春色浮山外 天河宿殿陰
우두망학림 제경요유심 춘색부산외 천하숙전음

傳燈無白日 布地有黃金 休作狂歌老 回看不住心
전등무백일 포지유황금 휴작광가로 회간부주심

주

◆牛頭山(우두산) : 강소성(江蘇省) 강녕부(江寧府) 금릉(金陵)에 있던 절.
◆鶴林(학림) : 중인도(中印度)의 니련선하(尼蓮禪河) 가에 있는 사라쌍수
(娑羅雙樹)의 숲. 석가가 여기서 입멸하자 숲이 모두 흰 빛으로 되어 마치
학이 모여 앉은 것 같았으므로 생긴 이름. 그래서 '절'의 뜻으로 쓰이게 되
었다. ◆梯逕(제경) : 사다리를 타고 올라가는 작은 길. ◆天河(천하) : 은
하(銀河). ◆殿陰(전음) : 전각의 그늘. ◆傳燈(전등) : 등은 어둠을 비추는
것이기에 법을 비유한다. 전등이란 법맥을 이어가는 일. ◆無白日(무백
일) : 밤낮의 구별이 없음. ◆布地有黃金(포지유황금) : 급고독장자(給孤獨
長者)가 기타태자(祇陀太子)로부터 동산을 사던 이야기. 사위성(舍衛城) 교

외에 기타태자의 동산이 있었는데, 급고독장자가 이것을 사서 부처님에게 바치고자 했다. 황금을 이 땅 위에 깔면 팔겠다는 태자의 농담을 받아들여 장자는 80경(頃)의 지면에 황금을 깔아 놓았다. 이에 놀란 태자는 땅을 팔고 자기도 숲을 기증하였는데, 여기에 세운 절이 두 사람의 이름을 딴 기다수급고독원(祇多樹給孤獨園)이며, 줄여서 기원정사(祇園精舍)라고 한다. ◆不住心(부주심) : 무엇에도 얽매이지 않는 마음.

해설

하도 현실의 중압에 짓눌려 지낸 두보고 보니, 때로는 그런 현실을 훨훨 떨쳐 버리고 싶은 생각도 들었으리라. 이 우두산이 우두선(牛頭禪)의 본거지인 금릉(金陵)의 그것인지, 다른 데에 또 그런 산이 있는지는 확실치 않다. 광덕(廣德) 원년(763) 재주(梓州)에 있을 때의 작품이다.

도솔사

도솔사(兜率寺)는 천하에
이름 있는 절

진여(眞如) 찾아 법당에
참여하였네.

강산으로는
파촉(巴蜀)을 거느리고

목재는 모두
제량(齊粱)의 그것.

오랜 슬픔 젖어오기
유신(庾信)이어도

하옹(何顒)인 양 산수의 낙(樂)
차마 못 잊어…….

백우(白牛) 끄는 수레는
원근(遠近) 없으니

자비의 그 배에
올라 봤으면!

上兜率寺
상도솔사

兜率知名寺　眞如會法堂　江山有巴蜀　棟宇自齊梁
도솔지명사　진여회법당　강산유파촉　동우자제량
庾信哀雖久　何顒好不忘　白牛車遠近　且欲上慈航
유신애수구　하옹호불망　백우거원근　차욕상자항

주

◆兜率寺(도솔사) : 재주(梓州)에 있다. ◆眞如(진여) : 우주 만유에 보편한
상주불변(常住不變)하는 본체. ◆江山有巴蜀(강산유파촉) : 재주(梓州)가 파
군(巴郡)·촉군(蜀郡) 사이에 있으므로 하는 말. ◆棟宇(동우) : 동자기둥과
추녀, 곧 집의 뜻. ◆齊梁(제량) : 제와 양은 좋은 목재의 산지. ◆庾信(유
신) : 육조(六朝) 말의 대시인. 양 원제(梁元帝) 때 서위(西魏)에 사신으로
가서 장안에 머물러 있는 중, 마침 서위가 북주(北周)의 우문씨(宇文氏)에
망하고, 또 본국인 양이 진(陳)에 망하는 사건이 일어났다. 그는 하는 수 없
이 북주를 섬겨 중용(重用)되었으나, 고향을 그리워하여 '애강남부(哀江南
賦)'를 지었다. ◆何顒(하옹) : 후한(後漢) 사람. 항상 산수를 찾아 놀았다.

◆白牛(백우) : 법화경에서 양·사슴·흰 소로 법을 비유했는데, 흰 소는 일승법(一乘法)을 나타낸 것. ◆慈航(자항) : 부처님의 자비에 의한 구제를 배에 비긴 것.

해설

'강산유파촉(江山有巴蜀) 동우자제량(棟宇自齊梁)!' 천하를 삼킬 듯한 기상에 압도될 뿐이다. 이것도 광덕(廣德) 원년(763)의 작품이다.

2
우정의 푸른 물결

이귀년(李龜年)

기왕(岐王)의 궁(宮) 속에서
늘 만나고

노래 몇 번 들었던가,
최구(崔九)네 안뜰.

뜻밖에도 강남의
좋은 풍경 속

꽃이 지는 이 시절에
그대 다시 만났느니!

江南逢李龜年
강남봉이귀년
岐王宅裏尋常見 崔九堂前幾度聞 正是江南好風景 落花時節又逢君
기왕택리심상견 최구당전기도문 정시강남호풍경 낙화시절우봉군

주

◆岐王(기왕) : 현종(玄宗)의 아우로 문사들을 환대했다. ◆尋常(심상) : 예
사로. ◆崔九(최구) : 최척(崔滌)이라는 귀족. 구(九)는 배항(排行)이니, 종
형제끼리의 순서를 표시한 것. ◆堂前(당전) : 당의 앞이니, 안뜰.

해설

전쟁은 마술사여서 기성의 질서를 뒤바꾸어 놓는다. 제왕을 거지로 만
들기도 하고, 파락호를 용상에 앉히기도 한다. 두보는 워낙 가진 것이
없었던 사람이매 그의 유랑을 몰락이라고까지는 말할 수 없으려니와,
이귀년(李龜年)은 황제의 총애가 두터운 명창(名唱)이었으므로 낙백한
그 모습을 만리 타향에서 보았을 때 다소의 감개가 없을 수 없었던 것.
대력(大曆) 5년(770) 담주(潭州)에서의 작품이니 담주는 호남성의 장사
(長沙)이다. 성도를 떠난 두보가 양자강을 끼고 내려보면서 여기저기에
머물다가 여기에 왔을 때는 어느덧 59세가 되어 있었고, 이 해 겨울에는
장안으로 돌아가려다가 담주와 악주(岳州) 사이에서 생을 마치게 된다.
  율시(律詩)와는 달리 절구(絶句)의 경우는 자연스러운 속에 신운(神韻)
이 감돌아야 해서, 두보의 사실적(寫實的) 기풍은 이와 맞지 않는다. 그
래선지 그의 절구는 거의 볼 것이 없는데, 이 작품만은 감개가 전편을
일관하고 있어서 읽을 만하다 하겠다.

이백에게

광객(狂客) 한 사람 예전에 있어
그대를 적선(謫仙)이라 기리었거니
붓을 대면 비바람도 놀라 술렁이고
귀신마저 울리던 그 시 솜씨!
이로부터 명성이 크게 일어나
숨긴 재주 일조(一朝)에 피어났으니
빛나는 글 남다른 상총(上寵) 입으며
전파되니 비길 바 없었더니라.
백련지(白蓮池) 노를 저어 용주(龍舟) 더디고
용문(龍門)에 시를 바쳐 금포(錦袍) 뺏으니
백일(白日) 아래 구중궁궐 드나드는 몸
청운(靑雲) 피어나매 까마득 후진(後塵) 따르다.
돌아가기 우악한 칙허(勅許) 받잡고
나를 만나 더없는 교우(交友) 맺으니
숨으려는 옛 뜻을 안 저버리고
총욕(寵辱)이 엉킨 몸을 보존함이여.
고담(高談)을 펴 야일(野逸)을 측은해 하고

술을 즐겨 천진(天眞)을 드러냈으니
취하여 양원(梁園)에서 춤추던 밤과
거닐면서 노래한 사수(泗水)의 봄날!
재주 높아 그 뜻을 펼 길이 없고
도(道) 꺾이매 이웃 없어라.
처사로는 영특하기 예형(禰衡)이 분명한데
제생(諸生)에선 가난하기 원헌(原憲)이어서
식량마저 넉넉히는 못 구한 몸이
율무로 해 비방받음 어찌 잦은지?
오령(五嶺)의 찌는 듯이 무더운 고장
삼위(三危)에 추방된 신하 됐으니
복조(鵩鳥)는 그 언제 만났음이리?
홀로 기린 향하여 울음 우니라.
소무(蘇武) 먼저 한(漢)으로 돌아갔어도
황공(黃公)이야 어떻게 진(秦)을 섬기리?
초(楚)의 잔치 단술로 해 떠나간 그가
양(梁)의 옥중 글을 바칠 몸이 될 줄야!
당시의 법으로 다스렸거니
누구 있어 이 뜻을 말인들 내리?
늙어서 읊조리니 가을밤 달 밝은데
앓다가 저녁 강변 일어 서성이노니

은혜의 물결 막혔다 의아해 말라.
떼 타고 그대 함께 나루 물으리.

寄李十二白二十韻
기 이 십 이 백 이 십 운

昔年有狂客　號爾謫仙人　筆落驚風雨　詩成泣鬼神
석년유광객　호이적선인　필락경풍우　시성읍귀신

聲名從此大　汩沒一朝伸　文彩承殊渥　流傳必絶倫
성명종차대　골몰일조신　문채승수악　유전필절륜

龍舟移棹晚　獸錦奪袍新　白日來深殿　靑雲滿後塵
용주이도만　수금탈포신　백일래심전　청운만후진

乞歸優詔許　遇我宿心親　未負幽棲志　兼全寵辱身
걸귀우조허　우아숙심친　미부유서지　겸전총욕신

劇談憐野逸　嗜酒見天眞　醉舞梁園夜　行歌泗水春
극담련야일　기주견천진　취무양원야　행가사수춘

才高心不展　道屈善無隣　處士禰衡俊　諸生原憲貧
재고심부전　도굴선무린　처사예형준　제생원헌빈

稻梁求未足　薏苡謗何頻　五嶺炎蒸地　三危放逐臣
도량구미족　의이방하빈　오령염증지　삼위방축신

幾年遭鵬鳥　獨泣向麒麟　蘇武先還漢　黃公豈事秦
기년조복조　독읍향기린　소무선환한　황공개사진

楚筵辭醴日　梁獄上書辰　已用當時法　誰將此義陳
초연사례일　양옥상서신　이용당시법　수장차의진

老吟秋月下　病起暮江濱　莫怪恩波隔　乘槎與問津
노음추월하　병기모강빈　막괴은파격　승사여문진

주

◆十二(십이) : 배항(排行)이니, 집안의 같은 항렬끼리의 서열. ◆狂客(광객) : 반속적(反俗的)인 기인을 일컫는 말. 봉가(鳳歌)를 불러 공자를 비웃은 접여(接輿)를 『논어(論語)』에서 초광(楚狂)이라 한 것이 그 예다. 여기서는 하지장(賀知章)을 가리킨다. ◆謫仙人(적선인) : 이백이 장안에 나타나자, 하지장은 그의 시를 읽고 감탄한 나머지 적선(謫仙 : 귀양온 신선)이라 부르고, 허리에 차고 있던 금귀(金龜)를 풀어 술을 한턱 냈다. ◆汨沒一朝伸(골몰일조신) : 골몰(汨沒)은 잠기어 숨겨진다는 뜻. 숨어 있던 이백의 재능이 하루 아침에 인정을 받게 되었다는 것. 장안에 나타난 이백은 일약 유명해져 한림학사(翰林學士)가 되었다. ◆殊渥(수악) : 천자의 특별한 은총. ◆龍舟(용주) : 천자의 배. 백련지(白蓮池)에서 선유(船遊)를 즐기던 현종(玄宗)은 이백을 불러 시를 쓰게 했는데, 술에 취해 있던 이백은 배에 오를 수 없어 고력사(高力士)가 부축해 주어야 했다. ◆奪袍(탈포) : 칙천무후(則天武后)가 용문(龍門)에 행차했을 때, 신하들에게 시를 짓게 하였는데 동방규(東方虯)의 시가 먼저 이루어졌다. 이것을 읽은 무후는 칭찬하면서 상으로 금포(錦袍)를 하사했다. 그런데 송지문(宋之問)이 시를 바치자, 동방규로부터 다시 금포를 빼앗아 그에게 주었다. ◆白日來深殿(백일래심전) : 백일(白日)은 군왕의 비유. 천자의 총애를 입어 궁중에 출사(出仕)하게 되었다는 뜻. ◆靑雲滿後塵(청운만후진) : 학덕이 높은 현인을 청운지사(靑雲之士)라 한다. 『사기(史記)』 백이전(伯夷傳)에 '시골에 있으면서 행실을 닦고 이름을 세우려 하는 사람이, 학덕이 높은 성현(聖賢 : 靑雲之士)을 따르지 않는다면, 어떻게 후세에 이름을 남길 수 있겠는가' 했다. 후진(後塵)은 뒤에서 일어나는 티끌이니, 귀인을 따르는 사람을 가리킨다. 이백이 유명해지자 추종하는 인사가 많이 생겼다는 뜻. ◆乞歸優詔許(걸귀우조허) : 고력사(高力士)의 모략으로 거북하게 된 이백이 벼슬을 그만 두고 돌아갈 뜻을 밝히자, 현

종은 이를 허락하고 금을 하사했다. ◆遇我宿心親(우아숙심친) : 아(我)는 두보의 자칭. 숙심(宿心)은 평소에 지니고 있던 마음. 이백은 추방된 뒤에 두보와 사귀었던 것 같다. ◆未負幽棲志(미부유서지) : 그윽한 산수 사이에 숨어 살려는 뜻을 저버리지 않았다는 뜻. 벼슬을 그만 두고 야인이 되었기에 하는 말. ◆兼全寵辱身(겸전총욕신) : 아울러 총애와 욕이 겹친 몸을 보존함. 이백은 영광과 모욕을 겸해 가지고 있다는 뜻. ◆野逸(야일) : 야(野)에 묻혀 있는 숨은 선비. ◆梁園(양원) : 한 양효왕(漢梁孝王)이 만든 정원. ◆泗水(사수) : 산동성(山東省)에 있는 강. 공자가 제자를 가르친 곳. ◆道屈善無隣(도굴선무린) : 공자의 '덕불고 필유린(德不孤必有隣)'을 전제로 한 말. 도가 꺾이매 선인에게도 이웃이 없다는 것. ◆禰衡(예형) : 후한 사람. 자(字)는 정평(正平). 공융(孔融)이 상소하여 그를 천거하되, '처사예형 연이십사 숙질정량 영재탁락(處士禰衡 年二十四 淑質貞亮 英才卓礫)'이라 했다. 거만한 탓으로 황조(黃祖)에게 죽음을 당함. ◆原憲(원헌) : 공자의 제자. 어진 인물이었으나 매우 가난했다. ◆稻粱云云(도량운운) : 영왕(永王)의 기병(起兵)에 참가한 것은, 오직 의식을 해결하기 위함이었다는 뜻. ◆薏苡謗何頻(의이방하빈) : 의이(薏苡)는 율무. 후한의 마원(馬援)이 남만(南蠻)을 치고 돌아올 때 율무의 씨를 싣고 왔는데, 사람들은 그것이 명주대패(明珠大貝)라고 비방했다. ◆五嶺(오령) : 이백은 영왕과 관련된 탓으로 야랑(夜郎)에 귀양갔는데, 그곳이 절역(絕域)이라 오령(五嶺)・삼위(三危)에 비유한 것. 오령은 시흥(始興)의 대유령(大庾嶺)・계양(桂陽)의 기전령(騎田嶺)・구진(九眞)의 도방령(都龐嶺)・임하(臨賀)의 맹호령(萌浩嶺)・시안(始安)의 월성령(越城嶺). ◆三危(삼위) : 산 이름. 감숙성(甘肅省) 돈황현(敦煌縣) 남쪽에 있는데, 순(舜)이 삼묘(三苗 : 오랑캐 이름)를 삼위에 추방했다고 『서경(書經)』에 나와 있다. ◆鵩鳥(복조) : 상서롭지 못하다고 여겨진 새. 복새. 가의(賈誼)가 장사(長沙)에 좌천되어 있을 때, 복조가 그 집에 모여들었다.

그래서 가의는 「복조부(鵩鳥賦)」를 썼다. ◆獨泣向麒麟(독읍향기린) : 노애공(魯哀公) 14년에 사냥하다가 기린을 잡았는데, 공자는 이것을 보고 울었다. 기린은 성왕(聖王)이 있을 때에 나타나는 짐승인데, 그것이 제때가 아닌 시기에 나타났다가 소인배의 손에 죽은 것을 슬퍼한 것이다. 이백의 불우(不遇)를 상징한 것. ◆蘇武先還漢(소무선환한) : 소무(蘇武)는 19년이나 흉노에 잡혀 있다가 한으로 돌아왔다. 이백도 귀양살이를 하여 못 돌아가고 있으므로 그에 비겨 소무는 먼저 귀국한 셈이 된다. ◆黃公豈事秦(황공기사진) : 황공(黃公)이 어찌 진(秦)을 섬기랴. 이백이 진심으로 영왕 린(永王璘)을 섬겼을 리가 없다는 뜻. 황공은 상산사호(商山四皓)의 한 사람. ◆楚筵辭醴(초연사례) : 목생(穆生)은 술을 못 먹었다. 그래서 원왕(元王)은 연회 때마다 그를 위해 단술을 준비시켰다. 그런데 아들 무(戊)가 왕이 되자, 단술 준비를 잊었으므로 목생은 떠나갔다. 이백이 진작 영왕 밑을 떠났다는 뜻. ◆梁獄上書(양옥상서) : 한의 추양(鄒陽)이 양효왕(梁孝王)을 섬겼는데, 모략으로 옥에 갇힌 일이 있었다. 그는 옥중에서 글을 올려 변명했는데, 그 때문에 곧 석방되었다. 이백이 심양(潯陽)의 옥에 갇힌 것을 가리킨 것. ◆問津(문진) : 『논어(論語)』 「미자편(微子篇)」에 공자가 자로를 시켜 나루터의 소재를 묻게 했다는 기록이 보인다.

해설

이백은 두보와 함께 당(唐)만이 아니라 중국 5천 년을 대표하는 대시인이다. 이백이 영왕(永王) 사건에 말려들어 고생하고 있을 때, 우정 넘치는 장시(長詩)를 보낸 것이 이 작품이다. 표현은 거의 고사(故事)를 통해 전개해 나갔는데, 그러면서도 현학적인 혐오감이 들지 않고 도리어 그 지정(至情)에 가슴이 찡해지는 것은, 고실(故實)의 인용이 아주 적확하고 수사(修辭)가 절실한 때문이다. 제작 연대는 건원(乾元) 2년(759)이다.

왕랑을 전송하면서

왕랑(王郞)이 술에 취해, 칼 뽑아 땅을 치며 막애(莫哀)를 노래
하니
억눌려 있던 크나큰 그대의 기재(奇才), 내가 나서 이에 드러내
주리.
예장(豫章)의 큰나무 바람에 춤추매 백일(白日)도 움직이고
고래 있어 물결을 차는 곳 바다 열리느니
칼을 벗어 놓고, 그대여 배회치 말라

서녘으로 제후(諸侯) 찾아 금수(錦水) 가시면
어느 문 향하여 발길 옮기실지?
중선루(仲宣樓)에 봄빛이 무르익는 철
청안(靑眼) 고가(高歌)로 그대 보내노니
여보게나, 이 몸 이미 늙었어라.

短歌行贈王郎司直
단 가 행 증 왕 랑 사 직

王郎酒酣拔劍斫地歌莫哀 我能拔爾抑塞磊落之奇才
왕 랑 주 감 발 검 작 지 가 막 애　아 능 발 이 억 색 뇌 락 지 기 재

豫章翻風白日動 鯨魚跋浪滄溟開 且脫佩劍休徘徊
예 장 번 풍 백 일 동　경 어 발 랑 창 명 개　차 탈 패 검 휴 배 회

西得諸侯棹錦水 欲向何門跂珠履 仲宣樓頭春色深
서 득 제 후 도 금 수　욕 향 하 문 삽 주 리　중 선 루 두 춘 색 심

青眼高歌望吾子 眼中之人吾老矣
청 안 고 가 망 오 자　안 중 지 인 오 로 의

주

◆短歌行贈王郎司直(단가행증왕랑사직) : '단가행(短歌行)'을 써서 사직(司直) 왕랑(王郎)에게 준다는 뜻. '단가행'은 악부(樂府)의 제목. ◆王郎(왕랑) : 새로 절도사의 막료가 되어 촉(蜀)으로 가는 전 사직 왕모(前司直王某)를 부르는 말. ◆斫地(작지) : 땅을 침. ◆歌莫哀(가막애) : '막애(莫哀)'를 노래함. 조식(曹植)의 「민지부(愍志賦)」에 '애막애어영절 비막비어생리(哀莫哀於永絶 悲莫悲於生離)'라 했다. 매우 비장한 노래를 불렀다는 뜻. ◆抑塞(억색) : 억눌리고 막히는 것. 뜻이 제대로 이루어지지 않는 일. ◆磊落(뇌락) : 마음이 큰 모양. ◆豫章(예장) : 큰 남나무[楠]를 이르는 말. ◆鯨魚跋浪滄溟開(경어발랑창명개) : 고래가 물결을 차면 바다가 갈라진다는 뜻. ◆諸侯(제후) : 절도사를 이르는 말. ◆錦水(금수) : 성도(成都)에 있는 금강(錦江). ◆何門(하문) : 어느 절도사의 문하. ◆跂珠履(삽주리) : 구슬로 장식한 신을 신는 것. 제후로부터 우대를 받는다는 뜻. 『사기(史記)』 춘신군전(春申君傳)에, 그 식객 중 상객(上客)들은 구슬로 장식한 신[珠履]을 신고 조나라 사신을 만났다는 기록이 있다. ◆仲宣樓(중선루) : 지금의 호북성(湖北省) 형

주부(荊州府) 강릉현(江陵縣)에 있던 누각. 삼국시대에 위(魏)의 왕찬(王粲)
이 난을 피해 이 지방에 왔다가 다락에 올라 부(賦)를 지었는데, 그의 자가
중선(仲宣)이기 때문에 다락 이름이 중선루(仲宣樓)가 되었다. 우리 신석북
(申石北)의 유명한 「관산융마(關山戎馬)」 첫머리에 '인재서풍중선루(人在西風
仲宣樓)'라 한 그 누각이다. ◆靑眼(청안) : 기쁜 눈으로 바라보는 것. 진
(晉)의 완적(阮籍)은 친구가 오면 청안(靑眼)으로 보고, 속인이 나타나면 백
안(白眼)으로 흘겨보았다 한다. ◆吾子(오자) : 상대를 친근하게 부르는 말.
그대·자네. ◆眼中之人(안중지인) : 평소에 잘 아는 사람. 여기서는 왕랑
을 가리킨다. ◆吾老矣(오로의) : 나는 늙어서 아무 일도 못 한다는 뜻.『논
어(論語)』미자편(微子篇)에 '오로의 불능용야(吾老矣. 不能用也)'라 했다.

해설

사직은 관리를 사찰·규탄하는 벼슬인데, 왕랑이 그 자리를 떠나 촉
(蜀)의 절도사(節度使)의 막료(幕僚)로 부임하게 되어, 그 송별연에서 지
어 준 것이 이 시다. 이 시에서는 운(韻)이 바뀌었다. 이것을 환운(換韻)
이라 하는데, 운을 따라 내용도 바뀌게 마련이다. 첫 5행은 평성(平聲)
인 회운(灰韻)을, 다음 5행은 상성(上聲)인 지운(紙韻)을 사용했다. 전반
에서는 왕랑의 억울함을 위로했고 후반에서는 그를 격려했는데, 전후
가 다 5행의 기수(奇數)로 이루어져서 특이한 인상을 준다. 거기다가 첫
머리 2행은 각기 11자(字)로 구(句)가 구성돼 있어서, 그 호방하고 건장
한 맛이 묘한 분위기를 풍기니, 작자의 큰 솜씨를 알 만하다.

대력(大曆) 3년(769) 두보는 악주(岳州)에서 동정호(洞庭湖)를 보고 상
수(湘水)를 거슬러 담주(潭州)에 이른 것이 3월의 일이요, 다시 남으로

뱃길을 돌려 형주(衡州)로 갔으며, 여름에는 또다시 담주에 이르러 여기에 머물렀는데, 이런 과정에서 중선루(仲宣樓)에 올라 이 시를 지은 듯하다.

음중팔선가

지장(知章)은 말에서도 배를 탄 듯 흔들흔들
눈앞 아찔해 우물에 떨어져도 그대로 잠이 들리.
여양(汝陽)은 서 말 술 마시고야 입조(入朝)하느니
누룩을 실은 수레라도 만나면 침을 흘리며
한(恨)하기는 주천(酒泉) 고을 얻지 못하는 일!
좌상(左相)은 날로 유흥에만 만전(萬錢)을 쓰느니
술은 고래가 백천(百川) 물 마시는 듯,
잔 기울이며 '성(聖)은 즐기고 현(賢)은 피하느니라'고.
종지(宗之)야말로 깨끗한 미소년,
잔을 들고 천하를 노려볼 때면
옥수(玉樹)가 바람에 흔들리는 듯!
소진(蘇晉)은 부처 앞에 재계(齋戒)로 날 보내되
취하면 왕왕 선(禪)으로 피하는 버릇.
이백(李白)은 한 말 술에 시를 백 편씩!
장안의 술집에서 그대로 잠드노니
천자가 부르셔도 배에 아니 오르고
'주중(酒中)의 신선'이라 상주하니라.

장욱(張旭)은 석 잔 술에 초성(草聖)의 칭호!
맨머리로 왕공(王公)의 앞에도 나가
붓 잡으면 구름 안개 일어나는 듯.
초수(焦遂)는 닷말 술에 의기충천!
고담웅변(高談雄辯)이 사람을 놀래어라.

飲中八仙歌
음 중 팔 선 가

知章騎馬似乘船　眼花落井水底眠
지 장 기 마 사 승 선　안 화 낙 정 수 저 면

汝陽三斗始朝天　道逢麴車口流涎　恨不移封向酒泉
여 양 삼 두 시 조 천　도 봉 국 거 구 류 연　한 불 이 봉 향 주 천

左相日興費萬錢　飲如長鯨吸百川　銜杯樂聖稱避賢
좌 상 일 흥 비 만 전　음 여 장 경 흡 백 천　함 배 낙 성 칭 피 현

宗之瀟灑美少年　擧觴白眼望靑天　皎如玉樹臨風前
종 지 소 쇄 미 소 년　거 상 백 안 망 청 천　교 여 옥 수 임 풍 전

蘇晉長齋繡佛前　醉中往往愛逃禪
소 진 장 재 수 불 전　취 중 왕 왕 애 도 선

李白一斗詩百篇　長安市上酒家眠　天子呼來不上船　自稱臣是酒中仙
이 백 일 두 시 백 편　장 안 시 상 주 가 면　천 자 호 래 불 상 선　자 칭 신 시 주 중 선

張旭三杯草聖傳　脫帽露頂王公前　揮毫落紙如雲煙
장 욱 삼 배 초 성 전　탈 모 노 정 왕 공 전　휘 호 낙 지 여 운 연

焦遂五斗方卓然　高談雄辯驚四筵
초 수 오 두 방 탁 연　고 담 웅 변 경 사 연

주

♦知章(지장) : 하자장(賀知章). 비서감(秘書監)을 지냈다. 풍류인으로 유명하며, 이백의 재능을 처음으로 발견한 사람이다. ♦騎馬似乘船(기마사승선) : 술에 취해 말을 타고 가는 모양이 배라도 탄 듯 흔들흔들 한다는 것. 하지장이 배를 많이 이용하는 남방 사람이기에 농담을 한 것. ♦眼花(안화) : 눈앞이 아찔아찔하는 것. ♦汝陽(여양) : 현종(玄宗)의 조카인 여양왕(汝陽王) 이진(李璡). ♦朝天(조천) : 조정에 나아가는 것. 입조(入朝). ♦流涎(유연) : 군침을 흘리는 것. ♦移封向酒泉(이봉향주천) : 이봉(移封)은 봉해진 땅[食邑]을 옮기는 것. 주천(酒泉)은 고을 이름. 성 아래에 술 맛이 나는 샘이 있어서 이런 지명이 생겼다 한다. 주천을 글자 그대로 '술의 샘'으로 보고, 그곳을 식읍(食邑)으로 받는다는 뜻이다. ♦左相(좌상) : 좌승상(左丞相) 이적지(李適之). 천보(天寶) 5년 이임보(李林甫)의 모략으로 쫓겨나, 독약을 먹고 자살했다. ♦日興(일흥) : 매일의 유흥. ♦銜杯(함배) : 잔에 입을 댐. 술을 마시는 것. ♦樂聖稱避賢(낙성칭피현) : 삼국의 위(魏)에서 금주령이 시행된 일이 있는데, 술꾼들은 청주를 성인, 탁주를 현인이라는 은어로 불렀다. 이적지는 하야하면서 '피현초파상(避賢初罷相) 낙성차함배(樂聖且銜杯)'라 했다. 현(賢)은 소인배, 성(聖)은 청주를 가리킨 것. ♦宗之(종지) : 성은 최씨. 재상 최일용(崔日用)의 아들로 제국공(齊國公)을 계승하고, 시어사(侍御史)를 지냈다. ♦白眼望靑天(백안망청천) : 위(魏)의 완적(阮籍)은 친구가 오면 청안(靑眼)으로 맞고, 속물이 오면 백안(白眼)으로 대했다. 청천(靑天)을 백안(白眼)으로 본다는 것은, 천하를 노려본다는 뜻이리라. ♦蘇晉(소진) : 이부시랑(吏部侍郎)·호부시랑(戶部侍郎)을 거쳐 태자서자(太子庶子)를 지냈다. ♦長齋(장재) : 길이 재계함. ♦天子呼來不上船(천자호래불상선) : 범전정(范傳正)의 「이백신묘비(李白新墓碑)」에 의하면, 현종(玄宗)이 백련지(白蓮池)에서 뱃놀이할 때, 시를 쓰게 하기 위해 이백을 불렀

97

는데, 그는 마침 취해 있어서 배에 오를 수 없었다. 그래서 고력사(高力士)가 부축해 겨우 배에 태웠다고 한다. ◆張旭(장욱) : 초서의 명인. ◆草聖(초성) : 초서의 명인. 시성(詩聖)과 비슷한 용법. ◆脫帽露頂(탈모노정) : 모자를 벗고 머리를 드러내는 것. 당시로서는 예의에 어긋나는 일이었다. ◆焦遂(초수) : 미상. 『당서(唐書)』에도 보이지 않는다. 원교(袁郊)의 「감택요(甘澤謠)」에 '포의초수(布衣焦遂)'라는 말이 보이는 점으로 보아 서생으로 일생을 마친 것 같다. 또 『당사습유(唐史拾遺)』에는, 그가 심한 말더듬이였으나 술에 취하면 웅변이 되었다는 기록이 있다. ◆卓然(탁연) : 의기충천하는 모양. ◆四筵(사연) : 술자리 전체.

해설

술을 잘 마시는 명사 여덟 명을 약간 유머러스하게 노래한 작품이다. 그러나 시작과 전개와 결말이 없이, 8명의 사연이 8개의 단편으로 서술돼 있어서 아주 특이하다. 거기다가 사람에 따라 2·3·4의 구(句)를 자유로이 썼고, 구마다 압운(押韻)하였다. 형식면에서 아주 새로운 시체(詩體)를 시험해 본 것이라 여겨지며, 시적 성과에 있어서도 매우 독특한 초속미(超俗味)를 표현하는 데 성공하고 있다. 제작 연대는 천보(天寶) 5년(746)이라는 설이 있는데, 확실치는 않다.

조장군에게

장군은 위(魏)의 무제(武帝)의 자손
이제는 서민 되어 청문(淸門) 이루니
영웅의 할거(割據)하던 그 일은 그쳤어도
문채(文采) 풍류는 아직 남도다.
위부인(衛夫人) 그 밑에서 글씨 배울 제
왕우군(王右軍) 못 넘음만 오직 한하고
늙어감도 잊었거니 그림에의 길
부귀 따위야 뜬구름과 같은 것.
개원 연간(開元年間) 어전(御前)에 불리어 가서
자주 남훈전(南熏殿)에 사후(伺候)했으니
안색이 바래인 능연각(凌煙閣) 공신(功臣)
장군이 붓을 대자 생기 되찾아…….
어진 재상들 머리 위의 진현관(進賢冠)과
맹장(猛將)의 그 허리에 꽂힌 대우전(大羽箭)!
포공(褒公)·악공(鄂公)의 모발도 움직이어
격전에서 이제 막 돌아나 온 듯.
선제(先帝)께서 사랑하신 옥화총(玉花驄) 그 말

많은 화가 그렸건만 신통찮은 중
이날 섬돌 밑에 끌어내 와서
궁문께 세우니 바람이 일고.
그리라는 어명을 삼가 받들어
이리저리 화상(畵想)을 가다듬다가
붓 잡으니 순식간에 명마(名馬) 나타나
만고의 말 그림들 쓸어 버리다.
옥화총 도리어 탑상(榻上)에 있어
뜰의 옥화총과 서로 맞서니
흐뭇하사 지존께선 상 주라 분부
어인(圉人)·태복(太僕)도 넋을 잃어라.
제자 한간(韓幹)이 묘리(妙理) 터득해
또한 말 그림을 잘 그렸건만
살은 그리되 뼈는 못 그려
화류(驊騮)로 생기를 잃게 하도다.
장군의 그림에는 신(神)이 깃드니
명사 만나 그 그림 그려야 함을
지금은 난리통에 떠도는 신세
아무나 그리다니 한스러워라.
불우해 소인들의 천대 받으며
가난하기 공(公) 같은 이 다시 없으리.

그러나 고래로 성명(盛名) 밑에는

불행이 따랐거니 탓하지 말라.

丹青引贈曹將軍霸
단청인증조장군패

將軍魏武之子孫　장군위무지자손
於今爲庶爲淸門　어금위서위청문
英雄割據雖已矣　영웅할거수이의
文采風流今尚存　문채풍류금상존

學書初學衛夫人　학서초학위부인
但恨無過王右軍　단한무과왕우군
丹青不知老將至　단청부지노장지
富貴於我如浮雲　부귀어아여부운

開元之中嘗引見　개원지중상인견
承恩數上南熏殿　승은삭상남훈전
凌煙功臣少顔色　능연공신소안색
將軍下筆開生面　장군하필개생면

良相頭上進賢冠　양상두상진현관
猛將腰間大羽箭　맹장요간대우전
褒公鄂公毛髮動　포공악공모발동
英姿颯爽來酣戰　영자삽상래감전

先帝御馬玉花驄　선제어마옥화총
畫工如山貌不同　화공여산모부동
是日牽來赤墀下　시일견래적지하
迥立閶闔生長風　형립창합생장풍

詔謂將軍拂絹素　조위장군불견소
意匠慘澹經營中　의장참담경영중
斯須九重眞龍出　사수구중진룡출
一洗萬古凡馬空　일세만고범마공

玉花卻在御榻上　옥화각재어탑상
榻上庭前屹相向　탑상정전흘상향
至尊含笑催賜金　지존함소최사금
圉人太僕皆惆悵　어인태복개추창

弟子韓幹早入室　제자한간조입실
亦能畫馬窮殊相　역능화마궁수상
幹惟畫肉不畫骨　간유화육불화골
忍使驊騮氣凋喪　인사화류기조상

將軍善畫蓋有神　장군선화개유신
必逢佳士亦寫眞　필봉가사역사진
卽今漂泊干戈際　즉금표박간과제
屢貌尋常行路人　누모심상행로인

途窮反遭俗眼白　도궁반조속안백
世上未有如公貧　세상미유여공빈
但看古來盛名下　단간고래성명하
終日坎壈纏其身　종일감람전기신

주

◆魏武(위무) : 위 무제(魏武帝)니, 곧 유명한 조조(曹操). ◆淸門(청문) : 깨끗한 가문. ◆英雄割據(영웅할거) : 위·오·촉의 삼국이 정립(鼎立)한 사실을 가리킨다. ◆文采風流(문채풍류) : 조조는 무략(武略)에 뛰어났을 뿐만 아니라 시를 잘했다. 그 아들 조비(曹丕 : 文帝)와 조식(曹植)도 시를 잘해, 그들 삼부자는 그 시대 문단의 중심 인물이었다. ◆衛夫人(위부인) : 왕희지(王羲之)의 스승. 진(晉)의 여음태수(汝陰太守) 이구(李矩)의 아내니, 이름은 삭(鑠), 자는 무의(茂漪). 예서를 잘했다. ◆王右軍(왕우군) : 명필로 유명한 왕희지. 우군장군(右軍將軍)이 되었기에 이렇게 부른다. ◆不知老將至(부지노장지) : 늙음이 장차 이르려는 것을 모름. 『논어(論語)』 술이편(述而篇)에 '발분망식(發憤忘食), 낙이망우(樂而忘憂), 부지노지장지운이(不知老之將至云爾)'라 하였다. ◆富貴於我如浮雲(부귀어아여부운) : 부귀는 나에게는 뜬구름 같다는 것. 『논어(論語)』 술이편(述而篇)에 '불의이부차귀(不義而富且貴) 어아여부운(於我如浮雲)'이라 하였다. ◆開元(개원) : 당 현종의 연호. ◆南熏殿(남훈전) : 당의 대궐 이름. ◆淩煙功臣(능연공신) : 태종은 정관(貞觀) 17년에 공신 24명의 초상을 능연각(淩煙閣)에 그리게 했다. ◆進賢冠(진현관) : 문관의 관(冠) 이름. ◆褒公鄂公(포공악공) : 당의 명장이던 단지현(段志玄)과 울지경덕(尉遲敬德). 그들은 공에 의해 각기 포국공(褒國公)·악국공(鄂國公)에 봉해졌다. ◆先帝(선제) : 현종을 가리킴. ◆玉花驄(옥화총) : 대완(大宛 : 서역에 있던 나라 이름)에서 난 현종의 애마 이름. 대완은 뛰어난 말의 산지로 유명했다. ◆赤墀(적지) : 붉은 칠을 한 계단. ◆閶闔(창합) : 궁문. 원래는 하늘의 자미궁(紫微宮)의 문. ◆拂絹素(불견소) : 붓으로 흰 비단을 떨침. 그림을 그린다는 뜻. ◆意匠(의장) : 상(想)을 다듬는 것. ◆經營(경영) : 구도(構圖). ◆眞龍(진룡) : 준마(駿馬). 팔척 이상의 말을 용이라 부른다고 『주례(周禮)』에 보인다. ◆屹(흘) : 고개를 드는 모양. ◆圉

人(어인) : 말을 기르는 벼슬아치. ◆太僕(태복) : 수레와 말을 관장하는 관리. ◆惆悵(추창) : 감탄한 나머지 넋을 잃는 것. ◆韓幹(한간) : 대량(大梁) 사람으로 말을 잘 그렸다. ◆入室(입실) : 학문이 이루어지는 것.『논어(論語)』선진편(先進篇)에 '유야승당의(由也升堂矣) 미입어실야(未入於室也)'라 했다. ◆驊騮(화류) : 명마의 이름. ◆途窮(도궁) : 길이 막힘. 곤경에 빠지는 것. ◆俗眼白(속안백) : 속된 무리가 노려봄. 소인들이 멸시하는 것. 백(白)은 백안(白眼)이니, 완적(阮籍)이 속된 사람이 오면 백안(白眼)을 떴다는 고사에서 나온 말. ◆坎壈(감람) : 영락(零落)하여 불우한 것.

해설

원 제목은 '단청(丹靑)의 노래로 조장군(曹將軍) 패(霸)에게 준다'는 뜻. 옛날에는 여행이나 전쟁에 말을 이용했으므로 그들의 말에 대한 관심은 오늘의 그것과는 아주 달랐다. 자기 첩을 탐나는 말과 바꾼 일화가 전할 정도다. 두보에게는 말의 그림을 노래한 것이 여러 편 있거니와, 이것도 그 중의 하나로, 사람을 그리고 말을 묘사하여 큰 솜씨를 종횡으로 구사했다. '장군위무지자손(將軍魏武之子孫)'이라는 뻣뻣한 말로 시작하여, 평측(平仄)의 운을 바꾸어 가면서 고시체(古詩體)의 꿋꿋한 맛을 멋있게 살려 놓았다. 광덕(廣德) 2년(764) 성도(成都)에서 지은 것이라 한다.

하(何)장군의 산장 1

아직껏 남당(南塘) 길을
알지 못하더니

지금 나는 제오교(第五橋)를
건너서 가네.

푸른 물을 따라
명원(名園) 열리고

하늘 높이 치솟은
문전(門前)의 대숲!

자오곡(子午谷)관 예부터
가까웠기에

호량(濠梁)에 불리어
함께 가느니

104

평생에 산수(山水)의 낙(樂)
위하여서는

길이 먼 것쯤
아낀 적 없네.

陪鄭廣文遊何將軍山林十首 一
배정광문유하장군산림십수 일

不識南塘路 今知第五橋 名園依綠水 野竹上靑霄
불식남당로 금지제오교 명원의녹수 야죽상청소

谷口舊相得 濠梁同見招 平生爲幽興 未惜馬蹄遙
곡구구상득 호양동견초 평생위유흥 미석마제요

주

◆何將軍(하장군) : 하씨(何氏)라는 것 외에는 전하는 것이 없다. ◆南塘(남
당) : 장안 남쪽 교외의 지명. ◆第五橋(제오교) : 다리 이름. ◆靑霄(청소) :
푸른 하늘. ◆谷口(곡구) : 골짜기 입구. 한(漢)의 정자진(鄭子眞)은 장안 남
쪽의 자오곡(子午谷)에 숨어 살았으나, 그 명성은 장안에 떠들썩하였다. 여기
서는 동성인 정건(鄭虔)을 그에 비긴 것. ◆舊相得(구상득) : 예전부터 서로
마음을 허락한 사이란 뜻. ◆濠梁(호량) : 호(濠)라는 물에 걸린 다리. 장자
가 혜시(惠施)와 호량(濠梁)에 놀면서 물고기의 즐거움을 알 수 있는지 어떤
지에 대해 논했다는 고사. 여기서는 하장군의 산장이 물을 끼고 있으므로,
이것에 비긴 것. ◆同(동) : 정건과 함께. ◆幽興(유흥) : 산수에 대한 흥취.

해설

두보의 나이 마흔 하나나 둘 때의 작품. 두보는 벼슬을 하기 위해 과거에도 응했으나 낙제했고, 황제에게 '삼대예부(三大禮賦)'를 바친다든가 고관들에게 시를 보낸다든가 하여 백방으로 노력했건만 여의치 않았다. 역사를 투시하는 눈과 민중에 대한 사랑이 생긴 것은 전쟁을 체험한 뒤의 일이며, 이때의 작품에는 아직 후기의 그것 같은 침통한 색채는 나타나지 않고 있었다.

원 제목은 정광문을 따라 하 장군의 산림에 가서 논 10수(首)라는 뜻이다. 정광문은 두보의 친구인 정건(鄭虔)이요, 광문이란 광문관(廣文館)에 벼슬하고 있었기에 부른 말이다. 산림은 별장을 겸한 장원(莊園). 천보(天寶) 12년(753)에 지은 것이라는 설이 유력하다.

하장군의 산장 2

넓기도 넓은
풍담(風潭)의 물가

바다같이 짙푸른
아름드리 여름나무!

가지 낮게 드리워
열매를 맺고

잎이 맞닿는 곳
꾀꼬리 살아…….

은실 같은 붕어 회
싱싱도 한데

푸른 시내 향그러운
미나리의 국.

크나큰 배 다락의
속에 앉아서

저녁 들며 월중(越中)을
가는 듯하네.

陪鄭廣文遊何將軍山林十首 二
배 정 광 문 유 하 장 군 산 림 십 수 이

百頃風潭上 千章夏木靑 卑枝低結子 接葉暗巢鶯
백 경 풍 담 상 천 장 하 목 청 비 지 저 결 자 접 엽 암 소 앵

鮮鯽銀絲膾 香芹碧澗羹 翻疑柂樓底 晚飯越中行
선 적 은 사 회 향 근 벽 간 갱 번 의 타 루 저 만 반 월 중 행

주

◆百頃(백경) : 넓은 것의 형용. 일경(一頃)은 백묘(百畝). ◆風潭(풍담) :
소(沼)의 이름. 강물이 특히 깊어서 못 같은 인상을 주는 곳이 담(潭)이다.
◆上(상) : 기슭. 가. ◆千章(천장) : 나무가 매우 큰 것의 형용. 장(章)은
목재의 크기를 말하는 단위. ◆結子(결자) : 열매를 맺음. ◆鮮鯽(선적) :
싱싱한 붕어. ◆香芹(향근) : 향그러운 미나리. ◆柂樓(타루) : 큰 배의 다
락집처럼 된 선실. ◆越中(월중) : 지금의 절강성(浙江省) 소흥현(紹興縣) 일
대. 월(越)나라 땅.

해설

시원한 물가의 나무 그늘에서 붕어 회로 술을 들고 미나리로 끓인 국을 마시면서 노니는 정경이다. 긴장에 휩싸인 후반의 생애와는 달리, 불우한 중에서도 한가한 한때가 있었음을 알 수 있다.

하장군의 산장 3

먼 만리길
찾아온 융왕자(戎王子)꽃

월지국(月支國) 떠난 것은
언제였던지?

천애(天涯)에서 나타난
신기한 꽃이

넝쿨 벋어 맑은 못을
휩싸고 있어…….

한(漢)나라 사신
공연히 다녀오고

신농씨(神農氏)도
끝내 몰랐던 이것.

이슬에 뒤집히고
비를 맞으며

차츰 어지러이
꽃피어 가네.

陪鄭廣文遊何將軍山林十首 三
배정광문유하장군산림십수 삼

萬里戎王子 何年別月支 異花來絶域 滋蔓匝淸池
만리융왕자 하년별월지 이화래절역 자만잡청지

漢使徒空到 神農竟不知 露翻兼雨打 開折漸離披
한사도공도 신농경부지 노번겸우타 개절점리피

주

◆戎王子(융왕자) : 꽃이름. ◆月支(월지) : 서역에 있었던 나라 이름. 월지
(月氏)라고도 쓴다. ◆絶域(절역) : 아주 먼 지역. ◆滋蔓(자만) : 무성히 뻗
어 간 덩굴. ◆漢使(한사) : 한(漢)의 장건(張騫). 그는 무제(武帝)의 명령으
로 서역을 탐험하여, 묵숙(苜蓿 : 거여목)·포도(葡萄) 등의 씨를 중국에 가
져왔다. ◆徒空到(도공도) : 공연히 그곳에 이르렀다는 뜻. 모처럼 거기까
지 갔으면서도 이 이름난 꽃을 가져오지 못했다는 것. ◆神農竟不知(신농
경부지) : 신농씨(神農氏)는 온갖 풀을 씹어 보아 식용과 약용의 풀을 구분
했다 하나, 이 융왕자라는 꽃만은 알지 못했다는 뜻. ◆開折(개절) : 꽃망
울이 벌어져 꽃이 피는 것. ◆離披(이피) : 어지러이 피는 모양.

해설

하 장군의 정원 못물 가에는 융왕자(戎王子)꽃이 어지러이 피어 있어서,
외국에서 들어온 지 얼마 안 되는 이 신기한 꽃이 시심(詩心)을 돋구었
던 것. 시는 이 꽃처럼 아름다우면서도 애수에 차 있다.

하장군의 산장 4

곁채는 벋어
대숲에 이어지고

성긴 울타리
철 늦은 꽃들!

소용돌이 깊어
말도 삼킬 듯

뱀이 도사린 양
굽은 등 넝쿨.

사부(詞賦) 능해도
이(利)될 것 없는데

산림엔 두루
노닐지 못했으니,

읽던 책 모두
내다가 팔아

그대네 동쪽에
집 짓고 살리.

陪鄭廣文遊何將軍山林十首 四
배 정 광 문 유 하 장 군 산 림 십 수 사

旁舍連高竹 疎籬帶晚花 礙渦深沒馬 藤蔓曲藏蛇
방 사 연 고 죽　소 리 대 만 화　전 와 심 몰 마　등 만 곡 장 사

詞賦工無益 山林跡未賒 盡捻書籍賣 來問爾東家
사 부 공 무 익　산 림 적 미 사　진 념 서 적 매　내 문 이 동 가

주

◆旁舍(방사) : 한쪽 곁에 있는 집. 곁채.　◆疎籬(소리) : 성긴 울타리.　◆礙
渦(전와) : 소용돌이. 물이 빙빙 도는 곳.　◆曲藏蛇(곡장사) : 등 덩굴의 굽은
모양이 뱀이 도사린 것 같다는 뜻.　◆詞賦(사부) : 시를 일컫는 말.　◆工
(공) : 교묘함.　◆賒(사) : 먼 것.　◆捻(염) : 집음.　◆來問爾東家(내문이동
가) : 그대의 동쪽 집에 와서 살겠다는 뜻.

해설

전반에서는 산가(山家)의 경치를 말하고, 후반에 와서는 글을 잘해도 소용 없다 하여 하 장군을 따라 은거할 뜻을 밝혔다. '사부공무익(詞賦工無益)'이란 말에는 적잖은 감개가 깃들어 있는 듯 느껴진다. 지금껏 두보는 한 자루의 붓에 운명을 걸고, 그것에 의해 살아 보려고 얼마나 발버둥쳤던가? 때로는 고관들에게 아첨에 가까운 시까지도 바쳐 왔으니, 이따금 굴욕감에 입술을 깨물기도 했으리라.

하장군의 산장 5

양자강이 넘쳐서
이 물이 되고

갈석(碣石)이 쪼개져
산을 이룬 듯.

푸르게 드리운 것
바람에 그만 꺾어진 죽순인데

붉게 터지니
비에 살찐 매화꽃!

은갑(銀甲)은 쟁(箏)을
뜯는 데 쓰며

금어(金魚)로는
술을 받아와…….

흥은 끝없어서
쓸지도 않고

마음 내키는 대로
이끼에 앉는다.

陪鄭廣文遊何將軍山林十首 五
배정광문유하장군산림십수 오

剩水滄江破 殘山碣石開 綠垂風折筍 紅綻雨肥梅
잉수창강파 잔산갈석개 녹수풍절순 홍탄우비매

銀甲彈箏用 金魚換酒來 興移無灑掃 隨意坐莓苔
은갑탄쟁용 금어환주래 흥이무쇄소 수의좌매태

주

◆剩水滄江破(잉수창강파) : 잉수(剩水)는 나머지의 물. 창강(滄江)은 푸른
양자강. 파(破)는 물이 넘쳐서 둑을 무너뜨리는 것. 산장의 물은 양자강이
넘친 것을 끌어온 듯하다는 뜻. ◆殘山碣石開(잔산갈석개) : 갈석(碣石)은
발해만(渤海灣)의 진황도(秦皇島) 부근의 바다에 솟은 석문(石門). 개(開)는
둘로 갈라지는 것. 산장 부근의 산은 갈석의 석문이 둘로 쪼개져 그 하나가
여기에 와서 솟아 있는 듯하다는 뜻. ◆銀甲(은갑) : 거문고를 뜯을 때에
손톱에 끼는 은으로 만든 골무. ◆箏(쟁) : 13현의 거문고. ◆金魚(금어) :
황금의 어대(魚袋)니, 고관이 차는 물건. ◆灑掃(쇄소) : 쓰는 것. ◆莓苔
(매태) : 이끼.

117

해설

사실(寫實)의 힘이야말로 남이 따를 수 없는 두보의 독천장(獨擅場)이거니와, 3·4구(句)의 자연 묘사는 아주 신선하고 적확(的確)해서 과연 대가로구나 하는 감탄을 금할 수 없게 한다. 명작이다.

하장군의 산장 6

돌사다리에
눈보라 몰아치니

석문(石門)에 울부짖는
한 줄기 폭포!

술이 깨며 삿자리에
눕고 싶은데

솜옷 생각 나도록
으시시하다.

시골 늙은이
모여와 반기면서

고기 주고도
돈은 안 받으니,

순박하기만 한
그들 마음씨

별천지에 왔는가
생각이 든다.

陪鄭廣文遊何將軍山林十首 六
배 정 광 문 유 하 장 군 산 림 십 수 육

風磴吹陰雪 雲門吼瀑泉 酒醒思臥簟 衣冷欲裝綿
풍 등 취 음 설 운 문 후 폭 천 주 성 사 와 점 의 랭 욕 장 면

野老來看客 河魚不取錢 秖疑淳樸處 自有一山川
야 로 래 간 객 하 어 불 취 전 지 의 순 박 처 자 유 일 산 천

주

◆風磴(풍등) : 바람이 일어나는 높은 돌사다리. ◆陰雪(음운) : 차가운 눈.
폭포에서 퉁기는 물방울의 형용. ◆雲門(운문) : 구름이 생기는 문이니, 석
문(石門)과 같은 말. 구름은 돌이 내뱉는 숨이라고 해석되어 돌을 운근(雲
根)이라 한다. ◆簟(점) : 삿자리. ◆裝綿(장면) : 옷에 솜을 두는 것. ◆一
山川(일산천) : 이 세상과는 다른 또 하나의 세계. 도연명(陶淵明)의 「도화
원기(桃花源記)」 참조.

해설

폭포가 걸려 시원한 고장, 낯선 사람인 줄 알자 시골 노인들이 모여들었는데, 고기를 주고도 한사코 돈을 안 받으려 드는 그 순박성! 이런 노인들은 얼마 전까지만 해도 우리 나라 시골 도처에 있었었겠다.

하장군의 산장 7

가사목은 겨울철의
구름의 빛깔

사철쑥에 봄 연근(蓮根)
향그럽기도…….

연하기론 생채(生菜)의
미(美)를 곁들이고

그늘지니 더 한층
서늘한 식기(食器)!

이른 아침 어디론지
학이 떠나는데

산신은 대낮이라
얼씬도 않는다.

바위가 숲처럼
물에 도사려

그 모습 백리에
홀로 높구나.

陪鄭廣文遊何將軍山林十首 七
배 정 광 문 유 하 장 군 산 림 십 수 칠

棟樹寒雲色 茵蔯春藕香 脆添生菜美 陰益食簞涼
속 수 한 운 색 인 진 춘 우 향 취 첨 생 채 미 음 익 식 단 량

野鶴清晨出 山精白日藏 石林蟠水府 百里獨蒼蒼
야 학 청 신 출 산 정 백 일 장 석 림 반 수 부 백 리 독 창 창

주

◆棟樹(속수) : 가사목 나무. ◆茵蔯(인진) : 사철쑥. ◆春藕(춘우) : 봄철
의 연근. ◆脆添生菜美(취첨생채미) : 요리의 형용. 요리에 연한 생채를 곁
들여 아름답게 보이도록 배려함. ◆陰(음) : 그늘. ◆食簞(식단) : 식기. 소
쿠리. ◆山精(산정) : 산신. ◆石林(석림) : 바위가 숲처럼 치솟은 것. ◆水
府(수부) : 물귀신이 있는 곳. 물을 가리킨 말. ◆蒼蒼(창창) : 초목이 우거
진 모양.

해설

남의 산장에 초대되어 가서 한 잔 먹는 정도의 체험으로 이렇게 시가
쏟아져 나온다는 것은, 가슴 속에 큰 시의 샘을 간직하고 있지 않아서
는 불가능한 일이다. 특히 3·4구의 식탁 묘사는 아주 정교하다.

하장군의 산장 8

양류(楊柳) 늘어진
물가를 지나

정곤지(定昆池) 말 달리던
생각이 나네.

취하여 청하엽(靑荷葉)
술잔을 잡고

인사불성, 그날처럼
잃은 백접리(白接䍦).

배 저으며 가객(歌客) 하나
있으면 하고

물에 익숙키야
오아(吳兒) 있는데

저무는 진산(秦山)을
대하고 앉아

강호에 이는 흥은
자못 드높네.

陪鄭廣文遊何將軍山林十首 八
배 정 광 문 유 하 장 군 산 림 십 수 팔
憶過楊柳渚 走馬定昆池 醉把靑荷葉 狂遺白接䍦
억 과 양 류 저 주 마 정 곤 지 취 파 청 하 엽 광 유 백 접 리
刺船思郢客 解水乞吳兒 坐對秦山晚 江湖興頗隨
척 선 사 영 객 해 수 걸 오 아 좌 대 진 산 만 강 호 흥 파 수

주

◆楊柳(양류) : 갯버들과 수양버들. ◆定昆池(정곤지) : 당(唐)의 안락공주
(安樂公主)가 만든 못 이름. ◆靑荷葉(청하엽) : 술잔 이름. 연꽃 모양이라
서 생긴 이름이다. ◆狂遺(광유) : 정신을 잃은 나머지 실수하는 것. ◆白
接䍦(백접리) : 흰 접리관. 접리관은 모자의 일종. 진(晉)의 산간(山簡)이
형주(荊州)의 지사(知事)로 있을 때 가끔 취한 나머지 접리관을 거꾸로 쓰고
다녔다는 고사가 있다. ◆刺船(척선) : 배를 저음. ◆郢客(영객) : 가객. 속
곡(俗曲)을 잘 부르는 사람. 어떤 이가 초(楚)의 서울인 영(郢)에서 하리파
인(下里巴人)을 노래했더니, 따라 부르는 사람이 수십인이었다는 고사에서
나온 말. ◆解水(해수) : 물의 성질을 잘 아는 것. 물에 익숙한 것. ◆乞吳

兒(걸오아) : 걸(乞)은 '빈다'는 뜻 외에 '준다'는 의미가 있다. 오아(吳兒)는 남방인 오(吳)의 소년이니, 그들은 수향(水鄉)에서 자랐기에 수영에 능숙하다. 따라서 물에 익숙하여 자유자재로 헤엄치는 일은 오아에게 맡긴다는 소리다. ◆秦山(진산) : 장안 일대는 진(秦)의 옛 땅이다. 진산이란 하장군의 산장에서 바라보이는 산들을 이름이다.

해설

좋은 산수를 대하여 마음껏 취하는 모양. 시상은 물결처럼 굴절(屈折)을 그으며 전개되어, 도도한 흥취가 그대로 전해 온다.

하장군의 산장 9

상 위에는 천장까지
책이 쌓이고

섬돌 앞엔 구름을
쓰는 나무들.

장군이 무용(武勇)을
좋아 안 하기

어린이도 모두들
글을 잘한다.

산들바람 불어와
취기를 깨고

시를 듣는 중
깊어 가는 밤!

담쟁이에 걸어 둔
칡베옷 거기

서늘한 달, 흰 빛을
막 쏟아 붓네.

陪鄭廣文遊何將軍山林十首 九
배정광문유하장군산림십수 구
牀上書連屋 階前樹拂雲 將軍不好武 稚子總能文
상상서연옥 계전수불운 장군불호무 치자총능문
醒酒微風人 聽詩靜夜分 絺衣掛蘿薜 涼月白紛紛
성주미풍인 청시정야분 치의괘라폐 양월백분분

주

◆屋(옥) : 지붕. 물론 천장을 가리키는 말. ◆不好武(불호무) : 무력적인
것을 좋아하지 않음. 장군이면서도 풍류를 이해한다는 뜻. ◆靜夜分(정야
분) : 야분(夜分)이란 밤을 둘로 나누어서 전야(前夜)와 후야(後夜)의 경계인
12시쯤을 이르나, 여기서는 분자(分字)를 동사로 사용했다. 고요한 밤이 깊
어 간다는 정도의 뜻. ◆絺衣(치의) : 가는 칡베옷. ◆蘿薜(나폐) : 담쟁이
덩굴.

해설

장군의 풍류를 찬양한 작품이다. 동양에서는 장군이 무용에 뛰어나야 할 것은 말할 것도 없지만, 동시에 문화에 대한 소양도 있어야 되었다. 명령을 받아 싸우기만 하면 되는 일반의 장병과는 달라, 국가의 운명을 두 어깨에 지는 위치에 있는 터이므로, 세계사적인 처지에서 국가의 장래를 바라볼 수 있는 안목이 필요할 것이며, 많은 부하의 운명을 쥐고 있는 터이기에 인간성에 대한 깊은 통찰도 필수적인 자질이었다. 그러므로 장군이 문(文)을 이해한다는 것은 미담으로 쳐왔던 것.

하장군의 산장 10

산수의 흥취
성에도 차기 전에

돌아갈 때가 됨을
어쩔 길 없네.

대문 나서니
물도 걸음 멈추고

머리 돌리는 곳
엉긴 흰 구름.

등불 밝혀 춤추던 일
우습기도 하나

이제 취하여 노래한들
뉘 있어 느껴워하리?

아무래도 친구와
다시 짝지어

비바람 안 가리고
찾아올밖에!

陪鄭廣文遊何將軍山林十首 十
배정광문유하장군산림십수 십
幽意忽不愜 歸期無奈何 出門流水住 回首白雲多
유의홀불협 귀기무내하 출문유수주 회수백운다
自笑燈前舞 誰憐醉後歌 秪應與朋好 風雨亦來過
자소등전무 수련취후가 지응여붕호 풍우역래과

주

◆幽意(유의) : 산수를 즐기는 흥취. 유흥(幽興). ◆不愜(불협) : 성에 차지
않음. 만족스럽지 못함. ◆流水住(유수주) : 흐르던 물이 멈추어 서는 것.
자기와의 이별을 아까워하는 듯하다는 것. ◆白雲多(백운다) : 양(梁)의 고
사(高士) 도홍경(陶弘景)의 '산중하소유 영상다백운(山中何所有 嶺上多白雲)'
에 연유한 표현이나, 이것 역시 구름까지도 자기와의 이별을 슬퍼하고 있
는 듯하다는 뜻. ◆誰憐醉後歌(수련취후가) : 여기를 떠나면 지기(知己)가 없
는 터이니까, 취한 다음에 노래한대도 누가 이해하여 주겠느냐는 것. ◆朋好
(붕호) : 사이가 좋은 친구. 정건(鄭虔)을 가리킨다. ◆過(과) : 들르는 것.
찾는 것.

해설

하장군의 별장을 떠나면서 석별의 정을 다룬 작품. 같은 제목으로 10수의 시를 써 갈긴다는 것은 대역량이 아니고는 어림도 없는 짓이리라. 어쨌든 후기의 작품 같은 암담하고 침통한 색채가 없어서, 이것은 이것대로 버릴 수 없는 독특한 맛을 지니고 있다.

다시 하장군의 산장에 와서 1

동교(東橋)의 대숲 모양
물어 봤더니

어서 오란 장군의
답장이 왔다.

옷도 거꾸로
수레 타고 달리어 가

높은 베개 누우니
바로 나의 집!

꾀꼬리 나비 첼 제
꽃은 지고

시내 떠들썩하며
고기를 좇는 수달.

다시 장군의
휴식처 오니

정말 야인(野人)의
집인 듯하다.

重過何氏五首 一
중과 하씨 오수 일

問訊東橋竹 將軍有報書 倒衣還命駕 高枕乃吾廬
문신 동교 죽 장군 유 보서 도 의 환 명 가 고 침 내 오 려

花妥鶯捎蝶 溪喧獺趁魚 重來休沐地 眞作野人居
화 타 앵 소 접 계 훤 달 진 어 중 래 휴 목 지 진 작 야 인 거

주

◆報書(보서) : 회답의 편지. ◆倒衣(도의) : 당황한 나머지 위·아래의 옷
을 거꾸로 입는 것.『시경(詩經)』에 '동방미명(東方未明) 전도의상(顚倒衣裳)'
이라는 구가 나온다. ◆高枕乃吾廬(고침내오려) : 베개를 높이 해 누우니 내
집이나 다름없다는 뜻. ◆花妥(화타) : 꽃이 지는 것. 타(妥)는 타(墮)와 통
한다. 당시 서북의 방언. ◆捎(소) : 휙 채가는 것. ◆獺(달) : 수달. ◆休沐
地(휴목지) : 관리가 휴가를 보내는 장소. 당(唐)의 관리들은 10일에 하루씩
놀았다. ◆野人(야인) : 백성. 농민.

해설

천보(天寶) 13년(754), 두보의 나이 43세 때의 작품. 하장군의 별장에 다시 초대된 시인의 기쁨이 눈에 보이는 듯하다. 특히 5·6구는 탁월한 자연 묘사!

다시 하장군의 산장에 와서 2

비오는 속 술통은
전처럼 뒹굴고

모래 움푹한 곳
탑(榻)도 그대로!

앞서 묵고 간 손
개가 반기는데

걸음마 익히는 새끼를
까마귀가 지키고 있다.

취미사(翠微寺)의 언저리
엷은 구름 걸리고

활짝 갠 저기 저
위곡(韋曲) 황자피(皇子陂).

평소의 유흥(幽興)
자못 높기에

짚신 끌고 동쪽 울 밑
서성거린다.

重過何氏五首 二
중 과 하 씨 오 수 이

山雨樽仍在	沙沈榻未移	犬迎曾宿客	鴉護落巢兒
산 우 준 잉 재	사 침 탑 미 이	견 영 증 숙 객	아 호 낙 소 아

雲薄翠微寺	天淸皇子陂	向來幽興極	步屣過東籬
운 박 취 미 사	천 청 황 자 피	향 래 유 흥 극	보 사 과 동 리

주

◆仍在(잉재) : 원래의 상태대로 놓여 있는 것. 전에 왔을 때와 똑같은 모양으로 술통이 놓여 있다는 뜻. ◆沙沈(사침) : 모래가 패임. 탑(榻)을 놓았기에 모래가 들어간 것. ◆榻(탑) : 평상. ◆鴉護落巢兒(아호낙소아) : 보금자리에서 나와 나는 것을 익히는 새끼를 어미까마귀가 지켜보고 있다는 뜻. 낙소아(落巢兒)란 둥우리에서 땅으로 내려온 새끼니, 이것을 '낙(落)' 자에 얽매어 '떨어지려는 새끼'로 보는 견해나, 혹은 낙(落)은 낙(絡)의 가차(假借)라 하여 '둥우리에 빙 둘러 있는 새끼'라고 해석하는 것은 잘못이다. ◆翠微寺(취미사) : 장안의 종남산(終南山)에 있는 절 이름. ◆皇子陂(황자피) : 장안의 남쪽, 위곡(韋曲)의 서부에 있던 둑 이름. ◆向來(향래) : 평소. 전부

터. ◆步屣(보사) : 짚신. ◆東籬(동리) : 동쪽 울. 물론 도연명의 '채국동리
하(採菊東籬下)'를 연상한 말.

해설

3·4구의 묘사가 특히 눈에 띈다. 낯익다고 꼬리치는 개와 나는 법을
익히는 새끼를 지켜보고 있는 까마귀! 두보 아니면 잡기 어려운 미묘한
정경들이다.

다시 하장군의 산장에 와서 3

평평한 대(臺) 위에
해가 지는데

봄바람 따스한 속
차를 마신다.

돌난간에 기대어
먹을 찍어서

앉은 채 오동잎에
시를 쓰면은,

횃대에서
비취새 울고

낚싯줄 거기
옴찍 않는 잠자리.

지금부턴 산수 생각
간절할 때면

언제든지 여기를
오고 가리라.

重過何氏五首 三
중 과 하 씨 오 수   삼

落日平臺上 春風啜茗時 石欄斜點筆 桐葉坐題詩
낙 일 평 대 상   춘 풍 철 명 시   석 란 사 점 필   동 엽 좌 제 시

翡翠鳴衣桁 蜻蜓立釣絲 自今幽興熟 來往亦無期
비 취 명 의 항   청 연 입 조 사   자 금 유 흥 숙   내 왕 역 무 기

주

◆平臺(평대) : 평평한 대(臺). ◆啜茗(철명) : 차를 마심. ◆斜點筆(사점
필) : 붓을 비스듬히 벼루에 대어 먹을 찍는 것. ◆桐葉坐題詩(동엽좌제
시) : 오동잎에 앉은 채 시를 쓰는 것. 황장(黃藏)은 시와 술을 좋아했는데,
한번은 시구가 떠오르자 종이 대신 오동잎을 따서 이것에 적었다. ◆翡翠
(비취) : 새 이름. ◆衣桁(의항) : 옷을 거는 횃대. ◆無期(무기) : 일정한
기간을 정하지 않고 왕래하겠다는 뜻.

해설

풍류의 정이 전편에 넘치고 있다. 난간에 기대어 오동잎에 시를 쓰는 멋! 그런 사람을 닮았는지, 비취새는 횃대에 들어와 울고, 잠자리는 낚싯대에 앉아 있다. 초속적(超俗的)인 주관으로 자연의 경관까지를 물들이고 만 것이다.

다시 하장군의 산장에 와서 4

조참(朝參) 잘 안 하기에
왜 그러나 여겼더니

산수의 흥취
끝없기 때문인 듯.

버려진 금쇄갑(金鎖甲)이
비에 젖는데

이끼 위에 던져진
녹침창(綠沈槍) 하나.

장군 손수
갯버들 옮겨 심고

곡식은 겨우
계량(繼糧)이 될만큼만!

그윽한 경계
사랑하는 마음으로

복희씨(伏羲氏)의 세상에
대낮에 논다.

重過何氏五首 四
중 과 하 씨 오 수 사

頗怪朝參懶 應耽野趣長 雨抛金鎖甲 苔臥綠沈槍
파괴조참나 응탐야취장 우포금쇄갑 태와녹침창

手自移蒲柳 家纔足稻粱 看君用幽意 白日到義皇
수자이포류 가재족도량 간군용유의 백일도희황

주

◆朝參(조참) : 조정에 출근하는 것. ◆懶(나) : 게을리 함. ◆野趣長(야취
장) : 전원의 흥취가 다함이 없는 것. ◆金鎖甲(금쇄갑) : 쇠사슬로 꿰맨 갑
옷. ◆綠沈槍(녹침창) : 진한 녹색의 옻칠을 한 창. ◆蒲柳(포류) : 갯버들.
◆用(용) : 이(以)와 같음. ~을 가지고. ◆幽意(유의) : 산수를 사랑하는
마음. ◆白日(백일) : 대낮. ◆到義皇(도희황) : 희황(義皇)은 복희씨(伏羲
氏). 복희씨가 통치하던 태고의 세계에 마음이 노니는 것.

해설

갑옷을 아무 데나 던져 두어 비를 맞게 하고, 창(槍)을 이끼 위에 버려 두는 것은, 장군으로서 직무 포기임에 틀림없다. 그러나 같은 것도 시가 될 때에는 멋진 행위가 되니 묘하지 않은가? 이런 점으로 볼 때, 풍류란 현실의 이해득실을 일단 포기한 곳에 성립한다고 해야 할 것 같다.

다시 하장군의 산장에 와서 5

오기만 오면
안 묵지 못하고

묵으면 한 해쯤
금시에 갈 듯.

실의 속에서
늙어 가는 몸

좋은 이 임천(林泉)
못내 아쉬워…….

언제나 조그마한
봉록(俸祿)을 받아

나도 산에 돌아가
밭뙈기 마련할까?

이런 뜻 이루지
못할 것만 같아

술잔 잡은 채
멍해지느니!

重過何氏五首 五
중 과 하 씨 오 수   오

到此應常宿 相留可判年 蹉跎暮容色 悵望好林泉
도차 응 상 숙   상류 가 판 년   차 타 모 용 색   창 망 호 림 천

何日霑微祿 歸山買薄田 斯遊恐不遂 把酒意茫然
하 일 점 미 록   귀 산 매 박 전   사 유 공 불 수   파 주 의 망 연

주

◆相留(상류) : 머무는 것. 상(相)에는 뜻이 없다. ◆判年(판년) : 1년을 버
리는 것. 1년을 소비하는 것. 판(判)은 반(拚)이니, 당시의 속어. ◆蹉跎(차
타) : 뜻을 얻지 못한 모양. ◆暮容色(모용색) : 만년의 용모와 안색. ◆悵
望(창망) : 원망하는 듯 바라봄. 이별하기 싫기 때문이다. ◆林泉(임천) :
산장을 가리키는 말. ◆微祿(미록) : 적은 녹봉. 작은 벼슬이나마 얻어 하
는 것. ◆薄田(박전) : 토질이 박한 밭. ◆斯遊(사유) : 이렇게 노니는 일.

해설

조그만 벼슬이라도 얻어 해서, 자기도 산장이라도 마련하고 살았으면 하는 생각이 두보에게 떠올랐다는 것은 당연하다면 당연한 일이다. 그러나 그런 소망조차 이루지 못하고 만 두보가, 영혼이 있다면 후세의 명성을 어떻게 생각하고 있을까? 두보는 그의 선배 이백에 대해 '천추만세명 적막신후사(千秋萬歲名 寂寞身後事)'라 한탄했거니와, 그 말은 그대로 자기에게도 적용되어야 할 듯하다.

3
역사가 남긴 향기

우임금 사당에서

고요한 산중
낡은 사당에는

가을바람 몇 오리와
지는 햇빛과…….

뜰에는 귤이
가지 드리우고

고옥(古屋) 전면에는
용을 그렸다.

벽에서는
구름기[雲氣] 일고

강물 소리
모래 위를 달린다.

그 옛날, 배며
수레며 타고

삼파(三巴)로부터
물을 끌던 임이여!

禹廟
우묘

禹廟空山裏 秋風落日斜 荒庭垂橘柚 古屋畵龍蛇
우묘공산리 추풍낙일사 황정수귤유 고옥화룡사

雲氣生虛壁 江聲走白沙 早知乘四載 疏鑿控三巴
운기생허벽 강성주백사 조지승사재 소착공삼파

주

◆禹廟(우묘) : 우왕(禹王)의 사당. ◆橘柚(귤유) : 귤과 유자. ◆龍蛇(용
사) : 용과 뱀. 우왕은 치수(治水)하면서 용사를 쫓아냈다는 기록이 『맹자
(孟子)』에 보인다. ◆四載(사재) : 우는 치수할 때, 물에서는 배를 타고, 육
지에서는 수레를 타고, 진 땅을 가는 데는 썰매, 산을 가는 데는 징을 박은
신을 이용했다. ◆疏鑿(소착) : 땅을 파서 물을 통하게 하는 것. ◆控三巴
(공삼파) : 삼파(三巴)에서 물을 끌었다는 것. 삼파는 사천성 동북에 있는
지명.

해설

귤과 유자의 이야기는 『서경(書經)』우공편(禹貢篇)에 나오는데, 양주(揚州)에서 바치는 공물(貢物)로 우왕(禹王)이 이것들을 지정했다는 것. 또 용과 뱀의 이야기는 『맹자(孟子)』등문공하편(滕文公下篇)에 나온다. 중국에 대홍수가 나자, 요(堯)의 명령으로 치수에 나선 우왕은 땅을 파서 물이 바다로 괴게 하고, 용과 뱀을 소택 지대로 쫓았다고 한다. 물론 이 시에 나오는 귤유(橘柚)와 용사(龍蛇)는 실제로 목격한 것을 그린 것이지만, 이 말들에는 적어도 이런 배경이 깔려 있다. 고사를 인용하되 그 것이 고사인 줄 모르게 인용했고, 실경(實景)을 그리되 남모르는 사이에 그 역사적 배경까지도 준비함을 잊지 않았으니, 두보의 한 마디 한 마디가 만 근의 무게를 갖는 것이, 이렇게 세심한 배려를 베푼 데서 나옴을 알 수 있다. 영태(永泰) 원년(675), 충주(忠州)에서 지은 시.

선주의 묘에 배알하고

참담하여라 풍운(風雲)이 일어나매
시세 타고 고개 든 영웅들 있어
힘이 비슷하기 사직(社稷) 나누고
뜻이 꺾이는 곳 경륜이 무너지다.
한가(漢家)의 복구 대책 남기고
중원(中原)의 공략 노신(老臣)에 의지하니
농민에 섞여 끝없는 걱정으로
피를 토해 쓰러진 일 비통도 할사.
패기는 그치니 서남(西南)의 지역!
웅도(雄圖)도 헛되어 대운(大運) 막히니라.
금강(錦江)은 본디 초(楚)를 지나고
오늘도 검각(劍閣)은 진(秦)과 통하는 것!

예로부터 받들어 온 사묘(祠廟) 있어서
고요키만 고요한 산, 귀신 우는데
비탈진 땅 처마는 조도(鳥道)와 닿고
용의 비늘 반쯤 닮은 고목(枯木)이 된 측백나무.

대숲 새론 청계(淸溪)의 달이 떠오고
푸른 이끼 돋아나는 옥좌(玉座)의 봄날!
마을서는 모르는 중 아녀(兒女) 바뀌어
해마다 드리는 노래와 춤 새로워라.

외진 여기 난을 피해 돌아갈 배는 멀고
황폐한 성 말을 매어 자주 찾으니
어찌 차마 보리오, 낙엽지는 양!
오랜 풍진 겪었으매 더욱 섧고녀.
관우·장비 따를 이 아무 없으니
경감(耿弇)·등우(鄧禹)라면 혹시 가까우리.
하늘이 내시니 임의 큰 그릇
신하 얻어 한몸인 듯 지내셨도다.
늙었기로 위악(緯幄)에는 껴도 되리만
영락(零落)한 몸 낚시나 하며 지내리.
요즘은 나라 일이 걱정되어서
눈물로 손수건 적시면서 사느니!

謁先主廟
알 선 주 묘

慘澹風雲際 乘時各有人 力侔分社稷 志屈偃經綸
참담풍운제 승시각유인 역모분사직 지굴언경륜

復漢留長策 中原伏老臣 雜耕心未已 歐血事酸辛
복한유장책 중원장노신 잡경심미이 구혈사산신

覇氣西南歇 雄圖曆數屯 錦江元過楚 劍閣復通秦
패기서남헐 웅도역수둔 금강원과초 검각복통진

舊俗存祠廟 空山泣鬼神 虛簷交鳥道 枯木半龍鱗
구속존사묘 공산읍귀신 허첨교조도 고목반용린

竹送淸溪月 苔移玉座春 閭閻兒女換 歌舞歲時新
죽송청계월 태이옥좌춘 여염아녀환 가무세시신

絕域歸舟遠 荒城繫馬頻 如何對搖落 況乃久風塵
절역귀주원 황성계마빈 여하대요락 황내구풍진

執與關張並 功臨耿鄧親 應天才不小 得士契無隣
숙여관장병 공림경등친 응천재불소 득사계무린

遲暮堪帷幄 飄零且釣緡 向來憂國淚 寂寞灑衣巾
지모감유악 표령차조민 향래우국루 적막쇄의건

주

◆慘澹(참담) : 음산한 모양. 풍운의 형용. ◆風雲(풍운) : 세상이 어지러워지는 것의 비유. ◆乘時(승시) : 시세를 탐. ◆各有人(각유인) : 각기 사람이 있음. 유비(劉備)·조조(曹操)·손권(孫權) 등을 가리킴. ◆力侔分社稷(역모분사직) : 힘이 같아서 사직을 나눔. 앞의 세 사람이 삼분천하한 사실을 가리킨다. ◆志屈偃經綸(지굴언경륜) : 천하를 통일하려는 뜻이 좌절되어 모처럼의 경륜이 소용없게 되었다는 뜻. ◆復漢(복한) : 한(漢)의 왕조를 복구하는 것. ◆留長策(유장책) : 유비가 죽으면서 긴 대책을 유언으로 남겼다는 뜻. ◆中原伏老臣(중원장노신) : 중원의 공략을 늙은 신하(諸葛亮)

에게 의존하게 되었다는 뜻. ◆雜耕(잡경) : 공명(孔明)은 사마의(司馬懿)의 군대와 위남(渭南)에서 싸울 때, 군량이 끊어질 것을 걱정하여 그곳 농민들과 사귀어 도움을 받으려 했다. ◆歐血(구혈) : 피를 토함. 『위서(魏書)』에 의하면 공명은 양식이 바닥난 것을 걱정한 나머지 피를 토하고 죽었다 한다. ◆覇氣西南歇(패기서남헐) : 서남은 유비의 나라인 촉한(蜀漢)이 중원에서 보아 서남이라는 뜻. 공명이 죽으면 중원의 공략은 불가능하기에 패기가 서남에서 그쳤다 한 것이다. ◆曆數屯(역수둔) : 순환하는 천운이 막힘. ◆錦江(금강)·劍閣(검각) : 촉의 강과 지명인데, 그것들은 중원과 통한다는 것. ◆鳥道(조도) : 산길이 험해서 새나 다닐 수 있을 것이라는 뜻. ◆枯木(고목) : 선주(先主 : 유비를 말함)와 공명의 사당 앞에는 큰 측백나무가 있었다. ◆竹送淸溪月(죽송청계월) : 청계(淸溪)는 지명. 대숲이 청계의 달을 보내 옴. ◆玉座(옥좌) : 사당 안에 있는 선주의 자리. ◆兒女換(아녀환) : 시대가 흐름에 따라 여아들도 바뀌어 간다. ◆絶域(절역) : 아주 먼 땅. ◆搖落(요락) : 나뭇잎이 지는 것. ◆關張(관장) : 선주의 신하인 관우(關羽)와 장비(張飛). ◆耿鄧(경등) : 후한 광무제(光武帝)의 명장인 경감(耿弇)과 등우(鄧禹). ◆得士契無隣(득사계무린) : 인재를 얻어 부리는 데 있어서, 그 관계가 아주 친밀했다는 것. ◆遲暮(지모) : 노년. ◆堪帷幄(감유악) : 유악(帷幄)은 진중(陣中)의 장막이니, 작전을 계획하는 일에 참가함직하다는 뜻. ◆飄零(표령) : 영락(零落)함. ◆釣緡(조민) : 낚시질을 하는 것.

해설

선주(先主)란 촉한(蜀漢)의 유비(劉備)를 이름인데, 그를 모신 사당은 성도(成都)와 기주(夔州)에 있었다. 조도(鳥道)라는 말이 나오는 점으로 보아, 이것은 후자를 다룬 것으로 여겨진다. 대력(大曆) 원년(766)의 작품.

한(漢)의 후예인 유씨(劉氏)라는 이유로 해서 유비는 민중의 동정을 지금껏 사고 있거니와, 두보는 그와 제갈량(諸葛亮)에 대해서는 아주 호의를 지니고 있어서 자주 그들에 대해 노래하였다. 이 시는 웅혼한 기상과 원숙한 수사가 어울려 대가다운 역작이라 해야 하겠으나, 선주에 대한 역사적 회고에서 시작하여 그 사당에서 해마다 행해지는 제전에 언급하는가 하면, 다시 난리를 피해 여기까지 흘러온 시인 자신의 처지를 한탄하기도 하는 따위로 시상이 분산하여, 구조적인 결함을 드러낸 것은 아쉬운 느낌이 든다.

소릉에서

그 전 나라 용렬한 임금에 지쳐
영웅들 독부(獨夫)의 죄 묻고 나설 때,
도참(圖讖)은 용봉(龍鳳)으로 마침내 돌아가고
위엄으로 진정시킨 호랑(虎狼)의 서울.
부자(父子) 사이 요(堯)의 전범(典範) 떠받들었고
크신 공 우(禹)의 업적 어울렸으니
풍운 속 준마를 뒤쫓는 이들,
하늘길에 맞 이은 일월이시여!

문물은 흔히 옛 것을 쓰고
조정의 반은 노유(老儒)였으니
곧은 말 그 어찌 죄를 받으랴?
현인의 길 기구하지 아니했도다.
지난 번 재앙이 아니 그쳐서
백성들이 고생에서 못 벗어날 적
지휘하여 천하를 편케 하시고
때를 씻어 무육(撫育)하심 뉘의 공이리?

장사도 능 앞에서 슬픔에 젖고
은일(隱逸)도 정호(鼎湖)에 머리 조아리느니
새벽녘 스스로 옥의(玉衣) 춤추며
철마(鐵馬)도 땀 흘려 달리는 기세.
송백(松柏) 우거진 곳 전각은 비고
티끌 자욱해 어두운 그 길!
개국(開國)의 날 생각느니 쓸쓸도 하여
온 산 굽이굽이 한이 메워라.

行次昭陵
행차 소릉

舊俗疲庸主	群雄問獨夫	讖歸龍鳳質	威定虎狼都
구속피용주	군웅문독부	참귀용봉질	위정호랑도
天屬尊堯典	神功協禹謨	風雲隨絶足	日月繼高衢
천속존요전	신공협우모	풍운수절족	일월계고구
文物多師古	朝廷半老儒	直詞寧戮辱	賢路不崎嶇
문물다사고	조정반노유	직사영육욕	현로불기구
往者災猶降	蒼生喘未蘇	指揮安率土	盪滌撫洪鑪
왕자재유강	창생천미소	지휘안솔토	탕척무홍로
壯士悲陵邑	幽人拜鼎湖	玉衣晨自擧	鐵馬汗常趨
장사비능읍	유인배정호	옥의신자거	철마한상추
松柏瞻虛殿	塵沙立暝途	寂寞開國日	流恨滿山隅
송백첨허전	진사입명도	적막개국일	유한만산우

주

◆昭陵(소릉) : 당 태종(唐太宗)의 능. 섬서성 서안부 예천현에 있다. ◆舊俗(구속) : 수(隋)의 세상. ◆庸主(용주) : 수(隋)의 양제(煬帝)를 가리킨다. 용렬한 군왕. ◆群雄(군웅) : 여러 영웅. 수나라 말기에 일어난 이밀(李密) · 두건덕(竇建德) 따위의 인물. ◆獨夫(독부) : 민중의 지지를 잃은 제왕. 양제(煬帝)를 가리킴. ◆讖歸龍鳳質(참귀용봉질) : 참(讖)은 미래를 예언하는 일. 태종(太宗)이 4세 때 어떤 서생(書生)이 보고, '용봉지자(龍鳳之姿) 천일지표(天日之表)니, 20 가까이 되면 반드시 제세안민(濟世安民)하리라' 했다고 한다. ◆虎狼都(호랑도) : 『사기(史記)』 소진전(蘇秦傳)에 '진(秦)은 호랑(虎狼)의 나라니, 천하를 삼킬 뜻이 있다'는 기록이 보인다. 그러나 고염무(顧炎武)는 진(秦)의 분야(分野)가 백호성(白虎星)과 낭성(狼星)에 해당하기 때문이라 했다. 두 설이 다 통한다. ◆天屬尊堯典(천속존요전) : 천속(天屬)은 천륜(天倫)이니, 부자 · 형제 사이. 태종은 고조(高祖)의 차남이어서 순서대로 하면 즉위하지 못할 처지였으나, 요(堯)가 아들을 버리고 순(舜)에게 양위(讓位)한 모범을 따라, 태자 건성(建成) 대신 태종(太宗)에게 황제의 자리를 물려 주었다는 것. 천륜으로는 부자요, 거기다가 현인(賢人)에게 선양(禪讓)한 것이 되는 셈이다. 요전(堯典)은 『서경(書經)』의 편명이기도 하다. ◆禹謨(우모) : 『서경(書經)』의 대우모편(大禹謨篇). 우(禹)의 치적(治蹟)을 서술했다. ◆隨絶足(수절족) : 절족(絶足)은 준마. 태종같이 뛰어난 인물을 신하들이 보좌한 것. ◆日月繼高衢(일월계고구) : 고구(高衢)는 천로(天路). 해와 달이 하늘길에서 서로 계승하듯, 고조(高祖)의 뒤를 태종이 이었다는 뜻. ◆往者(왕자) : 왕년이니, 수나라 말기에서 당 나라 정관(貞觀) 초에 걸친 시기. 이때에는 천재(天災)가 많았다. ◆蒼生(창생) : 백성들. ◆率土(솔토) : 온 천하. ◆盪滌(탕척) : 구악(舊惡)을 씻는 것. ◆撫洪鑪(무홍로) : 조물주가 큰 화로에서 만물을 만들어 내듯, 만민을 무육(撫

160

育)하는 것. ◆陵邑(능읍) : 능(陵). ◆幽人(유인) : 숨어 사는 선비. ◆鼎湖
(정호) : 황제(黃帝)가 승천한 곳. 여기서는 소릉(昭陵)을 가리킨 것. ◆玉衣
晨自擧(옥의신자거) : 옥의(玉衣)는 천자의 능에 묻은 옥으로 만든 옷. 『한
무고사(漢武故事)』에 '고황(高皇)의 묘중(廟中)의 어의(御衣)가 상자 속으로
부터 나와 전상(殿上)에서 춤을 추었다'는 기사가 있다. ◆鐵馬汗常趨(철마
한상추) : 소릉(昭陵)에 세워진 석마(石馬)가 동관(潼關)의 싸움에 참가해 땀
이 나 있었다는 전설이 있다. ◆流恨(유한) : 유한(遺恨). 한을 남기는 것.

해설

당 태종(唐太宗)은 건국의 주축이었을 뿐 아니라, 정치에 힘써서 당(唐)
의 기초를 구축했던 황제다. 그의 치적은 정관지치(貞觀之治)라 하여 길
이 후세의 모범이 되었거니와, 어지러운 시기에 처했던 두보로서 경앙
(景仰)하는 마음이 간절했을 것은 짐작이 가고도 남는다. 표현은 전아
(典雅)하면서도 비장하다. 지덕(至德) 2년(757) 부주(鄜州)로 가족을 찾
아갈 때의 작품이다.

다시 소릉에 와서

난세라 영웅들 떼지어 일어나도
구가(謳歌)해 천운(天運)은 돌아갈 곳 있었나니
삼척(三尺)의 칼을 들어 풍진 헤치고
한번 갑옷 걸치사 사직 정하심이여.
선제(先帝) 보좌하실새 문덕(文德) 바로하시고
보좌(寶座)를 이어 무위(武威) 거두시니라.
하늘처럼 넓고 크신 계책이시기
종사(宗祀)는 햇빛같이 찬란했도다.

능침(陵寢)은 산기슭에 도사렸거니
날쌘 병사 등성이를 엄히 지키고
두 번째 와 엿보는 송백(松柏) 사잇길
오색 구름 피어남을 다시 뵙도다.

重經昭陵
중경 소릉

草昧英雄起　謳歌曆數歸　風塵三尺劍　社稷一戎衣
초매 영웅 기　구 가 역 수 귀　풍 진 삼 척 검　사 직 일 융 의

翼亮貞文德　丕承戢武威　聖圖天廣大　宗祀日光輝
익 량 정 문 덕　비 승 집 무 위　성 도 천 광 대　종 사 일 광 휘

陵寢盤空曲　熊羆守翠微　再窺松柏路　還見五雲飛
능 침 반 공 곡　웅 비 수 취 미　재 규 송 백 로　환 견 오 운 비

주

◆草昧(초매) : 미개(未開)의 뜻. 여기서는 수나라 말기의 난세. ◆謳歌(구가) : 임금의 덕을 칭송해 노래하는 것. ◆曆數(역수) : 천자가 되는 운명. ◆三尺劍(삼척검) : 『사기(史記)』의 고조본기(高祖本紀)에 '내가 포의(布衣)의 몸으로 삼척(三尺)의 검을 잡고 천하를 취했으니, 천명이 아니랴' 하는 고조의 말이 나와 있다. ◆一戎衣(일융의) : 『서경(書經)』 무성편(武成篇)에 '한 번 융의(戎衣)를 걸치니, 천하가 크게 안정되었다'는 기록이 있다. 융의는 군복. ◆翼亮(익량) : 보좌함. 고조를 보좌한 사실을 가리킨다. ◆貞文德(정문덕) : 정(貞)은 정(正). 문덕(文德)을 바로함. 문화적 정치를 폈다는 뜻. ◆丕承(비승) : 비(丕)는 대(大). 제위(帝位)를 계승함. ◆戢武威(집무위) : 무력의 위엄을 거두어들임. 무력에 의한 위압 대신 문화적 정치를 했다는 뜻. ◆空曲(공곡) : 산간의 빈 지대. ◆熊羆(웅비) : 용맹한 병사의 비유. 비(羆)는 보통의 곰보다 크고 황색인 동물. ◆翠微(취미) : 산의 정상 가까운 곳. ◆五雲(오운) : 오색의 상서로운 구름.

해설

두보의 태종에 대한 존경은 대단했던 모양이어서, 부주(鄜州)에서 돌아
가는 길에 다시 소릉(昭陵)을 지나면서 이 시를 지었다. 난국을 만나 감
개가 없을 수 없었겠지만, 국가의 중흥을 기대하는 말로 끝을 맺어 자
질구레한 비애는 털끝만큼도 노출시키지 않았다. 전아(典雅)하면서도
웅건(雄健)하여 전편(前篇)에 비해 조금의 손색도 없는 명작이다.

노자의 사당에서

북극에 배향(配享)한 곳 사당 닫히고
높은 산세 따라 울을 두르니
축사(祝史) 있어 춘추로 제향(祭享) 받들며
수호(守護) 두어 만일에 대비하여라.

푸른 기와 초겨울 하늘에 찬데
금경(金莖)은 높이 솟아 원기(元氣) 바로 곁!
산하들 아리따운 문을 받들고
일월은 대들보와 지척이고녀.

선리(仙李)의 도사린 뿌리 크거니
의란(猗蘭)의 끝없이 돋아나는 잎!
『세가(世家)』에선 옛 사실(史實) 빠뜨렸건만
『도덕』은 금상(今上)에 전해지도다.

예전의 화가들 두루 보건대
오도자(吳道子)에 미칠 이 아무 없거니

만물을 살려 지축도 옮겨놓고
절묘한 솜씨 궁장(宮墻)도 움직일 듯.

다섯 성인 곤룡포 맞 이으시고
좌우로 시립한 많은 신하들.
면류관은 그 모두 찬란도 한데
깃발들 하늘 메워 바람에 펄럭이고…….

측백나무 깊은 숲속 한두 점 햇빛 새고
먼 저기 배나무 단풍드는데
옥기둥에 풍경은 쨍강거리고
우물은 난간마저 얼어붙도다.

물러나 주실(周室)의 비직(卑職)이던 몸
경(經)을 남겨 한황(漢皇)으로 받들도록 하셨으니,
만일에 곡신(谷神) 정녕 안 죽는다면
다시 어느 곳에서 졸(拙)을 지키리?

冬日洛城北謁玄元皇帝廟
동일 낙성 북 알 현원 황제묘

配極玄都閟　憑高禁籞長　守祧嚴具禮　掌節鎭非常
배극 현도 비　빙고 금어 장　수조 엄구 례　장절 진 비상

碧瓦初寒外　金莖一氣旁　山河扶繡戶　日月近雕梁
벽와 초한 외　금경 일기 방　산하 부 수호　일월 근 조양

仙李盤根大　猗蘭奕葉光　世家遺舊史　道德付今王
선리 반근 대　의란 혁엽 광　세가 유 구사　도덕 부 금왕

畫手看前輩　吳生遠擅場　森羅移地軸　妙絶動宮墻
화수 간 전배　오생 원 천장　삼라 이 지축　묘절 동 궁장

五聖聯龍袞　千官列雁行　冕旒俱秀發　旌旆盡飛揚
오성 연 용곤　천관 열 안항　면류 구 수발　정패 진 비양

翠柏深留景　紅梨迥得霜　風箏吹玉柱　露井凍銀牀
취백 심 류경　홍리 형 득상　풍쟁 취 옥주　노정 동 은상

身退卑周室　經傳拱漢皇　谷神如不死　養拙更何鄉
신퇴 비 주실　경전 공 한황　곡신 여 불사　양졸 갱 하향

주

◆配極(배극) : 북극에 배향함이니, 최대로 존경하는 뜻을 표시한 말인 동시에, 성의 북녘에 있다는 의미도 된다. ◆玄都(현도) : 선경(仙境)의 이름. ◆閟(비) : 닫음. ◆禁籞(금어) : 대나무를 꽂고 줄을 매어 사람의 출입을 금하는 시설. ◆守祧(수조) : 축사(祝史). 신관(神官). 조(祧)는 먼 조상의 사당. ◆掌節(장절) : 부절(符節)을 관장하는 벼슬. 여기서는 사당을 지키는 벼슬아치. ◆金莖(금경) : 승로반(承露盤). 전각의 높은 모양을 말한 것. 한무제(漢武帝)는 궁중에 승로반을 세우고 거기에 괸 이슬을 마심으로써 불로장생을 꾀했다 한다. ◆一氣(일기) : 천지의 근원이 되는 기니, 여기서는 하늘을 가리킴. ◆仙李(선리) : 당(唐)의 황실은 이씨(李氏)였는데, 노자를

자기네의 조상이라고 쳤다. ◆盤根大(반근대) : 황실의 도사린 뿌리가 크다는 뜻. 즉 노자에서부터 시작되었다는 것. ◆猗蘭(의란) : 공자의 고사를 연상시키는 이 말은 한 경제(漢景帝)의 후(后)가 태양이 품에 들어오는 태몽을 꾸고 무제(武帝)를 낳은 전각의 이름. ◆奕葉(혁엽) : 여러 해. 여러 대. ◆世家遺舊史(세가유구사) : 사마천(司馬遷)은 『사기(史記)』에서 제후들을 「세가(世家)」에, 신하들은 「열전(列傳)」에 실었는데, 공자는 특히 대우하여 세가에 넣었으나 노자는 거기서 빠지고 열전에 들어 있다. ◆道德付今王(도덕부금왕) : 노자의 말을 담은 『도덕경(道德經)』이 지금 황제에게 전해졌다는 것. 현종(玄宗)은 『도덕경』에 주를 썼다. ◆吳生(오생) : 오도자(吳道子). 당나라 초기의 유명한 화가. ◆擅場(천장) : 장중(場中)에서 단연 제일이라는 것. ◆移地軸(이지축) : 지축을 옮길 듯이 그림이 뛰어났다는 뜻. 지축이란 지하에 있는 여덟 개의 기둥으로, 이것이 있기에 땅이 움직이지 않는다고 여겼다. ◆五聖(오성) : 다섯 황제. 현원황제(玄元皇帝 : 노자)·고조(高祖)·태종(太宗)·종중(中宗)·예종(睿宗). ◆龍袞(용곤) : 곤룡포(袞龍袍). 천자의 옷. ◆秀發(수발) : 색채가 빼어나고 선명함. ◆風箏(풍쟁) : 풍경. ◆留景(유경) : 경(景)은 햇빛. 울창한 나무 사이로 햇빛이 새어남. ◆露井(노정) : 지붕 없는 우물. ◆銀牀(은상) : 우물을 두른 목책. ◆身退卑周室(신퇴비주실) : 스스로 물러나 살았기에, 주(周)에서 노자의 지위가 낮았다는 뜻. 『노자』에 '공성명수 신퇴 천지도야(功成名遂, 身退, 天之道也)'라 했다. 노자는 왕실도서관의 관리였다. ◆經傳(경전) : 『도덕경』이 전해 내려옴. ◆拱漢皇(공한황) : 한 문제(漢文帝)는 노자를 숭배하여, 하상공(河上公)으로부터 『도덕경』을 전수받았다. ◆谷神如不死(곡신여불사) : 곡신(谷神)이 만약 죽지 않으면. 곡신불사(谷神不死)는 『노자』에 나오는 말. 곡신은 도의 본체가 허함을 골짜기의 비어 있는 상태에 비유한 것이다. ◆養拙更何鄕(양졸갱하향) : 교(巧)보다는 졸(拙)을 지키는 것이 노자의 뜻이었다. 그런

168

데 사당이 너무나 호화로우므로, 그것이 노자의 뜻에 어긋날 것이매, 노자는 어디에 가서 졸을 지킬 것이냐고 한 것이다.

해설

당(唐)의 황실에서는 노자를 자기네의 조상이라 하여 현원황제(玄元皇帝)라는 존호(尊號)를 바치고, 양경(兩京)과 제주(諸州)에 명령하여 사당을 지어 모시게 했다. 이것은 두보가 낙양(洛陽) 성북에 있는 노자의 사당에 갔다가, 거기에 오도자(吳道子)의 「오성도(五聖圖)」가 있는 것을 보고 노래한 배율(排律)이다.

　시는 장중·온건하면서도 풍자의 뜻을 내포했으니, 황실에서 역사를 왜곡하여 조상으로 받드는 노자의 사당이 장엄하면 장엄할수록 그것이 비난의 뜻을 내포할 것임은 말할 나위도 없겠다. 더욱 끝에 가서 곡신불사(谷神不死)라 하여, 허(虛)·정(靜)·우(愚)·졸(拙)을 숭상한 노자가 이런 거짓과 허영에 넘치는 예우를 달갑게 여길 리 만무하다 하여, '어디서 졸(拙)의 덕을 기르며 살까'라고 한 것은 통렬한 일침이 아닐 수 없다. 원제는 「동일낙성북알현원황제묘(冬日洛城北謁玄元皇帝廟)」. 겨울의 어느 날 낙양 북쪽에 위치한 현원황제의 사당을 찾아 뵙는다는 뜻. 당(唐)은 노자의 성이 이씨(李氏)였음을 정치적으로 이용해 자기들의 조상이라 받들고, 현원황제라는 시호를 올렸었다. 천보(天寶) 8년(749)의 작품이라는 설이 있다.

승상을 생각하며

찾으니 승상(丞相)의
사당은 어디?

측백나무 우거진
금관성(錦官城) 그 밖.

섬돌에 비친 풀은
스스로 봄빛인데

잎새 속 저 꾀꼬린
누구 위한 노래이리?

초려(草廬)를 세 번 찾음
천하 위한 계략이니

양조(兩朝)를 타개해 간
노신(老臣)의 마음.

군대를 내어 이기지 못한 채
몸 먼저 죽어

길이 영웅으로 하여
눈물이 옷깃을 적시게 하는도다.

蜀相
촉상

丞相祠堂何處尋 錦官城外柏森森 映階碧草自春色 隔葉黃鸝空好音
승상사당하처심　금관성외백삼삼　영계벽초자춘색　격엽황리공호음

三顧頻煩天下計 兩朝開濟老臣心 出師未捷身先死 長使英雄淚滿襟
삼고빈번천하계　양조개제노신심　출사미첩신선사　장사영웅루만금

주

◆丞相(승상) : 수상(首相). 촉한(蜀漢)의 승상이었던 제갈량(諸葛亮 : 181~
234). ◆錦官城(금관성) : 성도(成都)의 서쪽 성을 말한다. 천자의 비단을 짜
는 관청이 있었기에 그렇게 부른다 함. ◆森森(삼삼) : 무성한 모양. ◆黃
鸝(황리) : 꾀꼬리의 일종. ◆三顧(삼고) : 유비(劉備)는 제갈량을 그의 집
으로 세 번이나 찾아가 자기를 도와 줄 것을 청했다. 소위 삼고초려(三顧草
廬)다. ◆兩朝(양조) : 양대(兩代)의 임금. 선주(先主 : 劉備)와 후주(後主 : 劉
禪). ◆開濟(개제) : 여러 설이 있으나, 고난을 타개하는 뜻으로 보아 둔다.
◆出師(출사) : 출병. 제갈량은 위(魏)를 치기 위해 북정(北征)하여 위의 장
수 사마의(司馬懿)와 대치했으나, 오장원(五丈原)의 진에서 병사(病死)했다.

해설

제갈량(諸葛亮)은 소설『삼국지연의(三國志演義)』에 의해서 너무나 잘 알려진 인물이거니와, 소설에서는 그 재주를 과장한 나머지 재사풍(才士風)의 경박한 인물로 만들어 버린 흠이 없지 않다. 그러나 사실은 매우 성실했던 사람인 것 같다. 그것은 어쨌든, 두보는 유비(劉備)와 함께 제갈량에 대해서는 특별한 호감을 지니고 있은 듯해서 가끔 시의 소재로 삼고 있다. 이 작품은 그런 것 속에서도, 제갈량의 큰 뜻이 좌절된 것을 한탄하는 애틋한 마음이 그대로 드러난 점에서 대표적인 명편으로 꼽을 만하다. 상원(上元) 원년(760) 성도(成都)에 있을 때의 작품으로 보인다.

고적을 찾아 1

풍진(風塵) 이니 동북으로
뿔뿔이 헤어져서

서남의 천지 사이
떠도는 몸은

삼협(三峽)의 누대(樓臺)에서
지금껏 묵고

오색(五色)의 옷 만족(蠻族)과
한 산에 살아…….

오랑캐의 충성은
믿을 것 못 되거니

아직도 고향 못 간
시인도 있느니라.

평생을 쓸쓸히도
지낸 유신(庾信)의

강남(江南) · 관중(關中) 뒤흔든
만년의 시여!

詠懷古跡五首 一
영 회 고 적 오 수   일

支離東北風塵際 漂泊西南天地間 三峽樓臺淹日月 五溪衣服共雲山
지 리 동 북 풍 진 제 표 박 서 남 천 지 간 삼 협 누 대 엄 일 월 오 계 의 복 공 운 산
羯胡事主終無賴 詞客哀時且未還 庾信生平最蕭瑟 暮年詩賦動江關
갈 호 사 주 종 무 뢰 사 객 애 시 차 미 환 유 신 생 평 최 소 슬 모 년 시 부 동 강 관

주

◆支離(지리) : 서로 흩어지는 모양. ◆東北(동북) : 장안을 가리킴. ◆風塵
(풍진) : 병란을 비유한 말. 안록산의 난을 가리킴. ◆西南(서남) : 촉(蜀)
을 가리키는 말. ◆三峽(삼협) : 기주(夔州)의 동쪽에 있는 양자강의 협곡.
광계협(廣溪峽) · 무협(巫峽) · 서릉협(西陵峽). ◆樓臺(누대) : 두보가 기주
에서 살던 서각(西閣). ◆淹日月(엄일월) : 엄(淹)은 구류(久留)의 뜻. 오랜
세월을 여기에 묵는 것. ◆五溪衣服(오계의복) : 오계(五溪)는 호남성(湖南
省) 서부의 지명. 거기에 웅계(雄溪) · 만계(樠溪) · 서계(西溪) · 무계(無溪) ·
신계(辰溪)의 다섯 계곡이 있기에 생긴 이름. 여기에 사는 오계만(五溪蠻)은
오색(五色)의 의복을 좋아했다. ◆羯胡(갈호) : 오랑캐. 안록산 · 사사명을

174

가리키는지, 회흘(回紇)을 가리키는지 확실치 않다. ◆無賴(무뢰) : 믿을 것이 못 됨. ◆詞客(사객) : 시인. ◆哀時(애시) : 시대의 형편을 슬퍼함. ◆庾信(유신) : 육조(六朝) 말기의 대시인. 양 원제(梁元帝) 때 서위(西魏)에 사신으로 간 그는 장안에 머물고 있었는데, 그 사이에 서위가 북주(北周)에 망하고 고국인 양도 진(陳)에 망했으므로 유신은 북주에 머물러 있었다. 그리하여 「애강남부(哀江南賦)」라는 글을 지어 고국을 그리는 정을 표현했다. ◆生平(생평) : 평생. ◆蕭瑟(소슬) : 쓸쓸한 모양. 「애강남부(哀江南賦)」의 '장사불환 한풍소슬(壯士不還, 寒風蕭瑟)'이라고 한 데서 딴 말. ◆暮年(모년) : 노년. ◆詩賦(시부) : 시와 부. 여기서는 「애강남부」를 가리킨다. ◆江關(강관) : 강남과 관중. 남중국과 북중국.

해설

원제(原題)는 「영회고적오수(咏懷古跡五首)」. 마음에 잊혀지지 않는 옛 사람을 노래한 다섯 편의 시라는 뜻인데, 대력(大曆) 원년(766) 성도(成都)에서 지은 작품들이다.

맨 먼저 거론한 것은 유신(庾信)이라는 옛 시인인데, 그 비극적인 생애와 자기의 처지가 너무나 비슷한 데 감개를 느끼면서 뜻 같지 않은 시세를 한탄했다. 시는 아주 절실하다.

고적을 찾아 2

잎새 지니 느껴 오는
송옥(宋玉)의 슬픔

풍류(風流)라 교양이라
내 스승 분명해라.

천년 전 생각하며
눈물 뿌리고

같이 못 태어났기
한숨 짓노니

강산의 옛 집에는
글만이 남았어도

운우(雲雨)의 황폐한 대(臺)
어찌 꿈이리?

안타깝긴 초(楚)의 별궁(別宮)
함께 없어져

뱃사람도 가리키며
어림대는 일!

詠懷古跡五首 二
영회고적오수 이

搖落深知宋玉悲	風流儒雅亦吾師	悵望千秋一灑淚	蕭條異代不同時
요락심지송옥비	풍류유아역오사	창망천추일쇄루	소조이대부동시
江山故宅空文藻	雲雨荒臺豈夢思	最是楚宮俱泯滅	舟人指點到今疑
강산고택공문조	운우황대기몽사	최시초궁구민멸	주인지점도금의

주

◆搖落(요락) : 가을이 되어 잎이 흔들려 떨어지는 것. 『초사(楚辭)』에 수록
된 송옥(宋玉)의 「구변(九辯)」에 '비재추지위기야(悲哉秋之爲氣也), 소슬혜초
목요락이변쇠(蕭瑟兮草木搖落而變衰)'라 했다. ◆風流(풍류) : 시적인 정감이
있는 인격. ◆儒雅(유아) : 문학적 교양을 갖춘 것. ◆悵望(창망) : 깊은 감
개를 가지고 옛날을 생각하는 것. ◆空文藻(공문조) : 공연히 글만이 남음.
고택에 사람은 없고 글만이 전한다는 것. 문조(文藻)는 아름다운 시문. ◆雲
雨荒臺(운우황대) : 초(楚)의 회왕(懷王)이 꿈에 신녀(神女)와 만나 운우의
낙을 즐긴 양대(陽臺). 송옥의 「고당부(高塘賦)」에 보인다. 황대(荒臺)라 한
것은 황폐해 있기 때문이다. ◆豈夢思(기몽사) : 꿈이 아니라, 사실인 듯하

177

다는 뜻. ◆楚宮(초궁) : 초의 별궁. 그 유적지가 기주 동쪽인 무산현(巫山縣)에 있다. ◆俱泯滅(구민멸) : 함께 없어짐. '함께'라 함은 양대(陽臺)와 초궁(楚宮). ◆指點(지점) : 손가락으로 가리키는 것. ◆到今疑(도금의) : 확실히는 모르고, 지금도 저기가 그곳일 것이라고 어림댄다는 뜻.

해설

서기전(西紀前) 3세기경의 시인 송옥(宋玉)의 고택(故宅)에서 느낀 감회를 읊은 작품이다. 현재 그 유지(遺址)라는 것이 호북(湖北)의 귀주(歸州)에도 있고 강릉(江陵)에도 있는데, 그 어느 것을 가리키는지 확실치 않다. 어쨌든 충성 때문에 추방된 스승 굴원(屈原)을 슬퍼한 송옥의 「구변(九辯)」의 시정신을 계승하여, 그것을 거꾸로 송옥 그 사람에게 적용한 것이 이 시다. 이 굽이치는 비애 앞에서는 가을이 아니라도 낙엽이 질 것 같다.

고적을 찾아 3

형문(荊門) 향해 여러 산학(山壑)
달려가는 곳

왕소군(王昭君)이 태어나
자라난 마을.

궁문 한번 나서매
북녘 사막길

이제는 어스름 속
청총(靑塚)만 남고.

그림으로 잘못 보신
고운 얼굴은

달밤이면 공연히
넋 되어 돌아오리.

천년 두고 비파는
오랑캐 말로

분명 가락 속에
한을 쏟느니!

咏懷古跡五首 三
영 회 고 적 오 수 삼

群山萬壑赴荆門　生長明妃尙有邨　一去紫臺連朔漠　獨留靑塚向黃昏
군 산 만 학 부 형 문　생 장 명 비 상 유 촌　일 거 자 대 연 삭 막　독 류 청 총 향 황 혼

畫圖省識春風面　環佩空歸夜月魂　千載琵琶作胡語　分明怨恨曲中論
화 도 성 식 춘 풍 면　환 패 공 귀 야 월 혼　천 재 비 파 작 호 어　분 명 원 한 곡 중 론

주

◆赴荆門(부형문) : 형문(荆門)은 호북성(湖北省)에 있는 산 이름. 양자강
중류를 끼고 남안에 솟은 것이 형문산이요, 북에 있는 것이 호아산(虎牙山)
인데, 절벽되어 두 산이 솟아 있는 모양이 문과도 같아서 이 이름이 생겼
다. ◆明妃(명비) : 왕소군(王昭君). 진 문제(晉文帝)의 이름이 소(昭)이므
로, 이 글자를 명(明)으로 고쳐 쓴 것. ◆邨(촌) : 촌(村)의 원자. ◆紫臺(자
대) : 왕궁. 중국의 천문학에서는 자미성(紫微星)을 천제(天帝)의 거처라 여
겼기에 생긴 말. ◆朔漠(삭막) : 북쪽 사막. ◆靑塚(청총) : 왕소군의 무덤.
흉노 땅의 풀은 생기가 없는데, 왕소군의 무덤에만은 푸른 풀이 덮였기에
생긴 이름. 무덤은 지금의 수원성(綏遠省) 귀수시(歸綏市) 근처에 있다. ◆畫

180

圖省識春風面(화도성식춘풍면) :『서경잡기(西京雜記)』에 의하면 흉노 땅에 보낼 궁녀를 뽑기 위해 초상화를 그리게 했는데, 왕소군은 화공(畵工)에게 뇌물을 안 준 탓으로 추하게 그려졌고, 그 때문에 뽑히게 되었다고 한다. 그림으로 인해 일찍이 고운 얼굴을 잘못 알았다는 뜻. 성(省)은 일찍이. ◆環佩(환패) : 옥고리와 패물.

해설

중국은 예로부터 북방의 이민족에 대해 아주 민감한 반응을 보여 왔다. 소위 만리장성(萬里長城)이라는 것도 그것을 위한 것이었거니와, 한(漢)의 고조(高祖) 같은 이도 평성(平城)의 패전을 맛본 뒤로는 늘 유화 정책을 써 왔다. 그러므로, 많은 물자와 미녀를 해마다 주었는데, 이같은 굴욕적 관계는 무제(武帝)의 흉노(匈奴) 정벌 때까지 계속되었다.

이런 흉노와의 관계가 적잖은 애화(哀話)를 낳았을 것은 쉽게 짐작이 되지만, 그 대표적인 것이 여기에 노래한 왕소군(王昭君)이다. 원제(元帝)는 흉노의 요청을 받아들여 공주를 그 임금에게 시집보내게 되었는데, 이런 때에 흔히 쓰는 수단으로 궁녀를 골라 공주로 속였던 것. 그리하여 화공에게 뇌물을 안 준 탓으로 추한 초상화로 그려진 왕소군이 뽑혔는데, 떠날 때에야 실물을 본 원제(元帝)가 후회했지만 어쩔 수가 없었다. 이 비극적인 소재는 많은 시인이 노래했는데, 두보의 이 작품이 단연 뛰어나다고 하겠다.

고적을 찾아 4

오(吳)를 엿봐 삼협(三峽)에
거동하시어

붕어(崩御)하신 그것도
이곳 영안궁(永安宮).

빈 산속, 하늘 가린
취화(翠華) 상상하나니

이제는 절로 바뀐
옛 전각이여!

낡은 사당, 나무에는
황새 깃들고

여름 · 겨울 때 맞추어
분주한 촌로(村老).

길이 무후(武侯)의 사당

이웃에 있어

한몸 같던 그 군신(君臣)

제사 함께 받느니!

咏懷古跡五首 四
영회고적오수 사

蜀主窺吳幸三峽　崩年亦在永安宮　翠華想像空山裏　玉殿虛無野寺中
촉주규오행삼협　붕년역재영안궁　취화상상공산리　옥전허무야사중

古廟杉松巢水鶴　歲時伏臘走村翁　武侯祠屋長隣近　一體君臣祭祠同
고묘삼송소수학　세시복랍주촌옹　무후사옥장린근　일체군신제사동

주

◆蜀主(촉주) : 촉한(蜀漢)의 선주인 유비(劉備). ◆窺吳幸三峽(규오행삼
협) : 유비는 오(吳)가 관우(關羽)를 죽인 데 복수하려고, 222년 오를 치기
위해 삼협까지 나왔으나, 지금의 의창현(宜昌縣)에서 싸우다가 대패했다.
행(幸)은 행행(幸行)이니, 천자가 거둥하는 것. ◆崩年亦在永安宮(붕년역재
영안궁) : 오에 패한 유비는 어복(魚腹)으로 도망하여 지명을 영안(永安)으
로 고치고 거기에 머물렀으나, 다음 해에 죽었다. ◆翠華(취화) : 비취의
날개로 장식한 천자의 기(旗). ◆野寺(야사) : 두보의 자주(自註)에 의하면,
궁이 와룡사(臥龍寺)라는 절로 바뀌어 있었다고 한다. ◆古廟(고묘) : 유비의
사당. 두보의 자주(自註)에 의하면, 영안궁의 동쪽에 있었다고 한다. ◆水鶴

(수학) : 황새. ◆歲時伏臘(세시복랍) : 세시(歲時)는 계절, 복랍(伏臘)은 여름과 겨울의 제사. ◆武侯(무후) : 제갈량의 봉작(封爵). 그의 사당이 선주묘(先主廟)의 서쪽 이웃에 있었다.

해설

후한(後漢) 말기에 일어난 삼국 중, 촉한(蜀漢)의 유비(劉備)는 가장 무능한 편이었으며, 제갈량 또한 그 성의는 사 준다 해도 전략가로서 탁월했다고는 말할 수 없다. 그럼에도 그들에게 인기가 쏠리는 것은, 유비가 한(漢)의 황실의 피를 이어받은 사람으로 되어 있는 까닭이다. 어쨌든 두보는 이들에게는 편애에 가까운 감정을 지니고 있었으므로, 민중들이 제사를 잊지 않는 것을 보고는 어떤 감격을 금할 수 없었던 모양이다.

고적을 찾아 5

우주에 드리운
제갈(諸葛)의 대명(大名)!

우러르면 그 유상(遺像)
엄숙도 해라.

천하를 삼분(三分)하는
계책 크시니

만고에 하늘 나는
봉(鳳)이라 하랴?

이려(伊呂)와 비슷한
엄청난 재주

지휘대로 되었더면
소조(蕭曹) 또한 못 따르리.

국운 떠나니
회복키 어려운 속

뜻 품은 채 군무(軍務)에
시달리다 간 임이여!

咏懷古跡五首 五
영회고적오수 오

諸葛大名垂宇宙　宗臣遺像肅淸高　三分割據紆籌策　萬古雲霄一羽毛
제갈대명수우주　종신유상숙청고　삼분할거우주책　만고운소일우모
伯仲之間見伊呂　指揮若定失蕭曹　運移漢祚終難服　志決身殲軍務勞
백중지간견이려　지휘약정실소조　운이한조종난복　지결신섬군무로

주

◆諸葛(제갈) : 제갈량(諸葛亮). ◆宗臣(종신) : 국가의 주석인 중신. ◆遺像(유상) : 남아 있는 초상화. ◆三分割據(삼분할거) : 천하를 3분하여 그 하나에 의거하는 일. 한(漢) 말기에 천하가 어지러워지자, 조조(曹操)는 황하 유역, 손권(孫權)은 양자강 일대를 점유했는데, 유비(劉備)는 제갈량의 의견을 따라 촉(蜀)을 빼앗아, 이곳을 중심으로 촉한(蜀漢)을 세웠다. ◆紆籌策(우주책) : 계략을 세우는 것. ◆雲霄一羽毛(운소일우모) : 하늘을 나는 한 마리의 새. 제갈량을 찬양한 말. ◆伯仲之間(백중지간) : 백중(伯仲)은 형제. 형제 사이란 서로 비슷하다는 뜻. ◆伊呂(이려) : 이윤(伊尹)과 여상(呂尙). 이윤은 탕왕(湯王)을 도와 은조(殷朝)를 세운 재상이요, 여상은

186

무왕(武王)을 도와 주(周)를 세운 명신이니, 흔히 말하는 강태공(姜太公) 그 사람이다. ◆指揮若定(지휘약정) : 제갈공명이 지휘하는 대로 실행되었더라면. ◆失蕭曹(실소조) : 소하(蕭何)나 조삼(曹參)도 문제가 안 되었을 것이라는 뜻. 소하와 조삼은 다 한(漢)의 건국 공신. ◆漢祚(한조) : 한(漢)의 제위(帝位). 유비는 한 왕실의 후예라 일컫고, 그 회복을 자기의 임무로 내세웠다. ◆志決(지결) : 위(魏)를 칠 뜻이 결정되어 있었다는 뜻. 공명(孔明)은 후주(後主)에게 「출사표(出師表)」를 바쳐 중원 회복의 뜻을 말하고 북방으로 진격하였다. ◆身殲(신섬) : 죽는 것.

해설

두보가 기회 있을 때마다 시의 소재로 삼은 인물이 있었으니, 하나는 이백(李白)이요, 하나는 제갈량(諸葛亮)이었다. 이백은 두보보다 열한 살 위인 선배로 그 분방한 천재에 끌렸던 것이겠지만, 제갈량은 정통(正統)의 왕조(적어도 그 당시의 의식으로서는)를 회복하려 하였다는 점, 자기가 피난간 촉(蜀)과 관계가 깊은 인물이라는 조건 같은 것이, 그를 제갈량의 팬으로 만들었는가 싶다.

4
전쟁이 할퀴고 간 상처

손을 슬퍼함

장안성(長安城)에 머리 흰 까마귀 살아
밤이면 연추문(延秋門)에 와서 울더니
다시 마을로 날아가 대가(大家) 쪼으매
그 집 고관, 호병(胡兵) 피해 도망을 치다.
금채찍 부러지고 구마(九馬)도 죽어
천자도 허겁지겁 몽진(蒙塵)하시니
허리에는 청산호(靑珊瑚) 패옥을 차고
가엾어라 왕손(王孫)이 길에서 울어…….
물어도 성명을 말하지 않고
차라리 종이라도 되려 한다고.
백일이나 몸을 피해 고생했기에
온 몸에 성한 곳 하나 없어도
고제(高帝) 자손 그 모두 우뚝한 콧대
용종(龍種)은 스스로 예사 아니니
시랑(豺狼)이 서울을 차지한 이때
왕손이여, 천금의 몸 자중하시라.
길에서 긴 얘기 할 것 아니나

공자(公子)를 위해 잠시 여기 섰는 것.

엊저녁 봄바람에 피비린내 풍기더니

옛 서울 가득 동에서 온 낙타 떼들.

삭방군(朔方軍)의 장병은 막강한 군대

그 용맹 지금은 어디 갔는지?

듣자니 천자께선 전위(傳位)하시고

남선우(南單于)도 새 황제를 떠받들어서

회흘군(回紇軍) 낯을 그어 설욕 나섰다거니

아예 말은 마오시라, 남이 노리리.

슬퍼라, 왕손이여 조심하소서.

오릉(五陵)의 정기 없을 때 없으리라!

哀王孫
애 왕 손

長安城頭頭白烏	夜飛延秋門上呼	又向人家啄大屋	屋底達官走避胡
장 안 성 두 두 백 오	야 비 연 추 문 상 호	우 향 인 가 탁 대 옥	옥 저 달 관 주 피 호
金鞭折斷九馬死	骨肉不得同馳驅	腰下寶玦青珊瑚	可憐王孫泣路隅
금 편 절 단 구 마 사	골 육 부 득 동 치 구	요 하 보 결 청 산 호	가 련 왕 손 읍 노 우
問之不肯道姓名	但道困苦乞爲奴	已經百日竄荊棘	身上無有完肌膚
문 지 불 긍 도 성 명	단 도 곤 고 걸 위 노	이 경 백 일 찬 형 극	신 상 무 유 완 기 부
高帝子孫盡隆準	龍種自與常人殊	豺狼在邑龍在野	王孫善保千金軀
고 제 자 손 진 륭 절	용 종 자 여 상 인 수	시 랑 재 읍 용 재 야	왕 손 선 보 천 금 구
不敢長語臨交衢	且爲王孫立斯須	昨夜東風吹血腥	東來橐駝滿舊都
불 감 장 어 임 교 구	차 위 왕 손 입 사 수	작 야 동 풍 취 혈 성	동 래 탁 타 만 구 도

朔方健兒好身手　昔何勇銳今何愚　竊聞天子已傳位　聖德北服南單于
삭방건아호신수　석하용예금하우　절문천자이전위　성덕북복남선우

花門剺面請雪恥　愼勿出口他人狙　哀哉王孫愼勿疎　五陵佳氣無時無
화문이면청설치　신물출구타인조　애재왕손신물소　오릉가기무시무

주

◆哀王孫(애왕손) : 왕손(王孫)을 슬퍼함. ◆頭白烏(백두오) : 머리에 흰 털이 있는 까마귀. 불길한 새라고 여겼다. ◆延秋門(연추문) : 당(唐)의 대궐의 서문 중의 하나. 현종(玄宗)은 이 문으로 나와 몽진(蒙塵)했다. ◆大屋(대옥) : 큰 집의 지붕. ◆金鞭(금편) : 황금 채찍. 왕자(王子)에 대해서 하는 말. ◆九馬(구마) : 한 문제(漢文帝)가 대왕(代王)으로 있다가 천자로 옹립되었을 때, 아홉 필의 명마(名馬)가 있었다 한다. 여기서는 천자의 말이라는 뜻. ◆寶玦(보결) : 보옥의 패물. 결(玦)은 고리의 한쪽이 이지러진 구슬. ◆竄(찬) : 도망해 숨는 것. ◆高帝(고제) : 한 고조(漢高祖)를 빌려다가 당 고조(唐高祖)를 가리킨 말. ◆隆準(융절) : 높은 콧마루. 『사기(史記)』한 고조본기(漢高祖本紀)에 고조(高祖)의 생김새를 설명하여 '융절이융안(隆準而龍顏)'이라 했다. 準은 음이 '절'이다. ◆龍種(용종) : 천자의 자손. 한 고조(漢高祖)의 어머니 유온(劉媼)이 큰 호숫가에서 잠이 들었는데, 신(神)과 만나 교합(交合)하는 꿈을 꾸었다. 이때 뇌성벽력이 심했으므로 그 남편인 태공(太公)이 찾아가 보았더니, 교룡(蛟龍)이 그 배 위에 도사리고 있었다. 『사기(史記)』에 나오는 이 전설로 해서, 고조(高祖)는 용(龍)의 아들로 인정되었고, 천자의 자손을 뜻하는 말로 쓰인다. ◆豺狼在邑龍在野(시랑재읍용재야) : 시랑(豺狼)은 승냥이와 이리니 안록산을 가리키고, 용은 천자를 말한다. 역적이 서울을 차지하고, 천자는 도리어 변방에 계시다는 뜻. ◆千金

軀(천금구) : 귀중한 몸. ◆交衢(교구) : 네거리. ◆斯須(사수) : 잠깐. ◆橐
駝(탁타) : 낙타. 안록산은 물자 수송에 낙타를 이용했다. ◆舊都(구도) :
옛 서울. 천자가 몽진(蒙塵) 중이므로 옛 서울이라 한 것. ◆朔方(삭방) :
삭방군(朔方軍). 삭방은 북방의 뜻이니, 지금의 수원성(綏遠省)의 서남부와
영하성(寧夏省)의 동부 일대를 가리켰다. ◆好身手(호신수) : 호신호수(好身
好手). 체격이 좋고 싸우는 기술이 좋은 것. ◆昔何勇銳(석하용예) : 예전에
는 어찌 그리도 용감했는가. 가서한(哥舒翰)이 삭방군을 이끌고 티벳의 침입
을 격퇴한 사실을 가리킨다. ◆今何愚(금하우) : 지금은 어찌 이리도 어리석
은가. 동관(潼關)에서 안록산의 군과 싸워 대패한 사실을 가리킨다. ◆天子
已傳位(천자이전위) : 현종(玄宗)이 촉(蜀)으로 몽진한 후, 황태자가 영무
(靈武)에서 즉위하여 숙종(肅宗)이 되었다. ◆南單于(남선우) : 흉노는 임금
을 선우(單于)라 불렀고, 당시에 남북으로 분열돼 있었다. 여기서는 회흘
(回紇)의 왕을 가리킨다. 숙종은 회흘과 협약을 맺고, 그 원조를 받았던 것.
◆花門(화문) : 회흘. 화문은 본래 거연해(居延海) 북쪽에 있는 요새 이름이
었으나, 당시 거기가 회흘의 영역이었으므로 회흘을 이 이름으로도 불렀다.
◆剺面(이면) : 칼로 얼굴에 상처를 내는 것. 성의를 보이는 회흘의 풍속.
◆五陵(오릉) : 한(漢)의 다섯 황제의 능. 곧 장릉(長陵 : 高祖)·안릉(安陵 :
惠帝)·양릉(陽陵 : 景帝)·무릉(茂陵 : 武帝)·평릉(平陵 : 昭帝). 다 장안의 북
쪽, 위수(渭水) 건너에 있었다. 여기서는 한(漢)을 빌려 당(唐)의 그것을 말
한 것.

해설

지덕(至德) 원년(756), 안록산(安祿山)의 군대에 점령된 장안(長安)에 있으면서 지은 시다. 전쟁은 더없는 폭군이어서 기성의 질서를 뒤엎어 놓는다. 한 왕손이 엉망인 차림으로 길거리에 서서 울며, 먹고 살기 위해 종이라도 되겠다고 말하는 장면에서, 무참하리만큼 차가운 현실의 일면이 읽는 이의 가슴을 섬뜩하게 해준다. 두보의 수많은 사회시 중에서도 출중한 작품이다.

행재소에 도착하여 1

서쪽이라 기양(岐陽) 소식
애를 태워도

돌아오는 사람 끊겨
알 길 없었네.

지는 해 바라보다
휑해지는 눈

식은 재 모양
마음도 죽어…….

안개 속에 나무들
길을 인도하고

이어진 산들에
확 틔는 조망(眺望)!

초라한 몰골
친구들이 새삼 놀라는데

천신만고 적군(賊軍)에서
온 몸이라네.

喜達行在所三首 一
희달행재소삼수　일

西憶岐陽信　無人遂却回　眼穿當落日　心死著寒灰
서억기양신　무인수각회　안천당락일　심사착한회

霧樹行相引　連山望忽開　所親驚老瘦　辛苦賊中來
무수행상인　연산망홀개　소친경로수　신고적중래

주

◆行在所(행재소) : 천자의 가궁(假宮). ◆岐陽信(기양신) : 기양(岐陽)의 소
식. 기양은 기산(岐山)의 남쪽이니 행궁(行宮)이 있는 곳. ◆無人遂却回(무
인수각회) : 사람으로서 마침내 돌아오는 이가 없음. 행재소에 갔던 사람이
다시 장안으로 되돌아오지 않는 것. ◆眼穿(안천) : 너무 바라보다가 눈에
구멍이 나는 것. ◆著寒灰(착한회) : 착(著)에는 재(在)와 비슷한 뜻이 있
다. 식은 재와 같다는 뜻. ◆相引(상인) : 안내함. 상(相)에는 뜻이 없음.
◆連山望忽開(연산망홀개) : 기산에 도착했을 때의 광경. 연이은 산들에 조
망(眺望)이 갑자기 열렸다는 것. ◆所親(소친) : 친한 이 모두. 소(所)에는
'모두'의 뜻이 포함돼 있다.

196

해설

지덕(至德) 2년(757) 여름, 반란군에게 점령당한 장안(長安)에서 탈출한 두보는 숙종(肅宗)의 행궁(行宮)이 있는 봉상(鳳翔)에 도착했다. 이것은 그때의 정경을 노래한 시다.

행재소에 도착하여 2

밤이면 호가(胡笳) 일어
시름에 젖고

고궁(故宮)에 봄이 오매
처량하더니

살아서 돌아온 것
오늘 일인데

사잇길을 더듬던
찰나의 목숨.

사예(司隷)의 질서
회복되기 시작하고

이미 남양(南陽)에는
새로운 왕기(王氣)!

곤두박질할 것 같은
기쁜 마음에

흐느끼니 눈물에
수건이 젖네.

喜達行在所三首 二
회 달 행 재 소 삼 수 이

愁思胡笳夕 凄涼漢苑春 生還今日事 間道暫時人
수 사 호 가 석 처 량 한 원 춘 생 환 금 일 사 간 도 잠 시 인

司隸章初覩 南陽氣已新 喜心翻倒極 嗚咽淚霑巾
사 례 장 초 도 남 양 기 이 신 희 심 번 도 극 오 열 누 점 건

주

◆胡笳(호가) : 갈대피리. ◆漢苑(한원) : 한(漢)의 금원(禁苑). 한을 빌려
당(唐)의 궁원(宮苑)을 말한 것. ◆生還今日事(생환금일사) : 살아서 돌아온
것은, 부정할 길 없는 오늘의 사실이라는 것. ◆間道暫時人(간도잠시인) :
잡힐까 하여 사잇길로 도망치던 자기는, 언제 죽을지도 모르는 목숨이었다
는 뜻. ◆司隸章初覩(사례장초도) : 한(漢)의 황실을 왕망(王莽)이 찬탈했을
때, 사례교위(司隸校尉)로 있던 유수(劉秀)가 일어나 왕망을 치고 한의 질서
를 다시 세웠다. 후한(後漢)의 광무제(光武帝)다. 여기서는 숙종을 광무제에
견준 것이니, 숙종에 의하여 당(唐)의 옛 질서가 회복되기 시작했다는 뜻.
◆南陽氣已新(남양기이신) : 남양(南陽)은 하남성의 지명이니, 광무제가 태

어난 곳이다. 광무제가 잠저(潛邸)에 있었을 무렵, 소백하(蘇伯河)라는 사람이 남양에 왔다가 제왕의 기운이 오르는 것을 발견했다는 고사를 인용하여 봉상(鳳翔)에서는 새 왕기(王氣)가 일어나기 시작했다는 의미로 쓴 것. ◆翻倒(번도) : 곤두박질을 하는 것.

해설

살아서 행궁에 도착한 기쁨이 눈에 보이는 듯하다. 특히 '생환금일사(生還今日事) 간도잠시인(間道暫時人)'은 천고의 명구(名句)! 이 한 마디 속에 얼마나 기막히는 체험과 감개가 서려 있는 것이랴?

행재소에 도착하여 3

도중에 죽었던들
누구 있어 알렸으리?

돌아온 지금
스스로 애처로워…….

살아서 태백산 눈
우러러보고

무공현(武功縣) 하늘 대해
기쁨 끝없네.

그림자도 고요히
천관(千官)에 끼어

되살아나는 마음
칠교(七校)의 그 앞!

아, 이제부터
우리의 사직

새로이 중흥의 해
헤게 되었네.

喜達行在所三首 三
희 달 행 재 소 삼 수 삼

死去憑誰報 歸來始自憐 猶瞻太白雪 喜遇武功天
사 거 빙 수 보 귀 래 시 자 련 유 첨 태 백 설 희 우 무 공 천

影靜千官裏 心蘇七校前 今朝漢社稷 新數中興年
영 정 천 관 리 심 소 칠 교 전 금 조 한 사 직 신 수 중 흥 년

주

◆死去(사거) : 죽는 것. 거(去)는 어세를 도울 뿐, 뜻은 없다. ◆自憐(자
련) : 스스로 애처롭게 여김. ◆太白雪(태백설) : 태백은 봉상(鳳翔)의 남쪽
에 있는 높은 산이니 해발 4천 미터. 그 정상에는 언제나 눈이 쌓여 있다.
◆武功天(무공천) : 무공현(武功縣)의 하늘. 무공현은 봉상의 동쪽에 있다.
◆影(영) : 자기의 그림자. ◆心蘇(심소) : 마음이 되살아남. 제1수의 '심사
(心死)'에 대응하는 말. ◆七校(칠교) : 천자의 근위장교 7명. 한(漢)의 제도.
◆漢社稷(한사직) : 한(漢)의 국가. 한을 빌려 당(唐)의 그것을 가리킨 것.

해설

다시 나라의 중흥을 보게 된 기쁨을 말했다. 이때 두보는 행궁을 찾아온 성의가 가상하다 하여, 좌습유(左拾遺)로 임명되어 다년간의 소망이던 벼슬길에 나아갔다. '영정천관리(影靜千官裏) 심소칠교전(心蘇七校前)!' 암담하기만 하던 전도에 한 줄기 여명이 비치는 것을 느낀 두보가 비로소 안도의 한숨을 내쉬는 모습이 눈에 선하다.

술회

동관(潼關)의 패전(敗戰) 작년에 있은 뒤론
처자의 소식 아직도 끊겼는데
초목 무성한 올여름에야
적중(賊中)에서 몸을 빼어 서(西)로 달리니라.
미투리 신은 채로 천자 뵈오니
해진 소매 드러나는 두 팔꿈치!
살아옴을 조정에선 가엾이 보고
초라한 꼴 친구들도 측은해 하다.
눈물로 받자온 좌습유(左拾遺) 벼슬
떠도는 미신(微臣)에 황은(皇恩) 두터워
가족 찾아가려면 갈 수 있어도
차마 입을 열어 말 못할레라.

편지 띄워 삼천(三川) 소식 알려고 하나
우리 집 있는지도 알 도리 없고
들리는 말, 우리 집도 화를 입어서
닭·개마저 남아나지 않았다고도.

그렇다면 산속의 비 새는 초가
그 누구 문에 서서 나를 기다리리?
시체는 소나무 밑 조각이 나고
차가운 땅 뼈는 아직 안 썩고 구르는가?
살았은들 그 몇이나 살아 남았는지,
온 식구 만나기란 꿈이 아니랴?
호랑이떼 날뛰는 험악한 고장
답답도 해 머리 돌려 바라다볼 뿐!

한 통의 편지를 적어 보낸 지
어느덧 흘러간 열 달의 나날.
소식 올까 도리어 꺼려도 져서
내 마음은 갈기갈기 찢어만 져라.
나라 다시 자리를 잡아가는 때
언제나 술에 젖어 살아가노니
다시 만날 그날을 생각하는 곳
가난한 외톨박이 됐나 싶도다.

述懷
술회

去年潼關破	妻子隔絶久	今夏草木長	脱身得西走
거년동관파	처자격절구	금하초목장	탈신득서주
麻鞋見天子	衣袖見兩肘	朝廷愍生還	親故傷老醜
마혜견천자	의수현양주	조정민생환	친고상노추
涕涙受拾遺	流離主恩厚	柴門雖得去	未忍卽開口
체루수습유	유리주은후	시문수득거	미인즉개구
寄書問三川	不知家在否	比聞同罹禍	殺戮到鷄狗
기서문삼천	부지가재부	비문동리화	살륙도계구
山中漏茅屋	誰復依戶牖	摧頹蒼松根	地冷骨未朽
산중누모옥	수부의호유	최퇴창송근	지랭골미후
幾人全性命	盡室豈相偶	嶔岑猛虎場	鬱結回我首
기인전성명	진실기상우	금음맹호장	울결회아수
自寄一封書	今已十月後	反畏消息來	寸心亦何有
자기일봉서	금이십월후	반외소식래	촌심역하유
漢運初中興	生平老耽酒	沈思歡會處	恐作窮獨叟
한운초중흥	생평노탐주	침사환회처	공작궁독수

주

◆潼關(동관) : 섬서성 동쪽에 있는 관문(關門). 지덕(至德) 원년(756) 적군의 공격으로 여기를 지키던 가서한(哥舒翰)이 대패했다. 이리하여 섬서 일대는 적군의 수중으로 들어갔다. ◆今夏草木長(금하초목장) : 도연명(陶淵明)의 시 「독산해경(讀山海經)」에 '맹하초목장(孟夏草木長)'이라는 구가 있다. ◆脱身得西走(탈신득서주) : 적중에 10개월이나 잡혀 있던 끝에 두보는 탈주하여 숙종(肅宗)의 행궁이 있는 봉상(鳳翔)에 도착할 수 있었다. ◆親故(친고) : 친구. ◆拾遺(습유) : 문하성(門下省)에 속하는 간관(諫官)으로 좌우의 둘이 있었다. 두보는 좌습유(左拾遺)가 되었다. ◆流離(유리) : 영락해서

떠도는 것. ◆柴門(시문) : 사립문. 부주(鄜州) 강촌(羌村)에 있던 두보의 가
족이 살던 집을 가리킨다. ◆三川(삼천) : 현(縣) 이름. 부주에 속하며, 거
기의 강촌에는 두보의 가족이 피난해 있었다. ◆比聞(비문) : 요즘 듣건대.
◆依戶牖(의호유) : 방문과 창에 기대어 서서 기다리는 것. ◆摧頹(최퇴) :
시체가 조각나는 것. ◆盡室(진실) : 온 가족. ◆相偶(상우) : 같이 만남.
◆嶔崟(금음) : 산이 험한 모양. 여기서는 세상이 험한 모양. ◆猛虎場(맹
호장) : 맹호 같은 악인이 득실거리는 세상. 부주 지방을 가리킨다. ◆鬱結
(울결) : 우울한 모양. ◆寸心亦何有(촌심역하유) : 마음이 어찌 남아나겠느
냐, 없어진다는 뜻. ◆漢運(한운) : 당(唐)의 운명. 한(漢)을 빌려 당(唐)을
말한 것. ◆歡會(환회) : 가족과 기쁘게 만나는 것. ◆窮獨叟(궁독수) : 가난
한 외톨박이 늙은이.

해설

지덕(至德) 2년(757), 장안을 탈출한 두보는 천신만고 끝에 봉상(鳳翔)
에 있는 행궁에 도착했으며, 가상하다 하여 좌습유의 벼슬을 받았다.
이것은 그런 중에서 멀리 부주(鄜州)에 있는 가족을 걱정한 시다. 안부
를 알리는 편지는 오지 않는 중, 그의 가족도 몰살됐을 것이라는 뜬소
문까지 나돌아 두보는 어지간히 애가 탔던 모양이다. '반외소식래(反畏
消息來)!' 도리어 소식이 오는 것을 두려워한다는 이 한 마디 속에는 그
런 심정의 굴절이 얼마나 잘 나타나 있는 것이랴.

강촌(羌村) 1

서녘 하늘을 붉그레 물들인
구름 사이에서

몇 줄기 햇발이, 길게
땅에 내려꽂히고 있다.

사립문에서 새들이
왁자지껄 시끄러운 중

천리 밖에서
내가 돌아왔다.

처자는 나를
의아한 듯 보고만 있다가

놀라움이 가라앉자
도리어 눈물을 닦는다.

어지러운 세상, 여기저기
정처 없이 떠돌던 몸

요행으로 이같이
살아 돌아왔는데,

담을 메워, 이웃들도
들여다보곤

탄식하며, 흐느껴
울기도 한다.

밤이 깊어, 다시 초에
불을 당기고

서로 마주 앉으니
꿈만 같다.

羌村三首 一
강촌 삼 수 일

峥嵘赤雲西　日脚下平地　柴門鳥雀噪　歸客千里至
쟁 영 적 운 서　일 각 하 평 지　시 문 조 작 조　귀 객 천 리 지

妻孥怪我在　驚定還拭淚　世亂遭飄蕩　生還偶然遂
처 노 괴 아 재　경 정 환 식 루　세 난 조 표 탕　생 환 우 연 수

隣人滿牆頭　感歎亦歔欷　夜闌更秉燭　相對如夢寐
인 인 만 장 두　감 탄 역 허 희　야 란 갱 병 촉　상 대 여 몽 매

주

◆羌村(강촌) : 부주(鄜州)의 마을 이름. 두보의 가족이 피난해 있던 곳. ◆峥嵘(쟁영) : 산이 높고 험한 모양. 여기서는 구름의 형용. ◆妻孥(처노) : 처자. ◆飄蕩(표탕) : 여기저기 떠도는 것. ◆歔欷(허희) : 흐느껴 우는 것.

해설

지덕(至德) 2년(757), 부주(鄜州)에 있던 가족을 찾아갔을 때의 작품이다. 장편시 「북정(北征)」과 시기적으로도 같은 무렵에 씌어졌으려니와, 내용도 그것을 압축해 놓은 듯한 느낌이 든다. 도리어 이것이 「북정(北征)」의 원형이라고 해도 무방하리라.

강촌 2

늘그막에 모진 목숨
이어 가는 몸

집엔 돌아왔어도
낙이 적다.

애녀석은 아비 무릎
떠나지 않아

내가 다시 떠날까봐
겁내는 눈치다.

여름이면 시원한
바람 쐰다고

고향의 못가 어정인 일
눈에 선한데,

지금은 낯선 고장
북풍만 세차

여러 생각, 가슴만
메어지는 듯.

다행히 곡식도
거두어져서

집마다 술이
익어 가는 모양이다.

이제는 마음놓고
마실 수 있을 듯하니

그것으로 내 노년을
위로하리라.

羌村三首 二
강촌삼수 이

晚歲迫偸生　還家少歡趣　嬌兒不離膝　畏我復却去
만세박투생　환가소환취　교아불리슬　외아부각거

憶昔好追涼　故繞池邊樹　蕭蕭北風勁　撫事煎百慮
억석호추량　고요지변수　소소배풍경　무사전백려

賴知禾黍收　已覺糟牀注　如今足斟酌　且用慰遲暮
뇌지화서수　이각조상주　여금족짐작　차용위지모

주

◆晚歲(만세) : 만년(晚年).　◆迫偸生(박투생) : 할 수 없어서 모진 목숨을
이어 가는 것.　◆歡趣(환취) : 재미있는 일.　◆畏我復却去(외아부각거) : 내
가 다시 갈까 두려워함. '나를 두려워해 다시 물러간다'는 해석도 있으나 타
당치 않다.　◆追涼(추량) : 납량(納涼). 시원한 바람을 쐬는 것.　◆撫事(무
사) : 여러 일을 생각하는 것.　◆煎百慮(전백려) : 여러 생각이 들끓는 것.
◆賴知(뇌지) : 다행히 안다.　◆糟牀注(조상주) : 조상(糟牀)은 술을 거르는
나무 판대기. 거기에서 술이 쏟아지는 것.　◆如今(여금) : 지금.　◆用(
용) : 이(以). ~로써.　◆遲暮(지모) : 만년(晚年).

해설

가족과 만나기는 했어도, 밝은 전망이라고는 조금도 안 보이는 답답한
처지! 특히 아버지가 또 어디론가 가버릴까 두려워, 아이가 무릎을 안
떠난다는 묘사 같은 것은, 귀신도 따라서 울 만한 기막힌 솜씨임에 틀
림없다.

강촌 3

닭들이 하도
야단을 치며

싸우기에, 손님이
온 것도 모르다가

닭을 쫓아
나무에 올리고야

사립문 두들기는
소리를 들었다.

마을의 늙은이
너댓 사람이

멀리 돌아온 나를
찾아온 것이니

손에는 각기
든 것 있는데

합을 기울이자
맑고 흐린 술들이 나왔다.

'술맛 없어도
마다 마시길!

기장밭 농사 지을
사람 없음이니,

싸움은 아직껏
멎지 않고

애들은 싸움 나가
안 돌아왔다'고.

'노인들을 위하여
노래하리니

어려운 때, 고마움을
어찌 잊겠는가.'

노래하고 하늘을
우러러 탄식하니

홍건히 눈물에 젖네,
온 방안 사람들.

羌村三首 三
강촌삼수 삼

群鷄正亂叫	客至鷄鬪爭	驅鷄上樹木	始聞叩柴荊
군계정난규	객지계투쟁	구계상수목	시문고시형
父老四五人	問我久遠行	手中各有携	傾榼濁復淸
부로사오인	문아구원행	수중각유휴	경합탁부청
莫辭酒味薄	黍地無人耕	兵革旣未息	兒童盡東征
막사주미박	서지무인경	병혁기미식	아동진동정
請爲父老歌	艱難愧深情	歌罷仰天歎	四座涕縱橫
청위부로가	간난괴심정	가파앙천탄	사좌체종횡

주

◆正(정) : 마침 그때. ◆柴荊(시형) : 사립문. ◆父老(부로) : 마을의 노인
들. ◆問(문) : 위문함. ◆榼(합) : 술을 넣은 합. ◆濁復淸(탁부청) : 탁주

와 청주가 나왔다는 것. ◆兒童(아동) : 아이들. 부로의 처지에서 자제들을
부르는 말. ◆四座(사좌) : 만좌(滿座).

해설

이 3편의 시가 우리를 울리는 것은, 너무나 진실하기 때문일 것이다.
시에 대하여는 독자에 따라 기호가 다를 수 있고, 시인 측에서 보더라
도 표현에는 다양한 길이 열려 있는 것이 사실이려니와, 너무나 엄청난
진실이 제시되고 보면, 그런 저런 문제를 떠나 한결같이 감동하는 수밖
에야 무슨 길이 있겠는가.

봉선현을 찾아가면서

두릉(杜陵)에 포의(布衣) 있어서
늙으면서 마음 더욱 졸렬해 가니,
자부함은 어찌 그리 어리석어서
은근히 직(稷)과 설(契)에 비기는 거리?
저도 모르게 영락(零落)한 몸은
백발에 온갖 고생 달게 받아도,
관 뚜껑이 덮이기 그 전까지는
이 뜻 한번 폈으면 하는 마음뿐.
한 해 내내 걱정은 백성들의 일
탄식하면 창자도 타오르는 듯.
동창(同窓)의 늙은이들 비웃기로니
격렬만 해 가는 나의 노래여!
강이나 바다에서 세속을 피해
살고 싶은 뜻이야 없으리마는
모처럼 요순(堯舜) 같은 님을 만나매
이대로는 차마 영영 못 헤어지리.
낭묘(廊廟)가 이제 모두 갖추었거니

어떤 재목 하난들 모자르리만,
오직 해를 따르는 해바라기의
본성이야 그 누가 뺏는다 하랴.
딱하기는 땅강아지 개미의 무리
자기 살 구멍이나 찾으면 될 걸
어찌해 크나큰 고래의 흉내
바다에는 누우려 드는 것인가.
이로써 처세술을 깨달았어도
부끄럽긴 권문(權門)에 드나드는 일.
그리하여 이제토록 고생을 하며
먼지 속에 파묻혀 살아 왔거니,
소보(巢父) · 허유(許由)에야 부끄런 대로
종내 못 바꿀 것 이 뜻이어라.
마구 술을 퍼마셔 마음 달래고
큰 소리로 노래해도 쌓이는 시름!

한 해도 가려느니 풀들 시들고
모진 바람 높은 뫼도 찢기어질 듯.
음산한 기운 하늘에 가득한데
나그네는 밤중에 길을 떠나니라.
매운 서릿발 띠가 끊어져도
손가락 곱아 와서 매지도 못해…….

새벽녘 이산(驪山)의 앞을 지나니
용상(龍床)은 저 높은 산 그 어디멘 듯.
찬 하늘을 온통 군기(軍旗) 메우고
얼어붙은 벼랑과 골짜기 미끄럽기도!
온천서는 안개처럼 김 오르는데
우림군(羽林軍)의 병기(兵器)가 부딪는 소리.
군신(君臣)이 머물러 즐기시나니
풍악 일어 멀리 번져 감이여!
그러나 목욕함은 귀인뿐이요,
연회엔들 백성이야 어이 나가리?
궁중에서 내리시는 옷감들이란
가난한 여인네가 본디 짠 것을
그 지아비 모질게 닥달한 끝에
모두어 대궐에 바침 아니랴.
천자께서 그런 것 하사하심은
나라를 살리려는 성려(聖慮)이시니
신하로서 정사에 소홀한다면
이 물건 버리신 꼴 그 아니 되랴.
많은 인재 조정에 차 있다느니
어진 이면 저어함이 마땅하리라.
하물며 궁중의 황금의 그릇
위씨(衛氏)・곽씨(霍氏)네에 모두 가 있고

안에는 선녀 있어 옥 같은 살결
엷은 옷 안개런 듯 감고 있다고.
빈객도 돈피의 갖옷 걸치니
슬픈 젓소리 맑은 슬(瑟)의 그 뒤를 쫓고
손에게 낙타 발굽 국을 권하면
그릇에 그득한 것 탱자에 귤들!
대가에선 술과 고기 썩어나건만
길에는 얼어 죽은 시체 있어서
지척을 두고 영고(榮枯) 판이하니
이 슬픔을 다시 무어라 하랴.
북으로 나아가니 경수(涇水)와 위수(渭水)
관도(官渡)에서 다시 딴길 잡으면
얼음 덩이들 서쪽에서 흘러 와
시야를 가득 메워 우뚝 솟으니
멀리 공동(崆峒)에서 오는 양하고
부딪치면 천주(天柱)도 꺾일 듯해라.
다리는 아직 무너지지 않았으나
교각은 우직우직 소리 내는 중
나그네들 서로 잡고 끌고 하지만
물 넓으니 어찌 쉽게 건너가리오?

늙은 내 아내 딴 고을 살아

눈바람 가린 거기 열 명의 가족.
어찌 가만히만 둘 수 있으랴?
죽어도 같이 죽자 길을 서둘러
대문에 당도하니 낭자한 곡성
어린 아들 굶은 끝에 죽으니라고.
난들 슬퍼할 줄 어찌 모르리?
이웃들도 오히려 흐느끼노니
부끄러워라 남의 아비가 되어
못 먹여서 그 어린 것 죽게 하다니!
풍년이라도 가난한 자엔
이런 변고 있을 줄 어찌 알았으리?
다행히 조세는 면제된 이 몸
병적(兵籍)에도 분명 안 올랐건만
돌아보매 쓰라린 일뿐이거니
평민들의 그것이야 어떻다 하랴?
생업 잃은 사람들 걱정하자니
먼 싸움터 병졸도 생각키고,
시름은 종남산(終南山)의 높이로 일어
아, 이 마음 갈피 못 잡을레라.

自京赴奉先縣詠懷五百字
자경부봉선현영회 오백자

杜陵有布衣　老大意轉拙　許身一何愚　竊比稷與契
두릉유포의　노대의전졸　허신일하우　절비직여설

居然成濩落　白首甘契闊　蓋棺事則已　此志常覬豁
거연성확락　백수감결활　개관사즉이　차지상기활

窮年憂黎元　歎息腸內熱　取笑同學翁　浩歌彌激烈
궁년우여원　탄식장내열　취소동학옹　호가미격렬

非無江海志　瀟灑送日月　生逢堯舜君　不忍便永訣
비무강해지　소쇄송일월　생봉요순군　부인편영결

當今廊廟具　構廈豈云缺　葵藿傾太陽　物性固莫奪
당금낭묘구　구하기운결　규곽경태양　물성고막탈

顧惟螻蟻輩　但自求其穴　胡爲慕大鯨　輒擬偃溟渤
고유누의배　단자구기혈　호위모대경　첩의언명발

以茲悟生理　獨恥事干謁　兀兀遂至今　忍爲塵埃沒
이자오생리　독치사간알　올올수지금　인위진애몰

終愧巢與由　未能易其節　沈飲聊自遣　放歌頗愁絕
종괴소여유　미능역기절　침음요자견　방가파수절

歲暮百草零　疾風高岡裂　天衢陰崢嶸　客子中夜發
세모백초령　질풍고강렬　천구음쟁영　객자중야발

霜嚴衣帶斷　指直不得結　凌晨過驪山　御榻在嵽嵲
상엄의대단　지직부득결　능신과이산　어탑재체얼

蚩尤塞寒空　蹴踏崖谷滑　瑤池氣鬱律　羽林相摩戛
치우색한공　축답애곡활　요지기울률　우림상마알

君臣留歡娛　樂動殷膠葛　賜浴皆長纓　與宴非短褐
군신류환오　악동은규갈　사욕개장영　여연비단갈

彤庭所分帛　本自寒女出　鞭撻其夫家　聚斂貢城闕
동정소분백　본자한녀출　편달기부가　취렴공성궐

聖人筐篚恩　實欲邦國活　臣如忽至理　君豈棄此物
성인광비은　실욕방국활　신여홀지리　군기기차물

多士盈朝廷　仁者宜戰慄　況聞內金盤　盡在衛霍室
다사영조정　인자의전율　황문내금반　진재위곽실

中堂有神仙　煙霧蒙玉質　煖客貂鼠裘　悲管逐淸瑟
중당유신선　연무몽옥질　난객초서구　비관축청슬

勸客駝蹄羹　霜橙壓香橘　朱門酒肉臭　路有凍死骨
권객타제갱　상등압향귤　주문주육취　노유동사골

榮枯咫尺異　惆悵難再述　北轅就涇渭　官渡又改轍
영고지척이　추창난재술　배원취경위　관도우개철

群氷從西下　極目高崒兀　疑是崆峒來　恐觸天柱折
군빙종서하　극목고줄올　의시공동래　공촉천주절

河梁幸未拆　枝撐聲窸窣　行旅相攀援　川廣不可越
하량행미탁　지탱성실솔　행려상반원　천광불가월

老妻寄異縣　十口隔風雪　誰能久不顧　庶往共飢渴
노처기이현　십구격풍설　수능구불고　서왕공기갈

入門聞號咷　幼子飢已卒　吾寧捨一哀　里巷猶嗚咽
입문문호도　유자기이졸　오녕사일애　이항유오열

所愧爲人父　無食致夭折　豈知秋禾登　貧窶有倉卒
소괴위인부　무식치요절　기지추화등　빈구유창졸

生常免租稅　名不隷征伐　撫迹猶酸辛　平人固騷屑
생상면조세　명불예정벌　무적유산신　평인고소설

默思失業徒　因念遠戍卒　憂端齊終南　澒洞不可掇
묵사실업도　인념원수졸　우단제종남　홍동불가철

주

◆自京赴奉先縣詠懷五百字(자경부봉선현영회오백자) : 서울로부터 봉선현
(奉先縣)으로 갔을 때의 느낌을 읊은 500자의 시. ◆杜陵(두릉) : 전한 선제
(前漢宣帝)의 능. 장안의 동남쪽 교외에 있다. 두보의 집안이 대대로 살아오
던 고장이다. ◆布衣(포의) : 양반으로 벼슬하지 않는 사람. ◆老大(노
대) : 늙는 것. 대(大)에는 별뜻이 없다. ◆稷與契(직여설) : 직(稷)과 설
(契). 다 순(舜) 임금의 명신으로, 직은 농사, 설은 교육을 관장했다. ◆居然

224

(거연) : 어느덧. ◆濩落(확락) : 영락. 세상으로부터 버림을 받는 것. ◆契
濶(결활) : 고생. ◆蓋棺事則已(개관사즉이) : 죽어서 관 뚜껑이 닫히면 그
만이지만. ◆覬豁(기활) : 뜻을 펴려고 함. ◆窮年(궁년) : 1년 내내. 노년
(老年)으로 보는 설도 있다. ◆黎元(여원) : 백성. ◆江海志(강해지) : 세속
을 피해 은둔하려는 생각. ◆廊廟具(낭묘구) : 낭묘(廊廟)는 정부를 상징한
것. 정부에 인재가 갖추어져 있다는 뜻. ◆構厦豈云缺(구하기운결) : 집을
짓는 데 목재가 어찌 모자란다 하랴. 인재가 갖추어져 있음. ◆螻蟻輩(누의
배) : 땅강아지(도로래)와 개미의 무리. 소인배의 뜻. ◆擬(의) : 흉내냄.
◆溟渤(명발) : 대해(大海). ◆生理(생리) : 생활의 원리. ◆干謁(간알) : 구
하는 것이 있어서 고관을 만나는 것. ◆兀兀(올올) : 고생하는 모양. ◆巢
與由(소여유) : 태고의 은사인 소보(巢父)와 허유(許由). '소보(巢父)'의 父는
신분이 낮은 노인에게 붙는 호칭이니, 음이 '보'다. 어보(漁父)·초보(樵父)
따위가 그것이다. ◆沈飮(침음) : 술을 많이 마시는 것. ◆自遣(자견) : 스
스로 저를 위로함. ◆愁絶(수절) : 큰 근심. ◆天衢(천구) : 하늘. 구(衢)는
길. 서울의 길이라는 해석도 있다. ◆陰崢嶸(음쟁영) : 음산한 기운이 험상
궂게 깔려 있는 것. 쟁영(崢嶸)은 본래 산이 가파른 모양. ◆客子(객자) :
두보의 자칭. ◆驪山(이산) : 장안의 동쪽에 있는 산. 그 산 기슭에는 온천
이 있어서 현종(玄宗)은 여기에 화청궁(華淸宮)을 짓고 10월 만 되면 양귀비
와 함께 이곳에서 피한(避寒)을 했다. ◆御榻(어탑) : 옥좌(玉座). ◆嶻嶭
(체얼) : 산이 높은 모양. ◆蚩尤(치우) : 고대 제후의 이름. 황제(黃帝)와
싸우다가 망했는데, 후세에 군신(軍神)으로 숭상되었다. 여기서는 치우기
(蚩尤旗)라는 군기(軍旗)의 뜻. ◆鬱律(울률) : 기운이 오르는 모양. ◆羽林
(우림) : 근위군(近衛軍). ◆摩戛(마알) : 물건이 서로 부딪쳐서 소리를 내
는 것. 여기서는 무기가 부딪치는 소리. ◆殷(은) : 울려 퍼짐. ◆樛嶱(규
갈) : 교갈(膠葛). 광대함. ◆長纓(장영) : 긴 관끈. 귀인(貴人). ◆短褐(단

갈) : 짧은 저고리. 천민을 가리킴. ◆肜庭(동정) : 궁중의 뜰. 붉은 흙을 깔므로 그렇게 부른다. ◆聖人(성인) : 황제를 가리키는 말. ◆筐篚恩(광비은) : 광주리에 넣은 물품을 하사하는 황제의 은혜. ◆忽(홀) : 소홀히 함. ◆至理(지리) : 지치(至治). 이상적인 정치. 고종(高宗)의 이름을 피해 치(治)를 리(理)로 쓴 것. ◆內金盤(내금반) : 내(內)는 대내(大內). 궁중의 황금 쟁반. ◆衛霍(위곽) : 위청(衛青)과 곽거병(霍去病). 둘 다 무제(武帝)의 황후인 위씨(衛氏)의 인척(姻戚)으로 무제의 총애를 받았다. 이 두 사람은 흉노를 친 명장들이기도 했으나, 여기서는 양귀비의 종형(從兄)인 양국충(楊國忠)에 비긴 것임. ◆中堂(중당) : 안채의 방. 내실(內室). ◆神仙(신선) : 미인(美人)의 비유. ◆煙霧(연무) : 반투명한 엷은 옷을 안개에 비긴 것. ◆玉質(옥질) : 구슬 같은 살결. ◆貂鼠裘(초서구) : 담비의 가죽으로 만든 옷. ◆駝蹄羹(타제갱) : 낙타의 발굽을 삶은 국. ◆霜橙壓香橘(상등압향귤) : 서리맞은 탱자가 향그러운 귤 위에 놓여 있음. ◆朱門(주문) : 귀인의 집. 대문을 붉게 칠했었다. ◆惆悵(추창) : 마음이 답답한 모양. ◆涇渭(경위) : 경수(涇水)와 위수(渭水). 이 두 물은 이산(驪山)의 북쪽에서 합류함. ◆官渡(관도) : 정부에서 만든 나루터. ◆改轍(개철) : 수레를 바꾸는 것. 다른 길로 접어든다는 뜻. ◆群氷(군빙) : 얼음덩이. ◆崒兀(줄올) : 험하고 높은 모양. ◆崆峒(공동) : 감숙성에 있는 산. 경수(涇水)·위수(渭水)의 근원이 그 근처다. ◆天柱(천주) : 하늘을 버티고 있는 기둥.『열자(列子)』탕문편(湯問篇) 참조. ◆河梁(하량) : 강에 놓은 다리. ◆枝撑(지탱) : 지주(支柱). 버티고 있는 기둥. ◆窸窣(실솔) : 우직우직 하는 소리. ◆號咷(호도) : 울부짖는 것. ◆秋禾(추화) : 가을의 곡식. ◆貧窶(빈구) : 가난으로 여위는 것. ◆倉卒(창졸) : 뜻하지 않은 변고. ◆免租稅(면조세) : 당나라 때 관리는 면세의 특전이 있었다. ◆名不隸征伐(명불예정벌) : 이름이 병적(兵籍)에 오르지 않는 것. 관리는 병역의 의무에서 면제되었다. ◆撫迹

(무적) : 지난날을 돌이켜보는 것. ◆騷屑(소설) : 불안정한 모양. ◆憂端 (우단) : 근심의 실마리. ◆終南(종남) : 장안의 남쪽에 있는 산. ◆澒洞(홍 동) : 뒤섞여서 확실히 구별되지 않는 모양. ◆掇(철) : 손으로 잡는 것.

해설

「북정(北征)」과 함께 두보(杜甫) 일대의 대표적 장편시다. 시인의 나이 44세이던 천보(天寶) 14년(755), 겨우 소원이 이루어져 우위솔부(右衛率 府)의 주조참군(冑曹參軍)이 되긴 했으나 살림은 결코 밝지 못했다. 봉선 현(奉先縣)의 지인(知人)에게 맡겨 둔 가족을 찾아 11월에 여행하면서 견 문을 적은 것이 이 시다. 길은 마침 황제가 향락에 젖어 있는 이산(驪 山) 밑을 지났기에 감개가 깊었고, 집에 닿고 보니 아들 하나가 영양 실 조로 죽어 있었다. 이 달이 마침 안록산(安祿山)의 반란이 일어난 때인 데, 두보는 그 소식을 못 들은 모양이거니와, 무엇인가 불길한 일이 일 어날 듯한 예감을 충분히 느끼고 있은 듯, 시는 어둡고 음산한 기운으 로 차 있다. 환운(換韻)도 하지 않고 같은 50의 운자(韻字)를 동원한 이 시는, 산악이 옮아가는 듯, 대해가 흐르는 듯하여 조그만 기교는 눈에 띄지도 않건만, 그 큰 기운이 우리를 압도해 온다. 「북정(北征)」과 함께 희세(稀世)의 명편임에 틀림없다.

북정

지덕(至德) 이년(二年)의 가을
윤팔월(閏八月) 초하루,
나는 북으로 길을 잡아
아득히 가족을 찾아나섰다.
어려운 때를 만나
조야(朝野)가 온통 편할 날 없는 이제,
부끄럽다, 사사로이 황은(皇恩)을 입어
집에 돌아가도록 특히 허락하신 일!
하직 인사차 궐문(闕門)에 이르고도
차마 발길 못 돌린다.
본디 간관(諫官)의 그릇은 못 되지만
걱정은 우리 님께 허물 행여 계실세라…….
님께서야 참으로 중흥(中興)의 영주(英主)시니
정사(政事)에 소홀함 있으실까만
동호(東胡)의 반란 아직 안 그치기에
북받쳐 오는 의분에 치를 떨 밖에…….
눈물 뿌려 행궁(行宮)을 그리워하는 마음

길을 가면서도 갈피를 못 잡는다.
온 세상 전쟁으로 진통 겪는 중
이 몸의 이 걱정은 언제 그칠까.

안 내키는 걸음 들길을 간다.
연기도 안 오르는 마을을 지나간다.
부상해 신음하며 피 흘리는 사람들만
이따금 마주치는 그러한 길을!
봉상(鳳翔) 쪽으로 머리 돌리면
저녁빛 받아 행궁의 깃발 아스라하다.
다시 나아가 중첩한 한산(寒山) 오르자
옛 사람 말 먹이던 샘이 있는 굴들이 눈에 띄고,
움푹 패인 빈주(邠州)의 들과
그 속을 솟구쳐 흐르는 경수(涇水)가 띠와 같다.
한번은 호랑이 내 앞 나타나
벼랑도 갈라질 듯 울부짖어 기겁하기도!
국화는 올가을의 꽃임이 분명한데
돌길에는 옛 수레 바퀴 자국 완연하다.
하늘의 구름도 흥을 돋우고
그윽한 멋도 즐김직은 하다.
자잘구레한 산열매들
도토리와 섞이어 무더기 이루는 곳,

더러는 붉기 단사(丹沙) 같고
더러는 옻방울처럼 검디검으니,
비와 이슬에 젖어 열매란 열매
단 것이건 쓴 것이건 이미 영근 것이리라.
생각은 멀리 도원(桃園)으로 이어져
더욱 처세의 졸렬함에 한숨짓기도.
어느덧 눈 앞에는 톱날같은 부치(鄜畤)
바위로 된 그 골짜기 들쑥날쑥도 하여,
나는 벌써 물가에 왔건만
내 종은 아직 저기 저 나무 끝 산길을 오고 있다.
누렇게 잎사귀 물든 뽕나무에서 솔개미 울고
구멍에선 들쥐가 앞발을 비벼댄다.
밤이 으슥해서야 싸움터를 지났다.
싸늘한 달빛 속에 뒹구는 백골들!
동관(潼關)을 지키던 백만 대군은
왜 그리도 빠르게 무너졌던가.
중원(中原)의 백성 절반 이상을
이 세상 사람 아니게 하였으니……

더구나 나는 오랑캐에 잡혔던 몸
돌아왔을 젠 호호백발 돼 있었다.
한 해만에야 집에 와 만난 것은

누덕누덕 기워 입은 처자의 꼴들!
통곡하니 솔바람도 따라 맴돌고
샘물도 덩달아서 목메어 우니는 듯.
응석받이 우리 아들
눈보다도 얼굴빛 더 핼쑥해진 그것이
아비 보자 등 돌려 울어댄다.
더덕더덕 때 낀 모습, 버선도 못 신은 채.
거기다가 침상 앞 어린 두 딸은
입성이란 게 깁고 이어서 겨우 무릎 가렸는데,
바다의 그림에서 파도 둘로 찢기고
낡은 수(繡)는 자리 옮겨 굽혀져 있다.
천오(天吳)와 자봉(紫鳳)마저
거꾸로 저고리에 걸려 있다니…….
오죽했으면 마음 상한 나머지
토사(吐瀉)로 며칠을 내가 누워서 지냈겠나.
그러나 당장은 걸머지고 온 옷감 있으니
너희의 떠는 몸쯤은 가려 주리라 싶어,
짐을 풀어 분대(粉黛) 꺼내며
금주(衾裯)도 차츰 늘어놓으니,
파리한 아내 얼굴 생기 돌고
딸년은 머리 빗어 희희덕댄다.
무엇이나 어미 흉내

아침 화장 한답시고 마구 손을 놀려
한참을 연지와 분 찍어 바르더니
엄청나게 넓은 눈썹 우스운 꼴이 된다.
어쨌든 살아와서 애들을 마주하니
굶주림도 잠시는 잊혀지는 듯하고
이것저것 물으며 다투어 수염을 꺼든대도
어찌 그들을 나무랄 수 있으랴.
적군(賊軍)에 잡혀 애태운 일 생각하면
이 시끄러움쯤은 아무 것도 아니다.
새로 돌아와 이런 일로 우선은 흐뭇해 하며,
살림 걱정은 굳이 입 밖에 안 낸다.

상감도 피난살이 하시는 세상,
언제면 군졸 훈련 안 해도 될지?
우러르니 하늘빛 달라지고
어쩐지 요기(妖氣)도 걷히는 기색.
음산한 바람 서북에서 일어나
참담히 회흘(回紇) 따라 불어왔으니,
그 임금 천자를 돕기 원하고
그 풍속 말달리길 좋아한다고.
그리하여 보내 온 것
병졸 5천에 말 1만 필!

이들은 젊은이를 귀히 여기고
그 용맹에 사방이 무릎 꿇으니,
부리는 건 다 매같은 용사여서
적을 깸이 화살보다 빠르다는 것.
천자께선 곧이 들어 기다리셔도
여론은 딴뜻이 있을까 여기는 듯.
그들이라면 이수(伊水)·낙수(洛水)도 쉽게 거두고
서경(西京) 또한 힘쓸 것도 되지는 못하리라.
거기다 관군(官軍)도 깊이 쳐들어가기 바라는 바엔
예기(銳氣) 쌓아 동행함이 좋으리라.
이번 거사로 청주(青州)·서주(徐州) 해방하고
금시에 항산(恒山)·갈석(碣石) 회복함도 보게 될 것!
하늘에는 서리와 이슬 기운 가득하여
정기(正氣)가 숙살(肅殺)을 감행하는 이때기에,
오랑캐 무찌름이 바로 올해요
그를 사로잡음도 이 달의 일 되리라.
오랑캐가 가면은 얼마나 가랴?
천자의 기강이야 끊어질 리가 없다.

전번에 변고가 일어날 때도
처리하심 옛날과는 판이했으니,
간신은 마침내 처형되었고

그 무리 또한 제거되었다.
하(夏)·은(殷)의 사직이 기울어질 때
포사(褒姒)·달기(妲己) 죽였단 말 못 들었지만,
주(周)와 한(漢)을 다시 일으켜 세운
선왕(宣王)·광무(光武)의 영명(英明)은 어떠신가.
더없이 씩씩한 건 우리 진장군(陳將軍)
부월(斧鉞) 짚고 일어나 충렬(忠烈)의 뜻 떨친 일.
그대 없었던들 사람 모두 엉망이 됐으리니,
이제껏 나라의 살아남은 뉘 덕이라 해야 하랴.
장안의 대동전(大同殿)은 처량도 하고
백수달(白獸闥)도 적막에 휩싸여 있으리만,
서울 사람들 황제 환궁하시기만 목뽑아 기다리며
상서스러운 기운 금문을 향해 몰려들고 있으리.
능침(陵寢)에는 조종(祖宗)의 신령 계시니
향화 받듦이야 그 어이 끊어지리?
일월처럼 빛나시는 태종(太宗)의 기업(基業)
넓고 깊이 세우심 기리옵노라.

北征
북정

皇帝二載秋　閏八月初吉　杜子將北征　蒼茫問家室
황제이재추　윤팔월초길　두자장북정　창망문가실

維時遭艱虞　朝野少暇日　顧慚恩私被　詔許歸蓬蓽
유시조간우　조야소가일　고참은사피　조허귀봉필

拜辭詣闕下　怵惕久未出　雖乏諫諍姿　恐君有遺失
배사예궐하　출척구미출　수핍간쟁자　공군유유실

君誠中興主　經緯固密勿　東胡反未已　臣甫憤所切
군성중흥주　경위고밀물　동호반미이　신보분소절

揮涕戀行在　道途猶恍惚　乾坤含瘡痍　憂虞何時畢
휘체연행재　도도유황홀　건곤함창이　우우하시필

靡靡踰阡陌　人煙眇蕭瑟　所遇多被傷　呻吟更流血
미미유천맥　인연묘소슬　소우다피상　신음갱유혈

回首鳳翔縣　旌旗晚明滅　前登寒山重　屢得飲馬窟
회수봉상현　정기만명멸　전등한산중　누득음마굴

邠郊入地底　涇水中蕩潏　猛虎立我前　蒼崖吼時裂
빈교입지저　경수중탕휼　맹호입아전　창애후시열

菊垂今秋花　石戴古車轍　青雲動高興　幽事亦可悅
국수금추화　석대고거철　청운동고흥　유사역가열

山果多瑣細　羅生雜橡栗　或紅如丹砂　或黑如點漆
산과다쇄세　나생잡상률　혹홍여단사　혹흑여점칠

雨露之所濡　甘苦齊結實　緬思桃園內　益歎身世拙
우로지소유　감고제결실　면사도원내　익탄신세졸

坡陀望鄜畤　巖谷互出沒　我行已水濱　我僕猶木末
파타망부치　암곡호출몰　아행이수빈　아복유목말

鴟鳥鳴黃桑　野鼠拱亂穴　夜深經戰場　寒月照白骨
치조명황상　야서공란혈　야심경전장　한월조백골

潼關百萬師　往者散何卒　遂令半秦民　殘害爲異物
동관백만사　왕자산하졸　수령반진민　잔해위이물

況我墮胡塵　及歸盡華髮　經年至茅屋　妻子衣百結
황아타호진　급귀진화발　경년지모옥　처자의백결

平生所嬌兒　평생소교아
顔色白勝雪　안색백승설

見耶背面啼　견야배면제
垢膩脚不襪　구니각불말

牀前兩少女　상전양소녀
補綻才過膝　보탄재과슬

海圖拆波濤　해도탁파도
舊繡移曲折　구수이곡절

天吳及紫鳳　천오급자봉
顚倒在裋褐　전도재수갈

老夫情懷惡　노부정회악
嘔泄臥數日　구설와수일

那無囊中帛　나무낭중백
救汝寒凜慄　구여한늠률

粉黛亦解苞　분대역해포
衾裯稍羅列　금주초나열

瘦妻面復光　수처면부광
癡女頭自櫛　치녀두자즐

學母無不爲　학모무불위
曉粧隨手抹　효장수수말

移時施朱鉛　이시시주연
狼藉畵眉闊　낭자화미활

生還對童稚　생환대동치
似欲忘飢渴　사욕망기갈

問事競挽鬚　문사경만수
誰能卽嗔喝　수능즉진갈

翻思在賊愁　번사재적수
甘受雜亂聒　감수잡란괄

新歸且慰意　신귀차위의
生理焉得說　생리언득설

至尊尙蒙塵　지존상몽진
幾日休練卒　기일휴련졸

仰看天色改　앙간천색개
旁覺妖氛豁　방각요분활

陰風西北來　음풍서북래
慘憺隨回紇　참담수회흘

其王願助順　기왕원조순
其俗喜馳突　기속희치돌

送兵五千人　송병오천인
驅馬一萬匹　구마일만필

此輩少爲貴　차배소위귀
四方服勇決　사방복용결

所用皆鷹騰　소용개응등
破敵過箭疾　파적과전질

聖心頗虛佇　성심파허저
時議氣欲奪　시의기욕탈

伊洛指掌收　이락지장수
西京不足拔　서경부족발

官軍請深入　관군청심입
蓄銳可俱發　축예가구발

此擧開靑徐　차거개청서
旋瞻略恒碣　선첨략항갈

昊天積霜露　호천적상로
正氣有肅殺　정기유숙살

禍轉亡胡歲　화전망호세
勢成擒胡月　세성금호월

胡命其能久　호명기능구
皇綱未宜絶　황강미의절

憶昨狼狽初　억작낭패초
事與古先別　사여고선별

姦臣競菹醢　간신경저해
同惡隨蕩析　동악수탕석

236

不聞夏殷衰　中自誅褒妲　周漢獲再興　宣光果明哲
불문하은쇠　중자주포달　주한획재흥　선광과명철

桓桓陳將軍　仗鉞奮忠烈　微爾人盡非　於今國猶活
환환진장군　장월분충렬　미이인진비　어금국유활

凄涼大同殿　寂寞白獸闥　都人望翠華　佳氣向金闕
처량대동전　적막백수달　도인망취화　가기향금궐

園陵固有神　灑掃數不缺　煌煌太宗業　樹立甚宏達
원릉고유신　쇄소수불결　황황태종업　수립심굉달

주

◆北征(북정) : 북으로 가는 것. ◆皇帝二載(황제이재) : 숙종(肅宗)의 지덕(至德) 2년. ◆初吉(초길) : 초하루. ◆杜子(두자) : 두보의 자칭. ◆蒼茫(창망) : 아득히. ◆維時遭艱虞(유시조간우) : 유(維)는 발어사. 때마침 어렵고 근심스러운 일을 만나. 지덕 2년은 안록산이 아들 경서(慶緒)에게 피살된 뒤였으나, 안경서(安慶緒)·사사명(史思明) 등의 반군이 들끓고 있는 시기였다. ◆恩私(은사) : 개인에게 주어진 황제의 특별한 은혜. ◆蓬蓽(봉필) : 봉호필문(蓬戶蓽門)의 준말이니, 가난한 자의 집. 여기서는 두보의 집. ◆詣闕下(예궐하) : 궁문(宮門)에 이르러 하직하는 것. 미관(微官)인 그로서는 직접 천자를 만나 인사할 처지가 되지 못했다. ◆怵惕(출척) : 두려워하는 모양. ◆諫諍(간쟁) : 간하여 다투는 것. 두보의 관직인 좌습유(左拾遺)는 간관(諫官)이었다. ◆經緯(경위) : 국가를 다스리는 것. ◆密勿(밀물) : 애쓰는 모양. ◆東胡(동호) : 안경서·사사명의 무리. ◆行在(행재) : 행궁(行宮). 왕의 가궁(假宮). ◆靡靡(미미) : 지지(遲遲)와 같음. 발걸음이 내키지 않는 모양. ◆阡陌(천맥) : 밭 속으로 난 길. 남북의 것을 천(阡), 동서의 것을 맥(陌)이라 한다. ◆鳳翔縣(봉상현) : 섬서에 있는 지

명. 숙종(肅宗)의 행궁이 있었다. ◆飲馬窟(음마굴) : 말에 물을 먹이는 바 위굴의 샘. 「장성음마굴행(長城飲馬窟行)」이라는 악부(樂府)가 있어서, 바 로 군사(軍事)를 연상시키는 말. ◆邠郊(빈교) : 빈주(邠州)의 들판. 빈주는 뒤의 서안부(西安府)이며, 봉상에서는 동북으로 2백 리 정도의 거리였다. ◆入地底(입지저) : 지대가 낮은 것. ◆涇水(경수) : 위수(渭水)의 지류. 빈 주의 경내를 흐른다. ◆蕩潏(탕휼) : 물이 솟구쳐서 흐르는 모양. ◆幽事 (유사) : 자연의 그윽한 멋. ◆橡栗(상률) : 도토리. ◆點漆(점칠) : 진한 옻칠. ◆桃園(도원) : 소위 무릉도원(武陵桃園)이니 별천지의 뜻. ◆坡陀 (파타) : 높고 넓은 모양. ◆鄜畤(부치) : 부(鄜)는 부주(鄜州). 치(畤)는 흙 을 높이 모아 올린 제단(祭壇). ◆木末(목말) : 산이 험하므로, 길을 가면 나무 끝 위를 가는 것이 된다는 뜻. ◆潼關云云(동관운운) : 동관은 섬서성 에 있는 관문. 안록산의 난이 일어나자, 가서한(哥舒翰)이 20만 대군을 끌 고 여기를 지켰으나, 조정의 독촉을 받고 나아가 영보(靈寶)의 들에서 적 군과 싸운 끝에 대패했다. ◆秦民(진민) : 장안은 원래 진(秦)의 땅이었다. 이 지방 사람들이 병졸로 징집된 것이다. ◆爲異物(위이물) : 죽어서 귀신 이 되는 것. ◆華髮(화발) : 백발. ◆才(재) : 재(纔)와 통용. 겨우. ◆海圖 拆波濤(해도탁파도) : 바다를 그린 화폭(畵幅)으로 옷을 해 입었기에, 파도 가 둘로 쪼개져 보인다는 것. ◆舊繡移曲折(구수이곡절) : 수 놓은 낡은 천 을 잘라 옷을 만들었기에 수의 모양이 위치가 바뀌어 거꾸로 보인다는 뜻. ◆天吳(천오) : 『산해경(山海經)』에 보이는 해신(海神)의 이름. 호랑이 몸 에 사람 얼굴을 하고, 손발과 꼬리가 각각 8개 씩 있는 괴물. 해도(海圖)에 그려진 것. ◆紫鳳(자봉) : 『산해경』에 보이는 신령한 새 이름. 자색(紫色) 의 봉황. 구수(舊繡)의 내용. ◆短褐(수갈) : 털로 짠 천인(賤人)이 입는 저 고리. ◆苞(포) : 포(包)와 같음. 보자기. ◆衾裯(금주) : 이불과 홑이불. 그 이불감을 뜻하는 듯. ◆朱鉛(주연) : 연지와 분. ◆生理(생리) : 생활.

살림. ◆至尊(지존) : 천자. ◆蒙塵(몽진) : 제왕이 피난하는 것. ◆回紇
(회흘) : 회할(回鶻)이라고도 쓴다. Uighur. 몽고・투르케스탄에서 활약한
터키 계통의 부족. 지덕(至德) 원년 9월, 회흘이 4천 명의 원군을 보내 와
서 반군을 친 사실을 가리킨다. ◆少爲貴(소위귀) : 젊은 사람을 귀히 안다
는 것. 노인을 위하는 유교의 윤리와는 아주 달랐다. ◆鷹騰(응등) : 매가
날아 오르는 것처럼 용맹한 것. ◆虛佇(허저) : 허심탄회한 태도로 기다리
는 것. ◆時議(시의) : 세론(世論). 여론. ◆氣欲奪(기욕탈) : 기운이 뺏기
려 함. 그들에게 삼켜질까 걱정이라는 뜻. ◆伊洛(이락) : 이수(伊水)와 낙
수(洛水). 낙양(洛陽) 일대를 가리킴. ◆西京(서경) : 장안. 동도(東都)인
낙양을 의식하는 말. ◆蓄銳(축예) : 예기(銳氣)를 준비함. ◆青徐(청서) :
청주(青州)와 서주(徐州). ◆恒碣(항갈) : 항산(恒山)과 갈석(碣石). ◆肅殺
(숙살) : 가을 바람이 초목을 시들게 하는 작용. ◆皇綱(황강) : 황제의 기
강. 그 법도. ◆狼狽初(낭패초) : 안록산의 난으로 현종(玄宗)이 촉(蜀)으
로 피란하던 당시. ◆事(사) : 조정의 처사. ◆古先(고선) : 먼 옛날. ◆菹
醢(저혜) : 김치와 식혜를 담그는 것. 사람을 죽여 그렇게 한다는 것이니,
처형의 뜻. ◆蕩析(탕석) : 흩어짐. ◆褒妲(포달) : 포사(褒姒)와 달기(妲
己). 포사는 주 유왕(周幽王)의 비요, 달기는 은 주왕(殷紂王)의 비여서, 다
왕조를 쇠망으로 이끈 미녀들. 그러나 시대가 주와 은에 걸쳐서 '하은(夏
殷)'이라는 앞 구절과 맞지 않는다. '말달(妹妲)'이라고 해야 할 것을 잘못
쓴 것이라는 설도 있다. 말(妹)은 말희(妹喜)니, 하 걸왕(夏桀王)의 총희다.
불문운운(不聞云云)한 것은, 현종(玄宗)은 양귀비를 죽인 점에서 예전의 망
국의 제왕들과는 다르다는 뜻이다. ◆宣光(선광) : 주 선왕(周宣王)과 한
(漢)의 광무제(光武帝). 다 중흥의 영주(英主). 여기서는 숙종에 비긴 것.
◆桓桓(환환) : 굳센 모양. ◆陳將軍(진장군) : 진원례(陳元禮)니, 마외파
(馬嵬坡)에서 양귀비와 양국충을 죽이도록 획책한 인물. ◆大同殿(대동

전) : 홍경궁(興慶宮) 속의 전각 이름. ◆白獸闥(백수달) : 한(漢)의 미앙궁(未央宮)의 백호문(白虎門)을 당 태종(唐太祖)의 이름을 피해 그렇게 불렀다 한다. ◆翠華(취화) : 천자의 기. ◆數(수) : 예(禮)의 도수(度數). ◆太宗(태종) : 당(唐)의 2대째의 황제. 당의 기초를 구축한 명군(名君). ◆宏達(굉달) : 규모가 넓고 큰 것.

해설

시에 나와 있는 대로, 광덕(至德) 2년(757)에 지은 작품이다. 안록산의 반란은 태평에 젖어 있던 당(唐)을 크게 흔들어 놓았다. 반군에 잡혀 있던 두보가 용케 탈출에 성공해서 봉상(鳳翔)의 행궁에 도착한 것이 숙종(肅宗)의 지덕(至德) 2년의 일인데, 망명정부는 그를 기특하다 하여 좌습유(左拾遺)에 임명해 주었다. 오랫동안 바람이던 벼슬길에 오르게 되어 두보로선 만족했겠으나, 재상 방관(房琯)을 변호하다가 황제의 노여움을 사서 집으로 돌아가도록 명령받았다. 시 속에서는 특별히 은총이라도 입어서 귀가하는 듯 말했지만, 사실은 일종의 추방이었다. 그때 가족은 부주(鄜州)에 있었는데, 도중의 견문과 가족과의 해후를 그린 것이 이 장편시다.

　이러한 역경에 서 있으면서도 임금을 걱정하고 나라를 생각하는 지성도 지성이려니와, 가족에 대한 따뜻한 인간성이 그대로 나타나 있어서 누구나 감탄을 금치 못하도록 만드는 명편이다. 특히 어린 딸이 화폭으로 옷을 해입고 있는데 파도가 둘로 쪼개져 있더라는 대목 같은 것은 눈물 없이는 못 읽을 장면이다. 그러면서도 절망하지 않고, 나라의 미래에 희망을 거는 두보야말로 참으로 강한 인간이라 해야 하겠다. 그 무궁한 필력이 140행을 끌고 가면서도 조금의 쇠퇴도 보이지 않았으니, 그를 시성(詩聖)이라 하는 것이 조금의 과장도 아님을 알게 된다.

신안 마을에서

우연히 신안(新安)을 지나가는 길
떠들썩한 병사의 점호를 보다.
그 고장 관리에게 연유 물으니
'고을 작아 장정이란 바닥났는데
어찌하리, 엊저녁 부첩(府帖) 내리매
등급 내려 중남(中男)을 가게 한다'고.
저들 나이 어리고 체구 작거니
그 어찌 낙양성을 지켜낼 거리?
저 뚱뚱한 소년에겐 어머니 나와 있건만
여기 이 애는 그것도 없이 혼자 섰어라.
해질녘 흰 물은 동으로 흐르는데
청산에는 아직도 안 끊인 곡성!
그대여, 눈을 마르게 말고
흐르는 눈물일랑 거두어 두라.
눈 마르고 뼈 뵈도록 울어 본대도
천지야 종내 무정할 것을!
관군이 상주(相州)를 수복한다기

242

얼마나 기다렸나, 평정할 그 날.
그러나 반군의 세력이 커서
패하여 도망쳐 돌아올 줄야!
군량 있는 옛 성루(城壘)에 모여
낙양에서 다시 훈련한다느니
호(壕)를 파도 물 나도록 파지는 않고
말을 먹인대도 힘은 안 들리라.
더욱 관군은 정의의 군대!
병사를 어루만져 아껴 주리니
전송하며 피눈물은 흘리지 말라,
장군은 부형처럼 인자하신 분!

新安吏
신안리

客行新安道　喧呼聞點兵　借問新安吏　縣小更無丁
객행신안도　훤호문점병　차문신안리　현소갱무정

府帖昨夜下　次選中男行　中男絶短小　何以守王城
부첩작야하　차선중남행　중남절단소　하이수왕성

肥男有母送　瘦男獨伶俜　白水暮東流　青山猶哭聲
비남유모송　수남독령빙　백수모동류　청산유곡성

莫自使眼枯　收汝淚縱橫　眼枯却見骨　天地終無情
막자사안고　수여누종횡　안고각견골　천지종무정

我軍取相州　日夕望其平　豈意賊難料　歸軍星散營
아군취상주　일석망기평　기의적난료　귀군성산영

就糧近故壘 練卒依舊京 掘壕不到水 牧馬役亦輕
취 량 근 고 루　연 졸 의 구 경　굴 호 부 도 수　목 마 역 역 경

況乃王師順 撫養甚分明 送行勿泣血 僕射如父兄
황 내 왕 사 순　무 양 심 분 명　송 행 물 읍 혈　복 야 여 부 형

주

◆喧呼(훤호) : 시끄럽게 떠드는 것. ◆點兵(점병) : 사병을 점호함. ◆更無丁(갱무정) : 이제는 장정이 없다는 뜻. 당(唐)에서는 남자를 나이에 따라 황(黃)·소(小)·중(中)·정(丁)·노(老) 다섯으로 구분했다. ◆府帖(부첩) : 부(府)에서 발행한 소집장(召集狀). 당(唐)은 부병제(府兵制)를 채택하여, 전국에 6백 여의 군부를 두고 있었다. ◆次選(차선) : 다음 단계의 사람을 뽑는 것. ◆中男(중남) : 앞의 '갱무정(更無丁)'의 설명 참조. 18세에서 22세까지를 중남(中男)이라고 했다. ◆王城(왕성) : 낙양을 가리킴. ◆伶俜(영빙) : 혼자서 쓸쓸한 모양. ◆相州(상주) : 하남성 안양현(安陽縣). 낙양에서 물러간 안경서(安慶緖)는 여기를 근거지로 삼고 있었다. ◆歸軍(귀군) : 패잔병. '패(敗)'자를 일부러 안 쓴 것이다. ◆星散營(성산영) : 별처럼 흩어져서 병영으로 돌아옴. ◆就糧近故壘(취량근고루) : 고루(故壘)는 낙양성(洛陽城)을 가리킴. 도망친 군인들이 군량미가 저장되어 있는 낙양성으로 모여들었다는 뜻. ◆王師順(왕사순) : 관군은 도리를 따르는 군대라는 뜻. ◆僕射(복야) : 관직 이름. 곽자의(郭子儀)를 가리킴. 그는 이때의 중요한 군사지도자였다.

해설

두보의 자주(自註)에 '서울을 수복한 뒤의 작품이다. 두 서울(長安·洛陽)을 되찾았다고는 해도 도둑이 오히려 그득했다'고 했다. 도둑이란 안경서(安慶緖)·사사명(史思明)을 이른다. 이때는 건원(乾元) 2년(759년), 두보의 나이 48세이던 해인데, 사공참군(司功參軍)으로서 화주(華州)에 있던 시인이, 낙양에 갔다가 돌아오는 길에 신안(新安)을 지나면서, 직접 목격한 사회상을 노래한 것이 이 시다. 이 작품은 다음의 「동관리(潼關吏)」·「석호리(石壕吏)」와 함께 삼리(三吏)라는 이름으로 불리어서, 「신혼별(新婚別)」·「수로별(垂老別)」·「무가별(無家別)」을 가리키는 삼별(三別)과 함께 그의 사회시를 대표하는 것으로 평가되어 왔다.

동관에서

병사들은 이 무슨 고생임이랴?
동관(潼關) 길목에 성을 쌓느니
큰 성은 쇠보다도 견고해 뵈고
작은 성도 만장(萬丈)은 더 되는 높이!
관리에게 물으니 관문 만들어
오랑캐의 침입에 대비한다고.
나를 굳이 말에서 내리게 하여
산의 한 모퉁이 가리키는데
구름이 닿을 듯한 전책(戰栅)의 설비
정녕 나는 새도 넘진 못할 듯.
'오랑캐 쳐와도 지키면 될 뿐,
어찌 장안 걱정 할 일 있으랴.
저기 저 요해(要害)를 부디 보시라,
수레 한 채 겨우 지날 저 좁은 길을!
전쟁 나 쌍지창(雙枝槍)을 휘두른다면
만고에 일부(一夫)로 넉넉하리라.'
슬퍼라, 도림(桃林)에서 싸웠던 요전

백만 대군 물고기 밥이 됐느니

이 관문 지키는 장수여, 부디

가서한(哥舒翰)의 흉내는 내지 마시라.

潼關吏
동관리

士卒何草草	築城潼關道	大城鐵不如	小城萬丈餘
사졸하초초	축성동관도	대성철불여	소성만장여
借問潼關吏	修關還備胡	要我下馬行	爲我指山隅
차문동관리	수관환비호	요아하마행	위아지산우
連雲列戰格	飛鳥不能踰	胡來但自守	豈復憂西都
연운열전격	비조불능유	호래단자수	기부우서도
丈人視要處	窄狹容單車	艱難奮長戟	萬古用一夫
장인시요처	착협용단거	간난분장극	만고용일부
哀哉桃林戰	百萬化爲魚	請囑防關將	愼勿學哥舒
애재도림전	백만화위어	청촉방관장	신물학가서

주

◆潼關(동관) : 섬서성 동쪽 끝에 있는 관문 이름. ◆草草(초초) : 수고하는
모양. 『시경(詩經)』의 소아(小雅) 항백(巷伯)에 '노인초초(勞人草草)'라는 말
이 나온다. ◆要(요) : 굳이. ◆戰格(전격) : 적을 방어하는 책(柵). ◆西都
(서도) : 장안. ◆丈人(장인) : 연장자에 대한 존칭. 관리가 두보를 부른 말.
◆要處(요처) : 요해(要害)의 장소. ◆單車(단거) : 한 대의 마차. ◆戟(극) :
두 갈래로 갈라진 창, 쌍지창(雙枝槍). ◆萬古用一夫(만고용일부) : 영구히

한 병사만으로도 방어가 된다는 뜻. 진(晉)의 좌사(左思)의 「촉도부(蜀都賦)」에 '일인수애(一人守隘) 만부막향(萬夫莫向)'이라 했다. ◆桃林戰(도림전) : 도림(桃林)은 하남성 영보현(靈寶縣)에 있는 지명. 동관에서 나온 가서한(哥舒翰)이 천보(天寶) 15년에 적군과 싸우다가 대패한 곳. 여기는 주 무왕(周武王)이 전쟁에 동원했던 소를 놓아 준 전설이 있는 곳이다. ◆請囑(청촉) : 부탁함. ◆哥舒(가서) : 가서한(哥舒翰).

해설

이것도 앞의 「신안리(新安吏)」와 비슷한 시기에 지은 것으로 보인다.

건원(乾元) 2년 9월, 곽자의(郭子儀)를 비롯한 아홉 명의 절도사들은 20만의 대군을 이끌고 상주(相州)에 있는 안경서(安慶緒)를 포위했다. 겨울이 지나고 봄이 될 무렵에는 양식이 바닥나 상주성에서는 큰 위기에 부닥치게 되었다. 그러나 사사명(史思明)의 원군이 오고, 포위군 측에는 지휘 계통이 안 서고 군기가 날로 해이해졌기 때문에 3월의 싸움은 관군의 대패로 끝장이 났다. 곽자의는 장안(長安)에 이르는 요충인 동관에 성을 쌓아 적의 진격을 방지하려 했던 것이며, 마침 여기를 지나던 두보의 눈에 사병들의 애쓰는 모습과 불안한 조국의 운명이 아프게 비쳤던 모양이다.

석호 마을에서

해질녘 석호촌(石壕村)에 당도했더니
한밤중에 사람을 잡는 관리들.
영감은 담장 넘어 도망을 치고
할멈 있어 대문 열고 내다보는데,
관리는 왜 그리도 성을 낸 음성?
할멈은 또 얼마나 섧게 우는지?
노파가 앞에 나가 사정하는 말,
'셋째는 업성(鄴城)에서 수자리 살고
저번에 큰아들 편지 받으니
둘째는 새로이 전사했다고.
산 사람야 모진 목숨 이어 간대도
한번 가면 길이 다신 못 오는 죽음!
집안에 사나이란 하나도 없고
있다면 젖먹이 어린 손자뿐.
손자로 해 며느리 남아 있어도
멀쩡한 나들이옷 한 벌 있으랴.
이 늙은이 기력은 떨어졌어도

이 밤으로 나으리들 뒤를 따라서
하양(河陽)의 역사장(役事場)에 달려간다면
아침밥쯤은 지어 드리리.'
밤이 깊어서야 말소리 그치고
흐느껴 우는 소리 잠결에 들은 듯.
날이 밝아 내가 길을 떠날 때에는
늙은 영감 혼자와만 작별하니라.

石壕吏
석호리

暮投石壕村　有吏夜捉人　老翁踰墻走　老婦出看門
모투석호촌　유리야착인　노옹유장주　노부출간문

吏呼一何怒　婦啼一何苦　聽婦前致詞　三男鄴城戍
이호일하노　부제일하고　청부전치사　삼남업성수

一男附書至　二男新戰死　存者且偸生　死者長已矣
일남부서지　이남신전사　존자차투생　사자장이의

室中更無人　所有乳下孫　孫有母未去　出入無完裙
실중갱무인　소유유하손　손유모미거　출입무완군

老嫗力雖衰　請從吏夜歸　急應河陽役　猶得備晨炊
노구력수쇠　청종리야귀　급응하양역　유득비신취

夜久語聲絶　如聞泣幽咽　天明登前途　獨與老翁別
야구어성절　여문읍유열　천명등전도　독여노옹별

주

◆石壕(석호) : 마을 이름. 하남성(河南省) 섬현(陝縣)의 마을. ◆出看門(출간문) : 이를 출문간(出門看)으로 한 텍스트가 있는데, 이렇게 하면 운이 안 맞는다. 인(人)은 진운(眞韻)에 속하지만 고대의 운에서는 원운(元韻)과 통용됐으므로 이쪽이 합리적이다. 문에 나가서 본다는 뜻. ◆致詞(치사) : 말을 아뢰는 것. ◆鄴城戍(업성수) : 업성(鄴城)에서 싸우고 있음. 업성은 상주(相州)니, 「동관리(潼關吏)」 해설 참조. ◆且偸生(차투생) : 그럭저럭 살아감. ◆長已矣(장이의) : 영원히 끝난다는 뜻. ◆更無人(갱무인) : 더 이상의 남자는 없다는 말. ◆完裙(완군) : 멀쩡한 치마. ◆河陽役(하양역) : 하양(河陽)의 역사장(役事場). 하양은 지금의 하남성 맹현(孟縣). ◆晨炊(신취) : 아침밥을 짓는 것. ◆如聞(여문) : 들은 듯함. 잠결에 들었기에 하는 말. ◆泣幽咽(읍유열) : 가만히 소리 죽여 느껴 우는 것.

해설

역시 건원(乾元) 2년(759), 낙양(洛陽)에서 돌아오는 길의 견문으로 보인다. 어느 마을에서 하룻밤을 묵으면서 우연히 목격한 사실을 적은 것이지만, 진통하던 당시의 사회상이 환히 느껴져 온다. 자기의 경험을 바탕으로 하되 그것이 사회와 격리되지 않고, 사회의 어느 단편을 건드리면서도 그것이 전체적 사회상을 대변하는 곳에, 두보의 이 시가 우리에게 감동을 주는 원인이 있는 듯싶다.

수로별(垂老別)

사방이 아직 고요하지 못하매
늙어 가는 몸인데도 편할 리 없도다.
아들·손자 싸움 나가 모두 죽으니
무엇하리, 나 혼자 살아 남은들.
지팡이 집어던져 대문 나서면
동행들도 나를 위해 측은해 해라.
다행히 이는 아직 멀쩡하대도
슬프기는 골수가 말라붙은 일.
그러나 남아로서 갑옷까지 걸친 바엔
관장(官長)에 하직하고 길을 떠나리.
할멈은 길에 엎디어 통곡하는데
동지섣달 저 홑옷 애처럽기도!
마지막 이별인진 알 길 없건만
벌벌 떠는 그 모습 차마 못 보리.
가면은 다시 오진 못하는 길인데도
몸조리 잘하라고 할멈의 당부!
토문(土門)은 성이 아주 견고도 하고

행원(杏園)은 쳐오기 어렵다 하니
업성(鄴城)의 그때와는 형세 다르고
죽는대도 시일의 여유 있을 듯.
인생에야 이합(離合)이 으레 있거니
젊고 늙은 그것이 무슨 상관이리?
내 젊던 지난 시절 눈에 그리며
차마 떠나지 못해 쉬는 긴 한숨!
천하가 싸움에 휘말리어서
봉화불 봉우리를 뒤덮는 이때,
쌓인 시체, 초목도 비린내 나고
선혈로 내와 들도 붉디붉거니
근심 없는 낙토가 어디 있으리?
여기서 머뭇댄들 소용 있으랴?
오막살이 이 집을 굳이 나서며
부서지는 가슴을 진정 못하겠도다.

垂老別
수로별

四郊未寧靜　垂老不得安　子孫陣亡盡　焉用身獨完
사교미영정　수로부득안　자손진망진　언용신독완

投杖出門去　同行爲辛酸　幸有牙齒存　所悲骨髓乾
투장출문거　동행위신산　행유아치존　소비골수간

男兒旣介冑　長揖別上官　老妻臥路啼　歲暮衣裳單
남아기개주　장읍별상관　노처와노제　세모의상단

孰知是死別　且復傷其寒　此去必不歸　還聞勸加餐
숙지시사별　차부상기한　차거필불귀　환문권가찬

土門壁甚堅　杏園度亦難　勢異鄴城下　縱死時猶寬
토문벽심견　행원도역난　세리업성하　종사시유관

人生有離合　豈擇衰盛端　憶昔少壯日　遲廻竟長嘆
인생유리합　기택쇠성단　억석소장일　지회경장탄

萬國盡征戍　烽火被岡巒　積屍草木腥　流血川原丹
만국진정수　봉화피강만　적시초목성　유혈천원단

何鄕爲樂土　安敢尙盤桓　棄絶蓬室居　塌然摧肺肝
하향위낙토　안감상반환　기절봉실거　탑연최폐간

주

◆垂老(수로) : 늙으려 하는 것. 노경(老境)에 접어드는 것. ◆四郊(사교) : 사방. 왕성(王城)의 네 교야(郊野)의 뜻은 아니다. ◆陣亡盡(진망진) : 다 전사함. ◆焉用(언용) : 무슨 소용이 있느냐는 뜻. ◆同行(동행) : 같이 징집된 사람. ◆爲辛酸(위신산) : 나를 위해 측은해 함. ◆介冑(개주) : 갑옷과 투구. ◆長揖(장읍) : 군중(軍中)에서는 절을 하지 않고 이것으로 대신하였다. 손을 모아 위에서 아래로 내리는 동작. ◆勸加餐(권가찬) : 밥을 많이 먹어 건강을 조심하라고, 노파가 영감에게 권하는 말. ◆土門(토문) : 하북성의 정경관(井徑關)을 가리킨다고 한다. ◆杏園(행원) : 하남성 급현(汲縣)의 행원진(杏園鎭)을 가리킨다. ◆度(도) : 도(渡). 적군이 강을 건너 쳐오는 것. ◆鄴城下(업성하) : 「동관리(潼關吏)」의 해설 참조. ◆縱死時猶寬(종사시유관) : 비록 죽는대도 시일의 여유가 있다는 말. ◆衰盛端(쇠성단) : 노년과 젊은이의 실마리. ◆遲廻(지회) : 머뭇대는 것. ◆盤桓(반환) : 머뭇거

리는 모양. ◆蓬室(봉실) : 보잘것없는 자기 집. ◆塌然(탑연) : 낙심하는
모양.

해설

다음의 「무가별(無家別)」·「신혼별(新婚別)」과 함께 삼별(三別)로 불리는
유명한 시다. 앞의 삼리(三吏)가 모두 견문의 기록인 데 대해 이 3편은
다 주인공을 내세워 그 처지에서 노래한 점이 특이하다. 본편의 주인공
은 노경(老境)에 발을 들여놓은 어느 병사인바, 그의 처지에서 서글픈
한 서민의 생애가 구슬프게 서술되어 있다. 늙은 아내와 이별하는 장
면, 특히 아내가 영감에게 밥을 많이 먹고 건강에 조심하라고 부탁하는
장면 같은 것은 눈물 없이는 못 읽을 대목이다. 이것도 삼리(三吏)와 비
슷한 때의 작품으로 추정되고 있다.

무가별(無家別)

쓸쓸하여라 안록산(安祿山) 반란 이후
밭이나 집들 모두 쑥밭 되고 말았도다.
백 호 남짓한 우리 마을 사람들도
난리로 뿔뿔이 흩어지고
살아 남은 사람도 소식 끊기니
죽은 자는 어느 곳 흙 되었을라!
싸움에 나갔다가 패한 몸이기
그래도 찾아오니 고향길인데,
오랜만에 바라보는 텅 빈 마을은
햇빛도 여위고 처참하기만……
눈에 띄는 것이라곤 털을 치세워
물듯이 울어대는 여우·삵괭이.
기껏 이웃에 남아 있대도
오직 한두 사람의 늙은 과부뿐.
새들도 살던 나무 그려하느니
고향에 와 고생을 마다할 것가.
봄이라 호미 들고 밭에 갔다가

해 지면 밭고랑에 물을 대는데,
내가 온 줄 알아낸 고을 아전들
소집하여 북 치기를 익히라 해라.
우리 고을 역사(役事)를 맡는다 해도
돌아보매 가족 하나 못 가진 이 몸!
가까이 간대도 한 몸이어니
멀면은 더욱더 불안해지리.
그러나 고향이 없어진 바엔
원근(遠近)이 따로 없기도 해라.
원통키는 오래 앓다 가신 어머니
5년이나 장례도 못 모신 그 일!
나를 낳고 내 덕을 못 보셨기에
모자 함께 가슴 메어 울 뿐이어라.
이별할 가족조차 없는 이 이별.
무엇으로 사람입네 고개를 들랴.

無家別
무 가 별

寂寞天寶後	園廬但蒿藜	我里百餘家	世亂各東西
적 막 천 보 후	원 려 단 호 려	아 리 백 여 가	세 란 각 동 서

存者無消息	死者爲塵泥	賤子因陣敗	舊來尋舊蹊
존 자 무 소 식	사 자 위 진 니	천 자 인 진 패	구 래 심 구 혜

久行見空巷　日瘦氣慘悽　但對狐與狸　竪毛怒我啼
구행견공항　일수기참처　단대호여리　수모노아제

四隣何所有　一二老寡妻　宿鳥戀本枝　安辭且窮棲
사린하소유　일이노과처　숙조연본지　안사차궁서

方春獨荷鋤　日暮還灌畦　縣吏知我至　召令習鼓鞞
방춘독하서　일모환관휴　현리지아지　소령습고비

雖從本州役　內顧無所携　近行止一身　遠去終轉迷
수종본주역　내고무소휴　근행지일신　원거종전미

家鄉旣蕩盡　遠近理亦齊　永痛長病母　五年委溝谿
가향기탕진　원근이역제　영통장병모　오년위구계

生我不得力　終身兩酸嘶　人生無家別　何以爲蒸黎
생아부득력　종신양산시　인생무가별　하이위증려

주

◆無家別(무가별) : 가족도 없는 고향과의 이별. ◆天寶後(천보후) : 천보 (天寶) 14년(755)에 안록산의 난이 일어난 이후. ◆園廬(원려) : 논밭과 집들. ◆但蒿藜(단호려) : 오직 뺑대쑥과 명아주가 우거져 있을 뿐이라는 것. ◆賤子(천자) : 비천한 사나이. 주인공의 자칭. ◆陣敗(진패) : 싸움에 지는 것. 건원(乾元) 2년 관군이 상주(相州)에서 패한 일. ◆舊蹊(구혜) : 옛날의 작은 길. ◆久行(구행) : 오래 객지에 있는 것. ◆日瘦(일수) : 햇빛이 힘이 없는 것. ◆宿鳥戀本枝(숙조연본지) : 도연명(陶淵明)의 '기조본연지(羈鳥本戀枝)'라는 시구의 인용이다. 자는 새도 예전 살던 나뭇가지를 그리워한다는 뜻. ◆窮棲(궁서) : 곤궁한 속에 살아가는 것. ◆還灌畦(환관휴) : 해도 별수 없겠지만 역시 밭고랑에 물을 댐. ◆鼓鞞(고비) : 북과 작은 북(제구). 전쟁에서 신호로 쓰는 도구. ◆本州役(본주역) : 자기 고을의 노역(勞役). ◆所携(소휴) : 데리고 있는 것. 즉, 가족. ◆止一身(지일신) : 오직 자기

한 몸뿐임. 지(止)는 지(只). ◆終轉迷(종전미) : 마침내 더욱 어쩔 줄 모르게 된다는 것. ◆蕩盡(탕진) : 완전히 없어짐. ◆五年(오년) : 천보(天寶) 14년(755)부터 건원(乾元) 2년(759)에 이르는 5년. ◆委溝谿(위구계) : 도랑이나 시내 같은 곳에 버린 채, 매장을 제대로 못하고 있다는 뜻. ◆酸嘶(산시) : 아파 우는 것. ◆蒸黎(증려) : 백성.

해설

가족도 없는 혈혈단신의 사나이를 내세워, 그가 겪는 운명을 서술했다. 패잔병의 몸으로 고향에 돌아왔을 때의 허탈감, 재소집되어 나가면서 느끼는 절망 같은 것이 오늘의 우리 문제로서 느껴지는 것은, 난세(亂世)의 민중이면 지금도 이런 일에 봉착하는 수가 비일비재이기 때문이다. 아주 구체적인 사실을 다루면서도, 그것을 영원의 차원까지 끌어올린 것이 두보라고 할 수 있다.

신혼별(新婚別)

토사(兎絲)가 쑥과 삼에 엉킨다 해도
그 덩굴 길게는 못 뻗으려니,
출정(出征)하는 병사에 딸을 준다면
길가에 버림만도 아예 못하리.
머리 얹어 당신의 아내 되고도
그 침상 덥혀볼 틈조차 없이
저녁에 잔치하여 아침의 이별
너무나 황망하지 어찌 않으랴.
비록 먼 길은 아니라 해도
변방을 지키려 하양(河陽) 가시니
이 몸 신분 아직도 분명찮으매
그 어찌 시부모님 찾아뵈오리?
우리 양친 이 몸을 기르실 적에
밤낮으로 규중(閨中)에 있게 하시고,
딸이라 시집을 보내실 때는
닭과 개도 데리고 가게 하심을!
임은 이제 사지(死地)로 향해 가시니

터지려는 이 가슴 어떻다 하랴.
임을 따라 나설까 생각 있어도
형세 또한 너무나 촉박하여라.
새로 장가드심을 생각 마시고
오로지 군대 일에 열중하시길!
나 같은 부녀자가 군에 있다면
도리어 사기를 해칠 것이리.
슬프기는 가난한 집 태어난 이 몸
가까스로 마련한 한 벌 비단옷!
그러나 다시 그 옷 걸치지 않고
임 앞에서 화장도 지금 지우리.
우러러 온갖 새들 나는 것 보면
크건 작건 쌍을 지어 날아가건만,
사람에는 뜻 같잖은 일이 많아서
임을 멀리 바라보고 있게 됐도다.

新婚別
신혼별

冤絲附蓬麻 引蔓故不長 嫁女與征夫 不如棄路傍
토사부봉마 인만고부장 가녀여정부 불여기노방

結髮爲君妻 席不煖君牀 暮婚晨告別 無乃太怱忙
결발위군처 석불난군상 모혼신고별 무내태총망

君行雖不遠　守邊赴河陽　妾身未分明　何以拜姑嫜
군행수불원　수변부하양　첩신미분명　하이배고장

父母養我時　日夜令我藏　生女有所歸　鷄狗亦得將
부모양아시　일야령아장　생녀유소귀　계구역득장

君今往死地　沈痛迫中腸　誓欲隨君去　形勢反蒼黃
군금왕사지　침통박중장　서욕수군거　형세반창황

勿爲新婚念　努力事戎行　婦人在軍中　兵氣恐不揚
물위신혼념　노력사융행　부인재군중　병기공불양

自嗟貧家女　久致羅襦裳　羅襦不復施　對君洗紅粧
자차빈가녀　구치나유상　나유불부시　대군세홍장

仰視百鳥飛　大小必雙翔　人事多錯迕　與君永相望
앙시백조비　대소필쌍상　인사다착오　여군영상망

주

◆菟絲(토사) : 새삼 덩굴. 이것이 나무에 엉켰다면 길게 자라겠지만, 다북쑥이나 삼에 의지했기에, 덩굴이 길 까닭이 없다는 뜻. ◆征夫(정부) : 출정하는 병사. ◆結髮(결발) : 머리를 틀어 올림. 성인의 의식. ◆無乃(무내) : 하지 않으랴. ◆妾身未分明(첩신미분명) : 첩(妾)은 여인의 자칭. 신분이 분명치 않음. 여자는 결혼한 지 사흘 뒤에 시집의 사당(祠堂)에 인사를 드리는데, 이때에 비로소 정식의 며느리로서 인정을 받게 된다. ◆姑嫜(고장) : 시아버지와 시어머니. ◆藏(장) : 규중(閨中)에서 못 나가게 보호하여 길렀다는 뜻. ◆歸(귀) : 시집감. ◆鷄狗亦得將(계구역득장) : 닭과 개도 가지고 가게 함. 시집갈 때, 그런 것을 주어 보내어 복을 빈 것. ◆中腸(중장) : 장중(腸中). 창자 속. ◆蒼黃(창황) : 너무 다급해서 어쩔 줄을 모르는 모양. ◆事戎行(사융행) : 군무(軍務)에 전념함. ◆久致羅襦裳(구치나유상) : 오래간만에야 비단 저고리·치마를 만들었다는 뜻. ◆施(시) : 몸에

걸침.　◆錯忤(착오) : 뜻 같지 않은 것. 어긋남.

해설

결혼하자마자 남편을 전쟁에 내보낸 여인의 비애를 노래했다. 일정(日政) 때의 전쟁 중이나 6 · 25 사변 같은 무렵에도 이런 비극은 있었던 일이다. 신분이 뚜렷치 않아 시집에도 갈 수 없다는 대목 같은 것은, 아주 비극적이다.

첫머리에서는 새삼덩굴을 내세워 어떤 불행을 예고했는데, 이런 수법은 『시경(詩經)』에서 많이 쓰이어 흥(興)이라고 불린다.

박계행(縛雞行)

어린 종놈이 닭을 붙잡아 장에 내다 팔려는데, 너무 되게 얽어
맨 탓인지 닭이 법석을 떨고 있다. 벌레니 개미 잡아먹는 것을
식구들이 싫어하는 눈친데, 팔리면 닭도 삶아 먹히는 줄 모르
는 모양이다. 사실 벌레와 닭이 사람에게 있어서 그 무슨 친소
(親疎)의 차이가 있는 것도 아니지 않는가. 나는 버럭 종을 호
령하여 그 맨 것을 풀도록 했다. 닭과 벌레의 득실(得失)을 따
져 본대도 끝날 때가 없을 것이니, 차가운 강물 뚫어지게 바라
보며 산각(山閣)에 의지해 한참을 서 있었다.

縛雞行
박계행

小奴縛雞行市賣　雞被縛急相喧爭　家中厭雞食蟲蟻　不知雞賣還遭烹
소노박계행시매　계피박급상훤쟁　가중염계식충의　부지계매환조팽

蟲雞於人何厚薄　吾叱奴人解其縛　雞蟲得失無了時　注目寒江倚山閣
충계어인하후박　오질노인해기박　계충득실무료시　주목한강의산각

264

◆縛雞行(박계행) : 닭을 얽어매어 팔려고 하는 것을 노래함. 행(行)은 노래의 한 체(體). ◆喧爭(훤쟁) : 법석을 떨며 다투는 것. ◆厚薄(후박) : 사람과의 관계가 두텁고 박한 것. 친소와 비슷한 말.

해설

대력(大曆) 원년(766), 기주(夔州)에서의 작품이다. 시장에 내다가 팔기 위해 닭을 붙잡아, 그 다리를 얽어 가지고 가는 모양은 시골이면 흔한 광경인데, 두보는 그런 정경에서 심상치 않은 것을 느꼈던 것! 그 심상치 않은 것을 깊이 파고 들어가면 종교에까지도 이를 것이겠지만, 두보의 그것은 직관적인 것이어서 충분한 자각이 따른 것은 아니었다. 그러면서도 닭과 벌레의 해결될 수 없는 이해관계(利害關係)에서 더 보편적인 일체의 생이 지닌 깊은 모순을 충분히 느끼고 있은 것은 사실이었다. 그리고, 이론으로는 그런 모순이 해결되지 못한다는 것도 알고 있은 듯하니, '주목한강의산각(注目寒江倚山閣)'이라는 결구(結句)의 비약은, '정전백수자(庭前柏樹子)'니 '마삼근(麻三斤)'과도 흡사해서, 언어를 초월한 실재(實在) 자체의 제시처럼도 보인다. 어쨌든 짧으면서도 다분히 철학성을 띤 작품임에 틀림없다.

팽아행(彭衙行)

지난 날 피란길에 올랐을 때는
북으로 달려가며 갖가지 고생!
밤 깊어 팽아(彭衙) 길을 지나노라면
백수(白水) 고을 산골짜기 달도 밝더니!
오래 걸어 절뚝대는 온 식구들
사람 만날 때마다 폐가 많았네.
시끄러이 새들은 울음 우는데
돌아오는 피난민은 하나 못 만나⋯⋯.
딸년은 배고프다 나를 물어뜯고
울음 소리 호랑이가 들을까 싶어
품속에서 그 입을 틀어막으면
더욱 보채 울던 일, 눈에 선하네.
사내애는 무엇을 아는지 모르는지
짐짓 오얏을 달라 조르고.

열흘에 절반은 비가 퍼부어
진흙 속을 밀고 당기어 가면

우비 하나도 못 갖추었기
길은 미끄럽고 옷이 추워 와…….
때로는 온갖 고생 다 겪은 끝에
하루 걸려 몇 리를 걷기도 했네.
나무 열매로 배를 채우고
낮은 가지 서까래 삼아 새운 그 밤들.
날 밝으면 개울 따라 길을 가고
저녁에는 하늘가 안개 속에 잠이 들기도.

잠시 동가와(同家窪)에 머물렀다가
노자관(蘆子關) 쪽으로 빠지렸더니
이곳에는 손재(孫宰)라는 내 친구 있어
하늘까지 찌를 듯한 높은 그 의리!
어둑어둑할 때에 우리를 끌어
등 밝히고 중문(重門) 열어 맞아들여서
더운 물로 내 발을 씻게 하고
종이 오려 내 혼을 불러 주었네.
그리고 처자 불러 인사시키니
마주 보며 흘리는 뜨거운 눈물.
애들은 어느덧 잠이 든 것을
깨워서 늦은 저녁 먹여 주었네.

'하늘에 맹세하여 그대와 함께
길이 형제의 의를 맺자'고.
그리고는 자기의 방을 비워서
우리를 편히 쉬게 하였네.
그 누구 이리도 어려운 때에
진심을 활짝 열어 보여 줄 건가.

우리들 헤진 지도 한 해 됐네만
오랑캐의 근심 아직도 안 멎으니
언제나 날개 돋혀, 그대를 찾아
날아갈 수 있을지, 답답하기만……

彭衙行
팽 아 행

憶昔避賊初	北走經險艱	夜深彭衙道	月照白水山
억 석 피 적 초	북 주 경 험 간	야 심 팽 아 도	월 조 백 수 산
盡室久徒步	逢人多厚顔	參差谷鳥吟	不見遊子還
진 실 구 도 보	봉 인 다 후 안	참 치 곡 조 음	불 견 유 자 환
癡女饑咬我	啼畏虎狼聞	懷中掩其口	反側聲愈嗔
치 녀 기 교 아	제 외 호 랑 문	회 중 엄 기 구	반 측 성 유 진
小兒强解事	故索苦李餐	一旬半雷雨	泥濘相攀牽
소 아 강 해 사	고 색 고 리 찬	일 순 반 뇌 우	이 녕 상 반 견
既無禦雨備	徑滑衣又寒	有時經契闊	竟日數里間
기 무 어 우 비	경 활 의 우 한	유 시 경 결 활	경 일 수 리 간

野果充餱糧　卑枝成屋椽　早行石上水　暮宿天邊煙
야과충후량　비지성옥연　조행석상수　모숙천변연

少留同家窪　欲出蘆子關　故人有孫宰　高義薄曾雲
소류동가와　욕출노자관　고인유손재　고의박층운

延客已曛黑　張燈啓重門　煖湯濯我足　剪紙招我魂
연객이훈흑　장등계중문　난탕탁아족　전지초아혼

從此出妻孥　相視涕闌干　衆雛爛漫睡　喚起霑盤飱
종차출처노　상시체난간　중추난만수　환기점반손

誓將與夫子　永結爲弟昆　遂空所坐堂　安居奉我歡
서장여부자　영결위제곤　수공소좌당　안거봉아환

誰肯艱難際　豁達露心肝　別來歲月周　胡羯仍構患
수긍간난제　활달노심간　별래세월주　호갈잉구환

何當有翅翎　飛去墮爾前
하당유시령　비거타이전

주

◆經險艱(경험간) : 어려운 일을 겪음. 고생함. ◆白水(백수) : 백수현(白水縣). ◆盡室(진실) : 온 가족. ◆多厚顔(다후안) : 폐를 끼치는 일이 많았다는 뜻인 듯. ◆參差(참치) : 여러 소리가 엇갈리는 모양. ◆遊子(유자) : 피난민을 가리킨다. ◆饑咬我(기교아) : 배가 고파서 먹을 것을 달라고 떼쓰는 모양. ◆反側(반측) : 몸부림치는 것. ◆嗔(진) : 성이 나 악을 쓰는 것. ◆强解事(강해사) : 사실을 모르면서 아는 체하는 것. ◆攀牽(반견) : 잡고 끌고 하는 것. ◆契濶(결활) : 괴로움. ◆竟日(경일) : 종일. ◆餱糧(후량) : 말린 음식. 여행자의 휴대용 음식. ◆屋椽(옥연) : 집의 서까래. ◆同家窪(동가와) : 백수현(白水縣)의 어느 마을 이름. ◆蘆子關(노자관) : 부주(鄜州) 북쪽에 있는 관문. 두보는 거기를 지나, 숙종(肅宗)의 행궁이 있는 영무(靈武)로 가고자 한 것이다. ◆孫宰(손재) : 미상(未詳). 재(宰)를 이름으로 보는 설과, 이

269

것을 읍장(邑長)의 뜻으로 보는 견해가 있다. ◆曾雲(층운) : 층운(層雲)과 같음. 겹친 구름. '曾'의 음은 '층'이다. ◆延客(연객) : 손님을 인도함. 손님은 두보의 가족. ◆啓重門(계중문) : 여러 겹의 문을 열고 안채로 안내하는 것. ◆剪紙招我魂(전지초아혼) : 종이를 오려 기(旗)를 만들고, 놀라움이나 슬픔 때문에 흩어진 혼을 불러들이는 의식이 있었다.『초사(楚辭)』의「초혼(招魂)」은 그런 것을 다룬 시다. ◆妻孥(처노) : 처자(妻子). 손재(孫宰)의 그것이다. ◆闌干(난간) : 눈물이 흐르는 모양. ◆衆雛(중추) : 여러 애들. ◆夫子(부자) : 윗사람에 대한 존칭. 손재(孫宰)가 두보를 부른 소리. ◆弟昆(제곤) : 형제(兄弟). ◆歲月周(세월주) : 세월이 한 바퀴 도는 것. 1년이 지났다는 뜻. ◆胡羯(호갈) : 북방의 오랑캐. 여기서는 사사명(史思明)을 가리킴. ◆構患(구환) : 근심거리를 만드는 것. ◆何當(하당) : 언제 ~되랴. ◆翅翎(시령) : 날개.

해설

피란길의 고생과, 하룻밤을 환대해 주는 따뜻한 인정이 우리를 울리는 작품이다. 짐승이라도 들을까봐 우는 애의 입을 막는 장면 같은 것은, 뼈저린 체험 없이는 못 쓸 구절이어서 아주 인상적이다. 우리도 이런 피난살이를 한 것을 생각하면, 두보의 시가 오늘의 노래로서 가슴에 다가온다. 천보(天寶) 15년(756) 5월, 두보는 가족을 봉선현(奉先縣)으로부터 백수현(白水縣)으로 옮겼으나, 6월에는 다시 거기를 떠나 부주(鄜州)의 삼천현(三川縣) 강촌(羌村)으로 이사했다. 이 시는 지덕(至德) 2년(757년) 가을, 봉상(鳳翔)에서 부주로 가는 도중 팽아(彭衙)를 지나면서, 강촌으로 옮기던 때의 일을 회상한 작품으로 여겨진다.

전출새(前出塞) 1

쓸쓸한 마음
고향을 떠나

멀고먼 교하(交河) 향해
달려가는 길.

관가에선 정해 놓은
마감이 있고

도망치면 재앙을
면치 못할라!

님께선 넓은 국토
가지셨나니

어이 자꾸 변경은
늘리심이랴?

부모에의 정까지

끊어 버리고

울음 죽여 나가서

창을 메느니!

前出塞 一
전 출 새 일

戚戚去故里　悠悠赴交河　公家有程期　亡命嬰禍羅
척 척 거 고 리　유 유 부 교 하　공 가 유 정 기　망 명 영 화 라

君已富土境　開邊一何多　棄絶父母恩　呑聲行負戈
군 이 부 토 경　개 변 일 하 다　기 절 부 모 은　탄 성 행 부 과

주

◆戚戚(척척) : 마음이 쓸쓸한 모양. 슬퍼하는 모양. ◆故里(고리) : 고향.
◆悠悠(유유) : 먼 모양. ◆交河(교하) : 하간부(河間府)에 소속한 현 이름.
북녘 국경에 가깝다. ◆公家(공가) : 관가(官家). ◆程期(정기) : 노정(路程)
을 헤아려 도착할 기한을 정하는 것. ◆亡命(망명) : 명(命)은 명(名)이니,
명적(名籍)에서 벗어나 도망치는 것. ◆嬰(영) : 걸림. ◆禍羅(화라) : 재앙
의 그물. ◆君(군) : 천자. ◆開邊(개변) : 변경(邊境)을 개척해서 국토를
늘리는 것. ◆呑聲(탄성) : 소리를 삼키는 것. 절실한 슬픔이 있지만, 굳이
침묵을 지키고 말하지 않는 것.

해설

출새(出塞)란 국경 지대에서의 병사나 노무자가 겪는 괴로움을 노래한 고악부(古樂府)의 제목으로 두보도 그 제목을 빌려 시대의 진통과 민중의 비애를 노래하였다. 그에게는 전출새(前出塞)·후출새(後出塞)가 있는데, 이것은 전출새 아홉 수(首) 중의 첫 작품이다. 시체(詩體)는 악부가 아닌 오언고시(五言古詩).

전선(前線)에 동원되는 경우, 집단이 되어 행군해 갔는데, 기일을 어기면 엄벌을 받았다. 이것은 그런 어느 병사의 출정(出征)을 노래한 것. 제작 연대는 천보(天寶) 말년이라니까 755년이 된다.

전출새 2

집을 나선 지도
오래 됐거니

수모(受侮)는 면할 만한
무기(武技) 있어라.

끊으려야 골육의
정은 못 끊어도

남아의 죽음은
때가 없느니,

고삐도 떼고서
말을 달리면

손안에 쥐어 있는
푸른 말굴레.

나는 듯이 만길의 뫼
달려 내려가

몸을 굽혀 적군의
기(旗)를 뺏으리.

前出塞 二
전출새 이

出門日已遠	不受徒旅欺	骨肉恩豈斷	男兒死無時
출 문 일 이 원	불 수 도 려 기	골 육 은 기 단	남 아 사 무 시
走馬脫轡頭	手中挑青絲	捷下萬仞岡	俯身試搴旗
주 마 탈 비 두	수 중 도 청 사	첩 하 만 인 강	부 신 시 건 기

주

◆出門(출문) : 집을 나섬. ◆日已遠(일이원) : 여러 날이 지났다는 뜻. ◆不
受徒旅欺(불수도려기) : 이미 무기(武技)가 숙달해서 동료들의 업신여김은
안 받을 정도가 되어 있다는 뜻. 도려(徒旅)는 같은 패거리. 동료. ◆死無時
(사무시) : 죽음에 정해진 시기가 없음. 언제나 죽을 각오가 되어 있다는 것.
◆脫轡頭(탈비두) : 고삐를 벗김. 마음껏 말을 달린다는 뜻. ◆青絲(청사) :
말굴레. ◆捷(첩) : 속히. ◆搴旗(건기) : 적군의 군기(軍旗)를 뺏는 것.

해설

말을 달려서 적군을 공격하는 장면이다. 고삐도 안 잡은 채 준마를 달려 고지에서 내려가, 적의 군기를 뺏겠다는 기개로 돌격하는 용사! 눈에 보이는 듯한 묘사다.

전출새 3

농두수(隴頭水) 그 물에
칼을 갈면

붉은 물빛, 칼날에
손이 상해라.

애끊는 저 물소리
모르는 체하려 해도

이미 어지러워진
마음의 이 실마리.

대장부가 나라에
목숨 허락한 바엔

탄식이나 해 본들
그 무엇하리?

장군은 기린각(麒麟閣)에
그리어지고

썩고 마는 병졸의
무수한 뼈들!

前出塞 三
전 출 새 삼
磨刀鳴咽水 水赤刀傷手 欲輕腸斷聲 心緒亂已久
마 도 오 열 수 수 적 도 상 수 욕 경 장 단 성 심 서 난 이 구
丈夫誓許國 憤惋復何有 功名圖麒麟 戰骨當速朽
장 부 서 허 국 분 완 부 하 유 공 명 도 기 린 전 골 당 속 후

주

◆鳴咽水(오열수) : 봉상부(鳳翔府)의 농산(隴山)에 있다. 그 고개가 아홉
굽이인데, 7일이 걸려야 이것을 넘을 수가 있다. 그래서 넘고 나면 누구나
슬퍼하지 않는 사람이 없다는 것. 「농두가(隴頭歌)」라는 민요가 있는데,
'농두유수(隴頭流水) 명성오열(鳴聲嗚咽) 요망진천(遙望秦川) 간장단절(肝腸
斷絕)'이라 했다. ◆水赤(수적) : 피로 해서 물이 붉다는 뜻인가? ◆腸斷聲
(장단성) : 오열하는 듯한 물소리. ◆憤惋(분완) : 분개하고 탄식함. ◆功
名圖麒麟(공명도기린) : 한 무제(漢武帝)가 기린을 잡은 상서로움을 기념하
기 위해 기린각(麒麟閣)을 세웠는데, 효선제(孝宣帝)는 공신의 상(像)을 그
려 이 각(閣)에 걸게 했다. 전공(戰功)은 대장 한 사람에게 돌아간다는 뜻.

◆戰骨(전골) : 전사한 병졸의 뼈.

해설

조송(曹松)의 '일장공성만골고(一將功成萬骨枯)'와 같은 취지면서도 애절함이 더한 것은, 전자가 아주 직접적으로 표현한 데 대해, 두보의 경우는 배경을 농두수(隴頭水)에서 취하여, 병사의 가슴을 오가는 심리의 굴곡을 여실히 묘사한 끝에, 그런 불평도 불평으로 보이지 않게 아주 완곡히 나타낸 까닭이다.

전출새 4

호송에는 정해진
책임자 있어

먼 수자리
끌리어 가는 몸은

죽든 살든 안 돌보고
길을 재촉해

벼슬아치 노여움은
사지 않으리.

아는 사람 길에서
우연히 만나

가족에게 부치는
애끊는 안부!

슬퍼라, 집안과도
서로 끊어져

이제부터 고생도
함께 못하느니.

前出塞 四
전출새 사

送徒旣有長　遠戍亦有身　生死向前去　不勞吏怒嗔
송도기유장　원수역유신　생사향전거　불로이노진

路逢相識人　附書與六親　哀哉兩決絶　不復同苦辛
노봉상식인　부서여육친　애재양결절　불부동고신

주

◆送徒旣有長(송도기유장) : 징집된 사람들을 전선(前線)까지 보내는 데는
고을의 벼슬아치가 책임자 노릇을 했다.　◆遠戍亦有身(원수역유신) : 호송
에는 벼슬아치가 책임을 지지만, 수자리 사는 것은 그런 벼슬아치가 아닌
자기 같은 평민들이라는 뜻.　◆六親(육친) : 부(父)·모(母)·형(兄)·제
(弟)·처(妻)·자(子).　◆兩決絶(양결절) : 가족이나 자기나 양쪽이 다 끊어
졌다는 것.

해설

징집된 장정들의 호송은 꽤 문제였던 모양이어서 고을의 벼슬아치가 책임자 노릇을 하곤 했지만, 도중에 도망자가 생기고, 또 물이나 눈으로 길이 막혀 기한을 지켜내지 못하는 수도 있었는데, 이런 때에는 으레 혹형(酷刑)으로 다스린 것 같다. 가령 진(秦)의 경우는 무조건 사형에 처했던 모양이다. 한(漢)의 고조(高祖)도 이런 책임을 맡고 가는 도중에, 가도 죽고 안 가도 죽는 위기에 몰리고 말아서, 마침내 반기를 들었던 한 사람이다.

전출새 5

먼 먼 만리길
이 변경까지

나를 끌어 삼군(三軍)에
끼게 하도다.

군중(軍中)에는 고락(苦樂)이
같지 않거니

대장이 어이 사정
샅샅이 알랴?

강물 건너에서는
적의 기병의

날쌔게 오고가는
수백의 집단.

종으로 태어난

나의 신세로

그 언제 공훈(功勳)을

세운다 하리?

前出塞 五
전출새 오

迢迢萬餘里 領我赴三軍 軍中異苦樂 主將寧盡聞
초초만여리 영아부삼군 군중이고락 주장녕진문

隔河見胡騎 倏忽數百羣 我始爲奴僕 幾時樹功勳
격하견호기 숙홀수백군 아시위노복 기시수공훈

주

◆迢迢(초초) : 먼 모양. ◆軍中異苦樂(군중이고락) : 장수와 병졸은 고락을 같이해야 할 것인데도 불구하고, 지금 군중(軍中)에서는 상급자와 하급자 사이에 대우가 같지 않다는 것. ◆主將(주장) : 최고 지휘관. 대장. ◆倏忽(숙홀) : 빠른 모양. ◆數百羣(수백군) : 수백의 집단. 수백 명이 떼지어 있다는 뜻이 아니다. ◆我始爲奴僕(아시위노복) : 한(漢)의 명장 위청(衛靑)의 고사. 위청은 위구(衛媼)가 낳은 사생아여서 어머니의 성을 그대로 이어받아야 할 정도였다. 그래서 양을 치는 목동 노릇을 하면서, 거의 종 같은 대우를 받고 자랐다. 어떤 사람이 그를 보고 후(侯)로 봉해질 상이라 하자 믿지 않았다 한다. ◆樹(수) : 세우다.

해설

사병과 고락을 같이했다는 일화가 더러 있거니와, 그것이 일화가 될 수 있은 것은 대부분의 경우 대우의 차별이 엄존하기 때문이 아닐 수 없다. 계급에 의해 명령하는 사회가 군이고 보니, 거기에 대우의 불평등만이 아닌 억울한 일도 생길 수 있을 것은 당연하다. 더욱 일개의 사졸이 공을 세워 두각을 나타낸다는 것은 아주 어려운 일일 것이니, 위청 (衛靑)의 고사가 그 가능성보다도 불가능성을 보이기 위해 인용되어 있는 것도 묘하다고 하겠다.

전출새 6

활을 당기려면
억센 것 당기고

화살을 쓰는 데는
긴 것을 쓰며,

사람을 쏘려거든
말 먼저 쏘고

적장(賊將) 사로잡으려면
그 임금 먼저!

사람을 죽인대도
한이 있고

나라들 삼키기도
끝이 있는 것.

적의 침입 막기만
하면 되느니

많이 죽인다고
자랑이 되랴.

前出塞 六
전 출 새 육

挽弓當挽强 用箭當用長 射人先射馬 擒賊先擒王
만 궁 당 만 강 용 전 당 용 장 석 인 선 석 마 금 적 선 금 왕

殺人亦有限 列國自有疆 苟能制侵凌 豈在多殺傷
살 인 역 유 한 열 국 자 유 강 구 능 제 침 릉 기 재 다 살 상

주

◆挽弓(만궁) : 활을 당기는 것. ◆强(강) : 억센 활. ◆箭(전) : 화살. ◆射
人先射馬(석인선석마) : 사람을 쏘려거든 먼저 말을 쏘라. 말이 쓰러지면
사람은 저절로 잡힌다. 청(淸)의 구조오(仇兆鰲)의 『두소릉집평집(杜少陵集
評釋)』에 보면 이 射 아래에 '음이 석(石)'이라는 주가 달려 있다. 이 글자를
흔히 '사'로 읽지만 어떤 과녁을 향해 쏠 때는 '석'이 되는 것이어서 활 쏘는
기술을 가리키는 '사'의 음과 구별된다. ◆擒賊先擒王(금적선금왕) : 적(賊)은
적장(賊將). 왕을 먼저 사로잡으면 적장은 저절로 항복해 온다는 뜻. ◆列國
自有疆(열국자유강) : 남의 나라를 병탄하는 데도 한계가 있다는 뜻. ◆苟
能制侵凌(구능제침릉) : 남의 침략만 막으면 될 것이니, 공연히 전쟁을 일

삼아 사람을 많이 죽일 필요는 없다는 뜻.

해설

아주 말씨가 꿋꿋하여, 「전출새(前出塞)」중에서도 출색(出色)의 작품이
다. 그리고 방위 위주(防衛爲主)의 전쟁관이 피력되어 있어서 흥미로우
며, 동시에 그것이 무턱대고 영토를 확장하려고 광분하던 현종(玄宗)에
대한 풍자임도 부정할 수 없다. 다만 말투가 온건하여서 얼른 보면 간
과(看過)하기 쉬울 뿐이다. 깊이 풍유(諷諭)의 체(體)를 얻고 있다고 하
겠다.

전출새 7

쏟아지는 눈을 헤쳐
말을 달려서

군의 행렬 높은 산
다가서 보니

길이 가파롭기
바위를 안고

언 손가락 얼음 새에
썩어 떨어져…….

고국의 달을 떠나
멀리 왔거니

성을 쌓고 돌아갈
그 날 언제리?

해질녘 구름은
남으로 가도

바라볼 뿐, 기어오를
길도 없고녀!

前出塞 七
전출새 칠

驅馬天雨雪 軍行入高山 逕危抱寒石 指落層氷間
구 마 천 우 설　군 행 입 고 산　경 위 포 한 석　지 락 층 빙 간

已去漢月遠 何時築城還 浮雲暮南征 可望不可攀
이 거 한 월 원　하 시 축 성 환　부 운 모 남 정　가 망 불 가 반

주

◆天雨雪(천우설) : 하늘에서 눈이 온다는 뜻. 우(雨)는 눈이나 비가 온다
는 뜻의 동사. ◆軍行(군행) : 군의 행렬. ◆逕(경) : 작은 길. ◆抱寒石(포
한석) : 길이 위태롭기에 바위를 잡고 올라가는 것이다. ◆指落(지락) : 동
상이 든 손가락이 떨어지는 것. ◆層氷(층빙) : 겹친 얼음. ◆漢月(한월) :
중국의 달. ◆南征(남정) : 남쪽으로 가는 것.

해설

매우 애절하다. 눈 내리는 산길을 바위에 의지해 기어 올라가는 일단
(一團)의 군인들. 그러노라면 동상에 걸린 어느 병사의 손가락이 떨어지
는 수도 있다고 했으니, 그들의 고초가 짐작되고도 남는다.

5
나라는 깨져도
산하(山河)는 남고

연주(兗州)의 성루에 올라서

동군(東郡) 찾아 가친(家親)의
가르침 받드는 날

남루(南樓)에 처음 올라
조망(眺望)을 즐기노니,

바다와 태산까지
구름은 이어지고

청주(青州)·서주(徐州) 아득히
뻗어간 평야!

외로운 봉우리엔
진시황의 비(碑)가 있고

노(魯)의 전각(殿閣), 황폐한
성안에 남아…….

옛것 못내 그리는
버릇이 있어.

둘러보며 발길 차마
못 돌리느니.

登兗州城樓
등 연 주 성 루

東郡趨庭日　南樓縱目初　浮雲連海岱　平野入靑徐
동 군 추 정 일　남 루 종 목 초　부 운 연 해 대　평 야 입 청 서

孤嶂秦碑在　荒城魯殿餘　從來多古意　臨眺獨躊躇
고 장 진 비 재　황 성 노 전 여　종 래 다 고 의　임 조 독 주 저

주

◆東郡(동군) : 진대(秦代)에 생긴 군(郡) 이름. 연주(兗州)는 여기에 속해
있었다.　◆趨庭(추정) : 아버지 밑에서 그 가르침을 받는 것. 『논어(論語)』
계씨편(季氏篇)에, 공자(孔子)의 아들 이(鯉)가 잔걸음으로 뛰어 마당을 지
나다가 공자로부터 시서(詩書)에 대한 가르침을 받는 기록이 있어서 생긴
말.　◆南樓(남루) : 연주성(兗州城) 남문(南門)의 문루(門樓).　◆縱目(종
목) : 마음껏 바라보는 것.　◆海岱(해대) : 동쪽의 바다와 북녘의 태산(泰
山). 『서경(書經)』 우공편(禹貢篇)에 '해대유청주(海岱惟靑州)'라는 말이 나온
다.　◆靑徐(청서) : 청주(靑州)와 서주(徐州). 『서경』 우공편에 보인다. 청주
는 연주의 북쪽에, 서주는 그 남방에 있다.　◆秦碑(진비) : 진시황(秦始皇)

이 세운 비(碑). ◆荒城(황성) : 황폐한 성. 연주 동쪽에 있는 곡부성(曲阜城)을 가리킴. ◆魯殿(노전) : 한 경제(漢景帝)의 아들인 노 공왕(魯恭王)이 세운 영광전(靈光殿). ◆古意(고의) : 옛것을 그리워하는 생각. ◆臨眺(임조) : 내려다보다.

해설

두보가 29세이던 개원(開元) 28년(740), 연주(兗州)의 사마(司馬)로 있는 부친 두한(杜閑)을 찾아갔을 때에 쓴 작품. 초기 것이어서 후기의 시에 비길 것은 아니나, 그런대로 그의 특징은 잘 나타나 있는 듯 느껴진다. 객관적인 태도, 침혼웅대(沈渾雄大)한 점이라든가, '초(初)·여(餘)' 등이 보여 주는 것 같은 기막히는 언어의 기교가 그것이다.

이산(驪山)

이산(驪山)에는 상감의
거동 끊기고

다신 아니 오르시는
이곳 화악루(花萼樓).

지하에야 촛불 밝힐
조회 없어도

인간에는 하사하신
황금이 있어…….

정호(鼎湖)를 용은 떠나
멀리 가고

은해(銀海) 깊은 그 속에
기러기 날으리라.

동해라 봉래산(蓬萊山)
만년의 해야,

길이 예전 우림(羽林)에
걸린 그 해야.

驪山
이산

驪山絶望幸　花萼罷登臨　地下無朝燭　人間有賜金
이산절망행　화악파등림　지하무조촉　인간유사금

鼎湖龍去遠　銀海鴈飛深　萬載蓬萊日　長懸舊羽林
정호룡거원　은해안비심　만재봉래일　장현구우림

주

◆驪山(이산) : 장안 근처에 있는 산. ◆絶望幸(절망행) : 천자의 행행(幸行)이 끊어짐. ◆花萼(화악) : 홍경궁(興慶宮) 안에 있는 누각 이름. ◆地下無朝燭(지하무조촉) : 궁중의 조회는 새벽에 열리므로 촛불을 밝혀야 한다. 그러나 현종(玄宗)은 돌아가셨으므로 지하에서는 그런 일도 있을 수 없다는 뜻. ◆人間有賜金(인간유사금) : 이 세상에는 현종으로부터 황금을 하사받은 사람이 많이 남아 있지만, 죽은 현종을 위해 아무 도움도 되지 않는다는 뜻. ◆鼎湖龍去(정호룡거) : 『사기(史記)』 봉선서(封禪書)에 의하면, 황제(黃帝)는 형산(荊山) 밑에서 솥을 구웠고, 솥이 이루어지자 용을 타고 승천했다. 그 승천한 자리가 정호인데, 후세에서는 제왕의 붕어(崩御)의 뜻으로

쓰였다. ◆銀海鴈飛(은해안비) : 진시황(秦始皇)을 이산(驪山)에 묻었는데, 사람의 기름으로 등촉(燈燭)을 삼고, 수은(水銀)으로 강해(江海)를 삼았으며, 황금으로 부안(鳧鴈)을 삼았다고 한다. 하손(何遜)의 시에 '은해종무랑(銀海終無浪) 금부회불비(金鳧會不飛)'란 이것을 노래한 것이다. ◆萬載蓬萊日(만재봉래일) : 봉래(蓬萊)는 삼신산(三神山)의 하나인 봉래도(蓬萊島). 만년에 걸친 봉래도의 태양이란, 현종의 죽은 영혼을 상징한 말. ◆長懸舊羽林(장현구우림) : 길이 예전의 우림(羽林)에 걸렸음. 우림은 우림군(羽林軍)이니 천자의 친위대거니와, 짐짓 표면적인 문자의 뜻 그대로 해석하여 그 숲에 걸렸다 한 것이다. 예전의 우림군이 모시고 있다는 정도의 뜻.

해설

장안(長安) 근처에 있는 이산(驪山)은 경치가 좋은데다가 온천이 있으므로, 현종(玄宗)은 여기에 화청궁(華淸宮)을 짓고 양귀비(楊貴妃)와 함께 자주 거둥해 놀았다. 현종의 붕어(崩御)가 보응(寶應) 원년(762)이요, 그 후로 두보는 장안 땅을 영영 못 밟고 말았으니까, 연대는 꼭 찍어 말할 수는 없는 대로 이산(驪山)을 무대로 한 황제와 미녀의 지난날의 로맨스에 생각이 미쳐 감회에 젖는 한때가 있었던 것 같다.

여기는 시황(始皇)의 능이 있는 곳이기도 하므로 그 고사도 아울러 쓰고, 다시 황제(黃帝)의 그것도 뒤섞으면서 제왕의 권력의 무상함을 노래했다. 시는 다분히 풍자의 뜻을 안으로 안고 있으면서도, 풍부한 수사(修辭)에 감싸여 자못 중후하기까지 하다. 두보의 걸작의 하나다.

백제성최고루(白帝城最高樓)

뾰죽한 성, 기운 산길
군기(軍旗) 펄럭일 제

하늘 높이 치솟은
성루에(城樓)에 홀로 서면

트이는 골짜기, 구름은 흙비 되어
용호(龍虎) 누운 그 위에 퍼붓고

맑은 강변, 따스한 햇볕 내려
노니는 자라를 안고 있어…….

부상(扶桑)의 서쪽 가지
단석(斷石) 향해 뻗어나면

약수(弱水) 동녘 그림자는
장강(長江) 따라 흐르는 듯.

청려장(靑藜杖)에 기대어 세상을 한탄함은

그 누구이뇨?

피눈물 하늘에 뿌리며 뿌리며

흰 머리 휘젓노라.

白帝城最高樓
백 제 성 최 고 루

城尖徑仄旌旆愁　獨立縹緲之飛樓
성 첨 경 측 정 패 수　독 립 표 묘 지 비 루

峽坼雲霾龍虎臥　江淸日抱黿鼉遊
협 탁 운 매 용 호 와　강 청 일 포 원 타 유

扶桑西枝對斷石　弱水東影隨長流
부 상 서 지 대 단 석　약 수 동 영 수 장 류

杖藜歎世者誰子　泣血迸空廻白頭
장 려 탄 세 자 수 자　읍 혈 병 공 회 백 두

주

◆白帝城(백제성) : 기주(夔州)의 동쪽에 있다. 공손술(公孫述)이 쌓은 것.
◆旌旆(정패) : 군기. 성 위에 세운 그것. ◆縹緲(표묘) : 높이 솟은 모양.
◆飛樓(비루) : 높은 누각. ◆雲霾(운매) : 구름이 흙비가 되어 내리는 것.
중국에서는 흙이 섞인 비가 내리는 수가 있어서 『시경(詩經)』에도 '종풍차
매(終風且霾)'라는 구가 보인다. ◆黿鼉(원타) : 자라. ◆扶桑(부상) : 동해
의 선경(仙境)에 있다는 신목(神木). ◆斷石(단석) : 삼협(三峽)의 협곡을 가

리킴. ◆弱水(약수) : 서방의 선경에 있다는 물 이름. ◆長流(장류) : 양자강을 말함. ◆杖藜(장려) : 명아주 지팡이를 짚음. ◆誰子(수자) : 누구인가? ◆迸空(병공) : 공중에 뿌림.

해설

대력(大曆) 원년(766)의 작품. 이 해 봄에 운안(雲安)으로부터 기주로 옮겨온 두보는 2년 간을 여기에 머물게 되는데, 어느 날 백제성의 성루(城樓)에 올라 감회를 토로한 것이다.

칠언(七言)으로 구가 되는 경우, 이것은 다시 4·3으로 나뉘어지는데, 두보는 둘째 구에서 '독립표묘지(獨立縹緲之)'라 하여 다섯 자로 호흡을 끌고 내려갔고, 일곱째 구의 '장려탄세자(杖藜歎世者)'의 경우도 같다. 그리고 '지(之)·자(者)' 같은 것은 시에서는 별로 안 쓰는 산문적인 글자들인데, 이런 것이 이 시에 뻣뻣한 굴절을 주고 있어서 벽지의 험한 산하와 묘한 조화를 이루고 있다.

반조(返照)

초(楚)의 왕궁 북녘에
황혼 깔릴 제

백제성(白帝城)의 그 서쪽
비 지난 자취.

저녁 햇빛 강에 들어
벼랑에 되비치고

숲을 휩싸 마을을
삼키는 구름.

늘그막에 폐를 앓아
베개 높여 눈붙일 뿐

변방에서 시세를 근심하여
대문 일찍 닫아 버려……

도둑떼 날뛰는 속
오래 못 머물리니

불려가지 못한 영혼
분명 여기 남방에 있느니라.

返照
반조

楚王宮北正黃昏	白帝城西過雨痕	返照入江翻石壁	歸雲擁樹失山邨
초왕궁북정황혼	백제성서과우흔	반조입강번석벽	귀운옹수실산촌
衰年病肺惟高枕	絶塞愁時早閉門	不可久留豺虎亂	南方實有未招魂
쇠년병폐유고침	절새수시조폐문	불가구류시호란	남방실유미초혼

주

◆返照(반조) : 저녁의 넘어가는 햇빛. ◆楚王宮(초왕궁) : 초(楚)의 별궁 (別宮)의 터가 기주(夔州)의 동쪽인 무산(巫山) 기슭에 있었다. ◆白帝城(백 제성) : 공손술(公孫述)이 쌓았다는 기주의 성. ◆翻石壁(번석벽) : 석벽(石 壁)에 햇빛이 반사하는 것. 강에 비친 석벽을 뒤흔든다는 해석도 있으나 취 하지 않는다. ◆衰年(쇠년) : 노년(老年). ◆病肺(병폐) : 폐를 앓음. 두보는 천식을 앓고 있었다. ◆高枕(고침) : 천식을 앓기에 베개를 높이하여 엎드 려 밤을 새우는 것. ◆絶塞(절새) : 변방의 요새. 기주를 가리킴. ◆豺虎亂 (시호란) : 승냥이나 호랑이같이 흉악한 군벌(軍閥)들의 싸움. ◆南方(남 방) : 기주를 가리킨다. ◆未招魂(미초혼) : 불리어 가지 않은 혼이니, 두보

자신을 가리킨다. 매우 놀라거나 슬픈 일을 당하면 혼이 몸을 떠나가므로,
일정한 의식을 통해 혼을 불러 와야 한다고 고대의 중국인은 믿었던 것. 송
옥(宋玉)의 「초혼(招魂)」은 추방된 굴원(屈原)의 넋을 불러 오기 위한 시다.

해설

대력(大曆) 원년(766) 기주(夔州)에서 쓴 작품. 경(景)과 정(情)이 어울리
어 말이 사뭇 처절하다. 이때 두보의 나이는 쉰다섯, 험난한 산하 속에
살면서 그의 시가 한층 비장해 가던 때다.

검문(劍門)

하늘이 험난한 곳 만든 중에서
천하의 장관은 검문이거니,
산들은 서남쪽을 껴안는 기세
돌 모서린 모두 북으로 향해…….
양쪽 벼랑 드높은 벽같이 서서
쪼고 새겨 만드니 성곽의 모양!
병사 하나 노하여 관문에 서면
백만의 대군도 얼씬 못하리.

주옥(珠玉) 모두 이곳 지나 중원에 가니
민아(岷峨)의 기색은 처참하기만.
삼황(三皇) 오제(五帝) 그 당시 태고 적에는
닭·개도 놓아서 길렀었건만
후왕(後王)은 이곳마저 회유(懷柔)하여서
직공(職貢)의 그 제도 무너지도다.
지금껏 촉중(蜀中)에 영웅들 나면
중국의 패왕(覇王)쯤 내려다보아

병탄(倂呑)하려 할거(割據)하려 서로 버티어
양보하려 안한 일 안타깝기만…….

나는 장차 천공(天公)의 죄를 벌하고
첩첩한 봉우리들 깎고 싶건만
우연히 됐는지도 알 수 없기에
바람 속에 말없이 슬퍼하노라.

劍門
검 문

惟天有設險　劍門天下壯　連山抱西南　石角皆北向
유천유설험　검문천하장　연산포서남　석각개북향

兩崖崇墉倚　刻畫城郭狀　一夫怒臨關　百萬未可傍
양애숭용의　각획성곽상　일부노임관　백만미가방

珠玉走中原　岷峨氣悽愴　三皇五帝前　鷄犬各相放
주옥주중원　민아기처창　삼황오제전　계견각상방

後王尙柔遠　職貢道已喪　至今英雄人　高視見覇王
후왕상유원　직공도이상　지금영웅인　고시견패왕

倂呑與割據　極力不相讓　吾將罪眞宰　意欲鏟疊嶂
병탄여할거　극력불상양　오장죄진재　의욕산첩장

恐此復偶然　臨風默惆悵
공차부우연　임풍묵추창

주

◆連山抱西南(연산포서남) : 산들이 맞 이어서 서남쪽을 껴안는 형세를 보이고 있다는 것. 서남쪽은 곧 촉(蜀 : 四川省)이다. ◆石角皆北向(석각개북향) : 돌 모서리는 모두 북을 향하고 있다. 북은 중원. ◆崇墉(숭용) : 높은 성벽. ◆刻畵(각획) : 새기는 것. ◆珠玉走中原(주옥주중원) : 중원은 낙양(洛陽)을 중심으로 한 중국의 심장부. 촉에서 난 주옥(珠玉)이 중원으로 달려감이니, 정부의 착취가 심하다는 뜻. ◆岷峨(민아) : 민산(岷山)과 아미산(峨眉山). 민산은 성도(成都)의 서, 아미산은 그 서남에 있다. ◆三皇(삼황) : 태고의 제왕인 복희씨(伏羲氏)·신농씨(神農氏)·수인씨(燧人氏). ◆五帝(오제) : 삼황(三皇) 다음에 나타난 다섯 황제. 황제(黃帝)·전욱(顓頊)·제곡(帝嚳)·요(堯)·순(舜). ◆前(전) : 삼황·오제의 당시. 삼황·오제의 그 이전이라는 뜻은 아니다. ◆柔遠(유원) : 먼 곳까지 회유(懷柔)함. ◆職貢(직공) : 직책(職責)은 그 재주에 따라 수여하고, 공물(貢物)은 그 지방의 산물에 따라 내게 하는 것. 단, 여기서는 공물에 대해서만 말하고 있다(『주례(周禮)』참조). ◆高視(고시) : 높은 데서 내려다보는 것. ◆覇王(패왕) : 중원의 지배자를 가리킨다. ◆眞宰(진재) : 조물주. 하늘. ◆鏟(산) : 깎는 것. ◆恐此復偶然(공차부우연) : 이 험한 산천이 사실은 우연히 된 것인지도 모른다는 뜻. 구주(舊註)에서는 영웅의 할거(割據)가 어쩌면 실현될지도 모른다는 뜻으로 보았다. ◆惆悵(추창) : 탄식하고 슬퍼하는 것.

해설

건원(乾元) 2년(759) 섣달, 동곡(同谷)을 떠나 성도(成都)로 가는 도중 검문(劍門)을 지나면서 쓴 작품이다. 검문은 북으로부터 촉(蜀)으로 들어

가는 관문인데, 양쪽으로 칼날 같은 절벽이 마주 서 있는 품이 문과 같아서 이런 이름이 붙었으며, 천하의 험지(險地)로 유명한 고장이다. 시는 먼저 산세의 험난함을 말하고 나서, 중국에서는 여기를 병탄하려 하고, 촉(蜀)에서는 할거(割據)하여 저항함으로써 예부터 싸움이 안 그침을 안타까워하는 방향으로 전개되었다. 특히 '산들은 서남쪽을 껴안고, 돌 모서리는 모두 북을 향하고 있다'는 대목은 천재의 큰 솜씨를 보인 것이어서, 과연 두보로구나 하는 생각을 금치 못하게 한다. 검문에서 볼 때 서남은 바로 촉이요 북녘은 곧 중원이므로, 산이 서남을 껴안는 듯하다는 것은 기실 이 지방을 병탄하려는 중국의 야욕을 상징한 것이며, 돌 모서리가 다 북으로 향한다는 것은 중국에 대항하여 독립을 유지하려는 이 고장 사람들의 기상을 암시하여, 아주 절묘하다고 하지 않을 수 없다.

철당협(鐵堂峽)

산속에 부는 광풍(狂風)
날리 듯하여

까마득 험악한 곳
기어오르니

골짜기는 움푹하여
방통과 같고

벼랑은 무쇠라도
쌓아 세운 듯.

하늘에 바로 닿아
길은 도사리고

땅과 함께 갈라진
바위의 균열!

길고 가는 대나무
끝이 없는데

태고의 눈은 남아
영롱도 하네.

서글픈 골짜기를
휘돌아 가며

나그네의 마음은
우울하기만!

물은 차서 얼음 덩이
아직도 남고

이대로면 말 허리
꺾이고 말리.

내 생애 전쟁과
때가 맞는 중

도둑의 떼 아직도
안 없어지니,

어느덧 세 해 넘어
떠도는 이 몸

생각하면 가슴만
뜨거워 오네.

鐵堂峽
철 당 협

山風吹遊子　縹緲乘險絶　硤形藏堂隍　壁色立積鐵
산 풍 취 유 자　표 묘 승 험 절　협 형 장 당 황　벽 색 입 적 철

徑摩穹蒼蟠　石與厚地裂　修纖無垠竹　嵌空太始雪
경 마 궁 창 반　석 여 후 지 열　수 섬 무 은 죽　감 공 태 시 설

威遲哀壑底　徒旅慘不悅　水寒長氷橫　我馬骨正折
위 지 애 학 저　도 려 참 불 열　수 한 장 빙 횡　아 마 골 정 절

生涯抵弧矢　盜賊殊未滅　飄蓬踰三年　回首肝肺熱
생 애 저 호 시　도 적 수 미 멸　표 봉 유 삼 년　회 수 간 폐 열

주

◆遊子(유자) : 나그네. 두보 자신을 가리킨다. ◆縹緲(표묘) : 높아서 까마
득한 모양. ◆乘(승) : 올라감. ◆硤形(협형) : 산협(山峽)의 형태. 협(硤)은

협(峽)의 뜻. 어떤 텍스트에서는 바로 협(峽)으로 쓰고 있다. ◆堂隍(당황) : 사방을 절벽이 에워싸고 있어서 방통 속 같다는 뜻인 듯. ◆積鐵(적철) : 쌓아 놓은 쇠. 벼랑의 색을 형용한 것. ◆穹蒼(궁창) : 하늘. ◆修纖(수섬) : 길고 가는 것. ◆無垠(무은) : 끝이 없음. ◆嵌空(감공) : 영롱한 모양. 투명할 정도로 아름다운 모양. ◆威遲(위지) : 길이 꾸불꾸불한 모양. ◆徒旅(도려) : 나그네의 일행. ◆抵(저) : 부딪침. ◆弧矢(호시) : 전쟁. 원래는 나무로 만든 활과 화살. ◆飄蓬(표봉) : 정처 없이 떠도는 것. ◆回首(회수) : 회상.

해설

건원(乾元) 2년(759) 10월, 진주(秦州)에서 동곡(同谷)으로 가는 중에 철당협을 지나면서 지은 작품이다. 산천의 험한 풍경이, 그대로 두보 자신의 심리의 상징이 되는 데에 묘미가 있다.

석감(石龕)

곰과 큰곰 동쪽에서
울부짖으면

호랑이와 표범은
서에서 울고,

뒤에서는 귀신의
휘파람 소리

앞쪽에선 앞쪽대로
원숭이 울어…….

날은 차고 해도 안 나
어둑한 날씨

산 깊어 길은 자못
아리숭한데,

수레 몰아 석감(石龕) 밑
지나노라니

동짓달 이 한낮
무지개 서네.

저기서 대 베는 것
그 누구인지?

슬픈 노래, 사다리 타고
벼랑을 올라…….

관의 명령, 좋은 화살
만들어 내어

5년이나 양(梁)·제(齊)에
대어 온 사내.

말하길 '곧은 대는
다 없어져서

이제는 화살감도
바닥났다'고.

어찌해 어양(漁陽)의
마적의 떼는

아직도 백성들을
놀래 줌일까?

石龕
석감

熊羆咆我東	虎豹號我西	我後鬼長嘯	我前狖又啼
웅 피 포 아 동	호 표 호 아 서	아 후 귀 장 소	아 전 융 우 제
天寒昏無日	山遠道路迷	驅車石龕下	仲冬見虹霓
천 한 혼 무 일	산 원 도 로 미	구 거 석 감 하	중 동 견 홍 예
伐竹者誰子	悲歌上雲梯	爲官採美箭	五歲供梁齊
벌 죽 자 수 자	비 가 상 운 제	위 관 채 미 전	오 세 공 양 제
苦云直幹盡	無以應提携	奈何漁陽騎	颯颯驚蒸黎
고 운 직 간 진	무 이 응 제 휴	나 하 어 양 기	삽 삽 경 증 려

주

◆羆(피) : 큰 곰. 곰의 한 종류로 곰보다 크다. ◆狖(융) : 원숭이의 일종.
몸이 작아서 다람쥐 같고, 금색의 꼬리가 있다. ◆石龕(석감) : 산벽(山壁)

을 뚫고 만든 석실. ◆仲冬(중동) : 11월. 겨울에 무지개가 보이는 것은 불길
한 조짐이다. ◆雲梯(운제) : 높은 사다리. ◆梁齊(양제) : 지금의 하남성과
산동성. 그 지방에서 관군과 사사명(史思明)의 반군이 싸우고 있었다. ◆苦云
(고운) : 열심히 말함. ◆提携(제휴) : 손에 쥐는 것. 화살을 병사가 쥐는
것. ◆漁陽騎(어양기) : 적군의 기병(騎兵). 어양(漁陽)은 지금의 하북성(河
北省) 계현(薊縣)이니, 안록산 일당의 근거지였다. ◆蒸黎(증려) : 백성.

해설

이것도 앞의 시처럼 진주(秦州)로부터 동곡(同谷)을 찾아가는 도중의 견
문을 적은 작품. 전반은 처절한 산길의 풍경이요, 후반은 거기에서 화
살에 쓰는 대나무를 베고 있는 한 백성의 고초를 말하였다. 아주 애절
하여 설명이 필요 없는 시다.

구당양안(瞿唐兩崖)

삼협(三峽)에서 이름 높은
고장은 어디?

두 기슭 벼랑 이룬
구당(瞿唐)의 석문(石門).

하늘로 고개 들어
바위 솟으면

물 속을 뚫어
돌이 이어져……

수염 흰 원숭이
벼랑에 살고

물에는 교룡(蛟龍)의
장엄한 석굴.

겨울이라 희화(羲和)가
달려오려니

그 수레 뒤집힐까
걱정이어라.

瞿唐兩崖
구당양안

三峽傳何處 雙崖壯此門 入天猶石色 穿水忽雲根
삼협전하처 쌍애장차문 입천유석색 천수홀운근

猱玃鬚髯古 蛟龍窟宅尊 羲和冬馭近 愁畏日車翻
노확수염고 교룡굴택존 희화동어근 수외일거번

주

◆瞿唐兩崖(구당양안) : 구당협(瞿唐峽)의 양안(兩岸)의 절벽. ◆三峽(삼
협) : 기주의 동으로부터 의창(宜昌)까지 계속되는 세 개의 협곡. 구당협(瞿
唐峽)·무협(巫峽)·서릉협(西陵峽). ◆此門(차문) : 구당협(瞿唐峽)을 가리
킴. 석문같이 생겼으므로 하는 말. ◆雲根(운근) : 돌의 별칭. 구름은 산의
바위가 내뱉는 숨이라고 생각했었다. ◆猱玃(노확) : 큰 원숭이. ◆窟宅(굴
택) : 석굴의 거처. ◆羲和(희화) : 신의 이름. 태양이 타는 수레를 모는 마
부다. ◆近(근) : 겨울에는 해가 낮게 떠서 벼랑 위를 비추는 것을 가리킨다.

319

해설

구당협(瞿唐峽)은 수백 미터의 절벽이 양쪽으로 치솟고, 그 사이를 양자강이 급류를 이루면서 흘러가는 매우 험난한 곳이다. 촉(蜀)으로 가는 사람들은 이곳을 배로 거슬러 올라가야 하는데, 심상한 나그네로도 단장(斷腸)의 시름이 일었으려니, 근심을 태산처럼 안은 두보로서야 어찌 만감이 교차하지 않았으랴. 그 험난하고 무시무시한 모습이 생생하게 전해지는 명편이다. 제작 연대는 대력(大曆) 원년(766)으로 추정된다.

백제성(白帝城)에 올라서

성(城)은 가파라
벽성(壁星)을 따르고

다락 높으니
비예(埤堄)를 다시 쌓다.

장강(長江) 물 보며
하(夏) 임금 생각노니

바람 시원하매
양왕(襄王) 아니 부러워라.

늙을 녘 서러운
뿔나발 듣고

남이 부축하여
석양을 알려…….

공손(公孫)이 처음에
험함만 믿어

말을 뛰게 할 적
뜻 어이 컸음이리?

上白帝城
상 백 제 성

城峻隨天壁　樓高更女墻　江流思夏后　風至憶襄王
성 준 수 천 벽　누 고 갱 녀 장　강 류 사 하 후　풍 지 억 양 왕

老去聞悲角　人扶報夕陽　公孫初恃險　躍馬意何長
노 거 문 비 각　인 부 보 석 양　공 손 초 시 험　약 마 의 하 장

주

◆隨天壁(수천벽) : 천벽(天壁)은 벽성(壁星)을 이름이니, 이십팔수(二十八宿)
의 하나로 서방의 별. 수천벽(隨天壁)이란 백제성(白帝城)이 서쪽 높은 지대
에 있다는 뜻이다. ◆女墻(여장) : 성 위에 다시 쌓은 담. 비예(埤堄). 분첩
(粉堞). ◆夏后(하후) : 하조(夏朝)의 임금. 곧 우왕(禹王)을 가리킨다. 그는
치수(治水)를 위해 땅을 뚫고 물을 통하게 했다. 「우묘(禹廟)」 참조. ◆風至憶
襄王(풍지억양왕) : 초 양왕(楚襄王)이 난대(蘭臺)의 궁에 행차했을 때, 바람
이 갑자기 불었다. 왕은 옷깃을 열어 바람을 쐬면서, '시원하구나, 이 바람이
여!'라고 했다. ◆悲角(비각) : 슬프게 들리는 뿔나발. ◆公孫(공손) : 공손술
(公孫述). 그는 촉(蜀)을 거점으로 후한 말(後漢末)에 반란을 일으켜 스스로

백제(白帝)라 일컬었다. 백제성(白帝城)은 그가 쌓은 것. ◆躍馬(약마) : 말을 뛰게 함. 좌사(左思)의 「촉도부(蜀都賦)」에 '공손약마이칭제(公孫躍馬而稱帝)' 라 한 데서 딴 말.

해설

강릉(江陵)에서 양자강을 따라 구당협(瞿唐峽)을 거슬러 올라간 데에 기주(夔州)가 있고, 거기에 있는 성이 백제성(白帝城)이다. 그러므로 이 성은 삼협(三峽)·검문(劍門) 등과 함께 촉(蜀)의 상징이기도 했던 것이어서, 자주 시문에 오르내렸다. 물론 대력(大曆) 원년(766)에 쓴 시다.

성에 올라

파서(巴西)에 가득한 것
새 풀빛인데

텅 빈 성안에는
해도 길어라.

바람 따라 훨훨
꽃잎이 지고

봄 기운 움직이매
망망(茫茫)한 물결.

이때라 팔준(八駿)이
천자 따르며

무황(武皇)을 호종(扈從)하는
문무 백관들!

묻자니 순수(巡狩)에
나서셨다고.

언젠가는 변방 모두
도시게 되리.

城上
성상

草滿巴西綠	空城白日長	風吹花片片	春動水茫茫
초 만 파 서 록	공 성 백 일 장	풍 취 화 편 편	춘 동 수 망 망
八駿隨天子	群臣從武皇	遙聞出巡狩	早晚遍遐荒
팔 준 수 천 자	군 신 종 무 황	요 문 출 순 수	조 만 편 하 황

주

◆巴西(파서) : 낭주(閬州)를 말함. 파현(巴縣)의 서쪽에 있기 때문. ◆八駿
(팔준) : 주 목왕(周穆王)이 가졌던 여덟 마리의 명마. ◆武皇(무황) : 한 무
제(漢武帝)는 분양(汾陽)에 행행(幸行)하여 낙양(洛陽)에 이르고, 다시 태산
(泰山)을 찾았다. 그 순행한 거리는 만 팔천 리에 이르렀다. ◆巡狩(순
수) : 천자가 제국(諸國)을 돌며 시찰하는 것. ◆早晚(조만) : ~언젠가는.
◆遐荒(하황) : 거칠고 먼 변방.

해설

'천자(天子)'·'무황(武皇)'이 현종(玄宗)을 두고 한 말임은 이를 것 없으려니와, 끝의 두 구는 자못 풍자적인 것 같다. 몽진(蒙塵)을 순수(巡狩)라 한 것은 예를 깍듯하게 차리는 것도 같으나, 머지 않아 그 발자취가 변방 전체에 미칠 것이라는 것은 찬양의 소리로만은 들을 수 없기 때문이다. 광덕(廣德) 2년(764) 봄 재주(梓州)에서 낭주(閬州)로 옮겨왔을 무렵에 쓴 것이라 한다.

서울의 수복(收復)

생기 잃어 노쇠함을
달게 여기며

천애(天涯)에서 사느니
쓸쓸도 해라.

애달파하시는
천자의 조칙(詔勅)

듣자니 조정에서
내리셨다고.

상산(商山)의 저 사호(四皓)
떠받드는 곳

흠명문사(欽明文思) 크신 덕
요(堯) 아니시랴?

천하의 일 자기 죄로
돌리시는 날

그 은혜에 젖어서
하늘 바라보느니!

收京
수경

生意甘衰白 天涯正寂寥 忽聞哀痛詔 又下聖明朝
생 의 감 쇠 백　천 애 정 적 요　홀 문 애 통 조　우 하 성 명 조

羽翼懷商老 文思憶帝堯 叨逢罪己日 霑酒望靑霄
우 익 회 상 로　문 사 억 제 요　도 봉 죄 기 일　점 주 망 청 소

주

◆衰白(쇠백) : 몸이 쇠약하고 머리가 희어지는 것. 혜강(嵇康)의 「양생론
(養生論)」에 '손(損)이 쌓여 쇠(衰)를 이루고, 쇠(衰)에서 백(白)이 생기고,
백(白)에서 노(老)가 나온다'고 했다. ◆天涯(천애) : 하늘 가. 멀리 부주에
와 있는 것을 가리킨다. ◆哀痛詔(애통조) : 숙종(肅宗)이 지덕(至德) 2년 12
월에 조서를 내려 대사령(大赦令)을 편 사실을 말한다. ◆羽翼(우익) : 보필
하는 것. ◆商老(상로) : 한 혜제(漢惠帝)를 도왔던 상산사호(商山四皓). ◆文
思(문사) : 덕(德)이 겉으로 나타나는 것이 문(文), 생각이 깊은 것이 사
(思). 『서경(書經)』 요전(堯典)에서 요의 덕을 칭송하여 '흠명문사안안(欽明
文思安安)'이라 한 데서 딴 말. ◆叨(도) : 외람됨. ◆罪己(죄기) : 잘못된 것

328

이 있으면 자기 탓으로 돌린 우왕(禹王)·탕왕(湯王)의 고사.『좌전(左傳)』
장공(莊公) 11년 '우탕죄기(禹湯罪己), 기흥야발언(其興也勃焉), 걸주죄인(桀
紂罪人), 기망야홀언(其亡也忽焉)'. ◆霑洒(점쇄) : 은혜에 젖는 것.

해설

장안(長安)을 수복한 것이 지덕(至德) 2년(757) 9월이므로, 두보는 부주
(鄜州)에서 이 소식을 접했을 것이다. 뛸 듯이 기뻐하는 마음은 안 보이
는 대로, 이를 계기로 하여 나라가 잘 되어 가기를 바라는 열의는 전편
에 넘치고 있다.

견우(遣憂)

날을 좇아 심해 가는
난리이기에

싸움 소식은
종잡기가 어려워…….

간언(諫言) 따랐더면
오늘 일은 없을 텐데

나라 위태로워
생각는 고인(古人)!

분분히 백마(白馬) 타고
한 패가 달려가면

벌떼같이 일어나는
황건(黃巾) 쓴 무리.

수나라[隋國]가 남겨 놓은
구중궁궐은

왜 이리도 자주 불을
만나야는지?

遣憂
견 우

亂離知又甚　消息苦難眞　受諫無今日　臨危憶古人
난 리 지 우 심　소 식 고 난 진　수 간 무 금 일　임 위 억 고 인

紛紛乘白馬　攘攘著黃巾　隋氏留宮室　焚燒何太頻
분 분 승 백 마　양 양 착 황 건　수 씨 유 궁 실　분 소 하 태 빈

주

◆견우(遣憂) : 근심을 털어 놓는 뜻. ◆受諫無今日(수간무금일) : 때에 환
관(宦官) 정원진(程元振) 등이 세력을 잡아 난을 자초했다. 태상박사(太常博
士) 유항(柳伉)이 상소하여 이를 배척하니, 그 말이 매우 강직했는데 대종
(代宗)은 듣지 않았다. ◆古人(고인) : 옛 충신. ◆乘白馬(승백마) : 후경(侯
景)의 무리를 가리킨다. 후경은 양 무제(梁武帝)가 죽자 자립하여 천자로 자
처했으나 곧 망했다. 그가 백마(白馬)를 탔으므로 하는 말. ◆攘攘(양양) :
어지러운 모양. ◆著黃巾(착황건) : 누런 건을 씀. 후한 영제(後漢靈帝) 때
에 장각(張角)이라는 자가 요술로 대중을 선동하여 수만의 무리를 모았다.
그들은 모두 황건(黃巾)을 썼으므로 황건적이라 했다. ◆隋氏(수씨) : 수

(隋) 왕조를 가리킴. 물론 당(唐)을 이에 비긴 것.

해설

광덕(廣德) 원년(763) 정월에 사조의(史朝義)가 죽음으로써 안사(安史)의 난(亂)은 일단락됐으나, 얼마 후 티베트[吐蕃]의 침공이 있어서 다시 세상은 소란해졌다. 그러나 실권을 쥐고 있던 환관 정원진(程元振)은 이를 황제에게 상주하지 않고 있다가, 10월 들어서는 장안(長安)이 적군 손에 들어가 황제는 섬주(陝州)로 몽진하고, 장안의 궁전은 티베트 군인에 의해 온통 불태워지는 사태가 벌어졌다. 이런 세태를 걱정하는 마음이 잘 나타나 있는 것이 이 작품이다.

각야(閣夜)

세모라 음양이
햇빛을 짧게 하니

눈서리 치는 천애(天涯)
개인 밤하늘!

오경(五更)의 북과 피리
그 소리 비장한데

삼협(三峽)에 걸린 은하
그림자 흔들려라.

들에서 이는 곡성, 집마다 집마다
싸움 나가 죽고

어초(漁樵)의 마을, 몇 곳에서 들려 오는
오랑캐 노래이뇨?

와룡(臥龍)과 약마(躍馬)

종내는 모두 황토흙 되었거니

세상 일, 고향 소식

그저 쓸쓸키만 쓸쓸한 속 이 밤 새와라.

閣夜
각 야

歲暮陰陽催短景　天涯霜雪霽寒霄　五更鼓角聲悲壯　三峽星河影動搖
세 모 음 양 최 단 경　천 애 상 설 제 한 소　오 경 고 각 성 비 장　삼 협 성 하 영 동 요

野哭千家聞戰伐　夷歌幾處起漁樵　臥龍躍馬終黃土　人事音書漫寂寥
야 곡 천 가 문 전 벌　이 가 기 처 기 어 초　와 룡 약 마 종 황 토　인 사 음 서 만 적 요

주

◆閣夜(각야) : 서각(西閣)의 밤. 서각은 기주에 피난해 있을 때 두보가 살던 집. 각(閣)이라 했으므로 2층이었을 것이다. ◆陰陽催短景(음양최단경) : 햇빛이 짧아지도록 음양이 재촉한다는 것. 경(景)은 일광(日光)이니, 영(影)의 가차(假借)가 아니다. ◆天涯(천애) : 하늘 가. 아주 먼 곳. 기주를 가리킴. ◆五更(오경) : 새벽 4시. ◆鼓角(고각) : 북과 뿔나발. 병사들이 치고 부는 그것이다. ◆三峽(삼협) : 기주에서 의창(宜昌)까지 계속되는 세 개의 골짜기. 구당협(瞿唐峽)·무협(巫峽)·서릉협(西陵峽). ◆星河影動搖(성하영동요) : 은하의 그림자가 흔들림. 은하의 그림자가 흔들리는 것은 병란의 조짐으로 해석되었다. ◆野哭千家聞戰伐(야곡천가문전벌) : 도치된

334

문장으로, 천가전벌문야곡(千家戰伐聞野哭)의 뜻. 집마다 싸움에 나가 죽었으므로 들에서 통곡하는 소리가 요란히 들려 온다는 뜻. ◆夷歌幾處起漁樵(이가기처기어초) : 이것 역시 도치되었다. 기처어초기이가(幾處漁樵起夷歌)의 뜻. 이가(夷歌)는 오랑캐의 노래니, 기주에는 오랑캐가 많이 살고 있던 것. 어초(漁樵)는 어부와 나무꾼. 몇 군데의 평민 사는 마을로부터 오랑캐의 노래가 일어나는 것이랴? ◆臥龍(와룡) : 제갈량(諸葛亮). 서서(徐庶)가 유비(劉備)에게 그를 추천할 때에 비유한 말. ◆躍馬(약마) : 공손술(公孫述). 그는 1세기 초에 촉(蜀)에서 일어나 황제라 일컬었다. 좌사(左思)의 「촉도부(蜀都賦)」에 '공손약마이칭제(公孫躍馬而稱帝)'라 한 데서 나온 말.

해설

지극히 크고 지극히 비장하니, 이렇게 되면 어떤 해설도 끼어들 여지가 없어진다. 소리내어 읽으면서 시인의 맥박이 느껴져 오기를 기다리는 외에, 어떤 감상법이 있겠는가? 대력(大曆) 원년(766)의 작품이다.

다락에 올라서

높은 다락 꽃을 보며
설운 나그네

만방(萬方)이 다난(多難)한 때
여기 올라라.

금강(錦江)의 봄빛은
천지에 오고

옥루산(玉壘山)의 뜬구름
고금으로 바뀌어…….

북극이라 조정은
종내 아니 바뀌리니

서산의 적군(賊軍)이여
침범치 말라.

아, 후주(後主)조차 사당에
모셔지나니

해질녘 가만히
외는 양보음(梁父吟)!

登樓
등루

花近高樓傷客心　萬方多難此登臨　錦江春色來天地　玉壘浮雲變古今
화근고루상객심　만방다난차등림　금강춘색내천지　옥루부운변고금

北極朝廷終不改　西山寇盜莫相侵　可憐後主還祠廟　日暮聊爲梁父吟
북극조정종불개　서산구도막상침　가련후주환사묘　일모요위양보음

주

◆萬方(만방) : 천하 어디나. ◆登臨(등림) : 다락에 올라 굽어보는 것.
◆錦江(금강) : 성도(成都)를 흐르는 강 이름. 민강(泯江)의 지류. ◆玉壘
(옥루) : 성도의 서북에 있는 산 이름. 이 산 너머는 토번(吐蕃)의 세력권이
었다. ◆北極朝廷(북극조정) : 북극성은 하늘의 중심이므로 조정에 비긴
것. ◆西山寇盜(서산구도) : 이때 토번(吐蕃)이 촉(蜀)의 서쪽 지방에 침입
해 있었다. ◆可憐(가련) : 감개가 깊다는 뜻. 감정을 깊이 뒤흔드는 것은
다 '가련(可憐)'으로 표현된다. ◆後主(후주) : 촉한(蜀漢)의 선주(先主) 유비
(劉備)의 아들인 유선(劉禪). 그의 대(代)에 촉한(蜀漢)은 망했다. ◆還祠廟
(환사묘) : 그조차 사당에 모셔진다는 뜻. 성도에 있는 선주묘(先主廟)에는

중앙에 선주를 모시고, 그 동에는 후주(後主), 서에는 제갈량을 배향(配享) 했다. ◆梁父吟(양보음) : 제갈량이 숨어 살 때에 애송했다는 시. 父는 음이 '보'다.

해설

심덕잠(沈德潛)은 『두시우평(杜詩偶評)』에서, '기상의 웅혼(雄渾)함이 우주를 뒤덮으니, 이는 두시(杜詩) 중에서도 최상의 것'이라 했다. 광덕(廣德) 2년(764)의 작품이다.

눈오는 날에

싸움터에 이는 곡성(哭聲)
새 귀신 많고

시름하여 읊조리는
늙은이 하나.

구름 자욱한
저녁 어스름

회오리바람 타고
눈발 날리네.

버려진 표주박엔
술 떨어지고

화로에선 불이 거의
꺼져 가는 날,

몇 개 고을 싸움 소식
알 수 없기에

앉아서 허공에
글씨를 쓴다.

對雪
대 설

戰哭多新鬼 愁吟獨老翁 亂雲低薄暮 急雪舞廻風
전 곡 다 신 귀　수 음 독 노 옹　난 운 저 박 모　급 설 무 회 풍

瓢棄樽無綠 爐存火似紅 數州消息斷 愁坐正書空
표 기 준 무 록　노 존 화 사 홍　수 주 소 식 단　수 좌 정 서 공

주

◆戰哭(전곡) : 싸움터에서 통곡하는 것. ◆新鬼(신귀) : 새로 전사한 사람의 귀신. ◆老翁(노옹) : 두보의 자칭. ◆廻風(회풍) : 회오리바람. ◆瓢(표) : 표주박. ◆綠(록) : 녹색의 술. ◆火似紅(화사홍) : 불이 붉다면 붉다. 붉은 불이 약간 남아 있을 뿐이라는 뜻. ◆數州(수주) : 몇 고을. 전쟁이 벌어지고 있는 지역일 듯. ◆書空(서공) : 진(晉)의 은호(殷浩)는 벼슬에서 파면되자, 종일 손으로 허공에 '돌돌괴사(咄咄怪事)'의 넉 자를 쓰고 있었다 한다. 따라서, 어쩔 줄을 몰라하는 동작이다. 돌돌괴사(咄咄怪事)는 '이거 참, 괴상하기도 하다'는 뜻.

해설

지덕(至德) 원년(756), 안록산(安祿山)의 반란군에 점령당한 장안(長安)에 있으면서 쓴 시. 싸움터에는 새 귀신이 많다는 극한적인 말로 시작하여, 겨울의 삭막한 풍경을 묘사하고, 절망적인 자기의 심경을 토로했다. 소위 정경구도(情景俱到)의 경지여서, 정(情)과 경(景)이 서로 어울리어, 암담한 분위기가 잘 살아 있다.

들녘에 서서

저기 저 서산—
눈에 덮인 세 군데 성채(城寨) 보이고

여기 남포(南浦)의
청강(清江)에 걸린 만리교(萬里橋) 다리.

풍진(風塵)이 일어 온 나라 메우매
아우들과 헤어진 몸

하늘가 여기 밀려와
이제 나 홀로 눈물짓노니,

뜻 같잖은 만년(晚年)
병 위해 바칠 뿐

성조(聖朝)에 보답할
조금의 공로도 없어……

말 타고 교외 나와
두루 바라보자니

날로 쓸쓸해 가는 세상 일
차마 못 볼레!

野望
야 망

西山白雪三城戍　南浦淸江萬里橋　海內風塵諸弟隔　天涯涕淚一身遙
서 산 백 설 삼 성 수　남 포 청 강 만 리 교　해 내 풍 진 제 제 격　천 애 체 루 일 신 요

惟將遲暮供多病　未有涓埃答聖朝　跨馬出郊時極目　不堪人事日蕭條
유 장 지 모 공 다 병　미 유 연 애 답 성 조　과 마 출 교 시 극 목　불 감 인 사 일 소 조

주

◆野望(야망) : 들의 조망(眺望). ◆西山(서산) : 성도의 서북에 솟아 있는
설산(雪山)을 가리킴. ◆三城戍(삼성수) : 서산에는 송성(松城)·유성(維
城)·보성(保城)이 있어서 토번의 침입을 경계하고 있었다. ◆南浦(남포) :
남쪽 포구. 두보의 집은 성도(成都)의 남쪽, 금강(錦江)의 지류인 완화계(浣
花溪) 옆에 있었기에 하는 말. ◆萬里橋(만리교) : 금강(錦江)에 걸린 다리
이름. 오(吳)로 가는 비위(費禕)를 여기서 전송한 제갈량이 '만리지행(萬里
之行), 시어차의(始於此矣)'라고 말한 것을 딴 이름이라 한다. ◆將(장) : 이
(以)와 같음. ~을 가지고. ◆遲暮(지모) : 만년(晩年). 노년(老年). ◆涓埃
(연애) : 적은 것. 한 방울의 물과 한 낱의 티끌. ◆人事(인사) : 사람에 관

한 일. 세상 돌아가는 형편.

해설

보응(寶應) 원년(762), 성도(成都)에 있으면서 쓴 작품. 그때에 두보의 나이 쉰하나였다.

『당서(唐書)』에 의하면, 촉(蜀)으로부터 돌아온 현종(玄宗)은 검남절도사(劍南節度使)의 관할이던 이 지역을 둘로 쪼개어 절도사를 더 늘이고, 서산(西山)의 세 성에 군대를 증파(增派)하여 토번(吐蕃)의 침입에 대비하게 했는데, 이로 인한 금품과 물자의 징발이 빈번해서 백성들이 크게 위협을 받았다 한다. 시인 고적(高適)이 상소하여 삼성(三城)의 방비를 철폐하자고 건의했던 것도 이때의 일이다. 조망(眺望)을 내세워 난세를 한탄하고 뿔뿔이 흩어진 형제를 안타까워한 두보의 붓은, 어느덧 그릇된 방향으로 돌아가는 시국에까지 미쳐 은근히 풍자의 가시를 드러내고 있는 것이다. 전편의 어구가 절실·적확하거니와, 특히 1·2구는 단순한 풍경의 묘사로서 본대도 더없는 명구(名句)임에 틀림없다.

등고(登高)

급한 바람, 높은 하늘
잔나비 울고

맑은 물가 흰 사장(砂場)을
휘도는 저 새.

끝없이 끝없이
나무마다 낙엽지는데

어느 때나 다하랴?
저 푸른 장강(長江)의 흐름.

가을마다 만리 밖
나그네 되어

백년이라 병 많은 몸
대(臺)에 올라라.

고생으로 귀밑털
날로 희어 가노니

노쇠하여 술까지도
끊은 몸이여!

登高
등고

風急天高猿嘯哀	渚淸沙白鳥飛廻	無邊落木蕭蕭下	不盡長江滾滾來
풍급천고원소애	저청사백조비회	무변낙목소소하	부진장강곤곤래
萬里悲秋常作客	百年多病獨登臺	艱難苦恨繁霜鬢	潦倒新停濁酒杯
만리비추상작객	백년다병독등대	간난고한번상빈	노도신정탁주배

주

◆登高(등고) : 높은 데에 오르는 것. 9월 9일에는 높은 데에 올라가 국화
주(菊花酒)를 마시는 풍습이 있었다. ◆猿嘯(원소) : 원숭이의 울음. ◆落木
(낙목) : 낙엽. ◆滾滾(곤곤) : 끊어지지 않는 모양. ◆苦(고) : 매우. ◆潦
倒(노도) : 노쇠(老衰)한 모양. ◆新停濁酒杯(신정탁주배) : 새로이 탁주 마
시던 것을 끊음. 두보는 폐병 때문에 술을 끊고 있었다.

해설

여덟 구(句) 다 대(對)를 쓰고, 지극히 크며, 지극히 슬프다. 1·2구는
구마다 가을의 슬픔이 구층탑처럼 포개지고, 3·4구는 시야를 천하의
가을로 돌려 기상이 웅혼(雄渾)하다. 전자는 비애의 깊이요, 후자는 그
폭이다. 5구 이하는 제 늙음과 불우를 한하되, 그 한은 만리에 걸치고
백년을 휘감아 온통 천지를 자기 슬픔으로 채우니, 이 어찌 하늘을 구
름이 뒤덮고 바다를 바람이 흔드는 솜씨가 아니겠는가?

　이 시를 쓰던 대력(大曆) 2년(767)에 두보의 나이는 56세. 기주(夔州)
에 살면서 채소를 가꾸어 생계를 이었다. 오래 앓던 폐병으로 고생했
으며, 가을로 접어들자 귀가 먹었다. 그러나 시는 점점 무게를 더해 갔
던 것!

한별(恨別)

낙양(洛陽)을 떠나 오니
사천 리 타관(他關)

호군(胡軍)이 날뛰기도
오륙 년인데,

초목도 변했거니
검각(劍閣)의 그 밖

싸움으로 길 막히매
강변에 늙어…….

달빛 아래 집 생각
선 채 걸음 못 옮기고

아우 그려 구름 보며
대낮에 잠드는 것.

들자니 하양(河陽)에서
승리했다고.

사도(司徒)여, 유연(幽燕)의 적
어서 깨뜨리라.

恨別
한별

洛城一別四千里	胡騎長驅五六年	草木變衰行劍外	兵戈阻絶老江邊
낙 성 일 별 사 천 리	호 기 장 구 오 륙 년	초 목 변 쇠 행 검 외	병 과 조 절 노 강 변
思家步月淸宵立	憶弟看雲白日眠	聞道河陽近乘勝	司徒急爲破幽燕
사 가 보 월 청 소 립	억 제 간 운 백 일 면	문 도 하 양 근 승 승	사 도 급 위 파 유 연

주

◆洛城(낙성) : 낙양(洛陽). 두보는 그 교외에서 태어났다. ◆胡騎(호기) :
오랑캐의 기병(騎兵). 안록산의 군대를 가리킨다. ◆長驅(장구) : 먼 곳으로
부터 말을 달려 쳐오는 것. ◆變衰(변쇠) : 초목의 빛이 변하고 시드는 것.
『초사(楚辭)』 구변(九辯)에 '비재추지위기야(悲哉秋之爲氣也), 소슬혜초목요
락이변쇠(蕭瑟兮草木搖落而變衰)'라 했다. ◆劍外(검외) : 검문(劍門) 밖의
땅. 촉(蜀)을 가리킨다. ◆兵戈(병과) : 전쟁. ◆阻絶(조절) : 길이 막히는
것. ◆聞道(문도) : 듣자니. ◆司徒(사도) : 삼공(三公)의 하나. 여기서는 이
광필(李光弼)을 가리킨다. ◆幽燕(유연) : 유(幽)는 지금의 북경(北京) 일대,
연(燕)은 하북성의 북부에 해당하는 바, 여기는 반군(叛軍)의 본거지였다.

해설

두보의 율시(律詩) 중에서도 득의(得意)의 작(作)에 속하는 명편! 고향을 그리고 아우를 생각하는 정이 임리(淋漓)하게 문자 밖으로 내풍기니, 가히 절창이라 할 만하다. 이렇게 되면 그저 몇 번이고 소리 내어 읽는 수밖에 없을 것이니, 무슨 말이 여기에 필요하겠는가. 성도(成都)의 초당(草堂)에서 지내던 상원(上元) 원년(760)의 작품이다.

춘망(春望)

나라는 깨져도
산하는 남고

옛 성에 봄이 오니
초목 우거져…….

시세를 설워하여
꽃에도 눈물 짓고

이별이 한스러워
새소리에도 놀라는 것.

봉화 석 달이나
끊이지 않아

만금같이 어려워진
가족의 글월.

긁자니 또다시
짧아진 머리

이제는 비녀조차
못 꽂을레라.

春望
춘 망

國破山河在 城春草木深 感時花濺淚 恨別鳥驚心
국 파 산 하 재　성 춘 초 목 심　감 시 화 천 루　한 별 조 경 심
烽火連三月 家書抵萬金 白頭搔更短 渾欲不勝簪
봉 화 연 삼 월　가 서 저 만 금　백 두 소 갱 단　혼 욕 불 승 잠

주

◆春望(춘망) : 봄날의 조망(眺望). ◆國(국) : 국도(國都)의 뜻. 서울. ◆城
(성) : 장안의 성(城). ◆感時(감시) : 시세의 돌아감을 슬프게 느끼는 것.
◆花濺淚(화천루) : 꽃에 눈물을 뿌림. 『두시언해(杜詩諺解)』에서는 '꽃이
눈물을 뿌리게 한다'로 번역했다. ◆恨別(한별) : 가족과의 이별을 한스럽게
여김. 이때 두보의 가족은 부주(鄜州)에 있었다. ◆鳥驚心(조경심) : 새 우
는 소리도 마음을 놀라게 함. ◆三月(삼월) : 3개월, 3월로 보는 설도 있다.
◆家書(가서) : 가족의 편지. ◆抵(저) : 해당함. ◆搔(소) : 긁는 것. ◆不勝
簪(불승잠) : 비녀를 꽂을 수도 없다는 뜻. 당시에는 남자도 머리를 땋았고,
벼슬하는 사람들은 관(冠) 밖으로부터 비녀를 상투에 꽂아 관을 고정시켰다.

해설

지덕(至德) 2년(757), 반란군에 점령당한 장안(長安)에 있으면서 지은 노래다. 사마광(司馬光)은 『속시화(續詩話)』에서 '나라는 깨져도 산하는 있다 했으니, 남아 있는 아무것도 없음을 밝힌 것이요, 성에 봄이 오매 초목이 깊었다 했으니, 인적이 끊어졌음을 명백히 한 것이다. 화조(花鳥)는 평시에 우리가 즐기는 대상이건만 이를 보고 울고 이를 듣고 슬퍼하니, 시세(時勢)를 알 만하다'고 했다. 아주 표현이 절실하여, 만고에 빛나는 명작임에 틀림없다.

기쁜 소식

검문(劍門) 밖에 갑자기 전해진 소식
관군(官軍)이 계북(薊北)을 수복했다고.

처음 듣자 웬일인지 뜨거운 눈물
쏟아져 옷깃을 적시었나니,

이제야 처자를 바라다본들
그 어디 시름 따위 생길 것이랴?

함부로 책 말아 쥐고 말아 쥐고
기쁨에 바로 미칠 듯하여라.

흰 머리 날려 큰 소리 노래하며
술을 마실지니

봄 오면 온 식구 짝을 지어
내 고향 돌아가리.

곧장 파협(巴峽)에서
무협(巫峽)을 거쳐

양양(襄陽)을 지나
낙양(洛陽)에 가리.

聞官軍收河南河北
문관군수하남하북

劍外忽傳收薊北　初聞涕淚滿衣裳　却看妻子愁何在　漫卷詩書喜欲狂
검외홀전수계북　초문체루만의상　각간처자수하재　만권시서희욕광

白首放歌須縱酒　青春作伴好還鄉　卽從巴峽穿巫峽　便下襄陽向洛陽
백수방가수종주　청춘작반호환향　즉종파협천무협　편하양양향낙양

주

◆劍外(검외) : 검문(劍門)의 밖이니, 촉(蜀)을 가리킨다. ◆薊北(계북) : 계
주(지금의 하북성 계현)의 북쪽. 반군(叛軍)의 근거지였다. ◆詩書(시서) :
책. 원래는 『시경(詩經)』과 『서경(書經)』. 당시의 책은 두루마리로 되어 있
었다. ◆青春(청춘) : 봄. ◆巴峽(파협) · 巫峽(무협) : 사천성의 양자강에
있는 산협(山峽).

해설

광덕(廣德) 원년(763), 재주(梓州)에 있으면서 쓴 작품. 하남(河南)과 하북(河北)의 땅은 사사명(史思明)의 반란군에 점령되어 있었으나, 사사명은 그 아들 사조의(史朝義)의 손에 죽고, 사조의 또한 이 해 정월에는 관군과 싸우다가 죽음으로써, 하남·하북은 몇 해 만에 수복되었다. 촉(蜀)에서 이 소식에 접한 두보는 어지간히 기뻤던 모양이어서, 그 들뜬 기분이 전편에 생동하고 있다. 두율(杜律) 중에서도 특출한 명작의 하나.

우목(寓目)

어느덧 온 고을
포도 익으니

가을산에 우거진
거여목의 풀.

관문 높아, 구름 항상
비를 머금고

요새를 흐르는 물
강물도 못 이루어…….

오랑캐 계집들은
봉화 심상히 보고

낙타를 잘 다루는
호인(胡人)의 애들!

애달파라, 다 늙은
이 두 눈으로

어지러운 세상 꼴
실컷 보느니!

寓目
우목

一縣葡萄熟　秋山苜蓿多　關雲常帶雨　塞水不成河
일 현 포 도 숙　추 산 목 숙 다　관 운 상 대 우　새 수 불 성 하

羌女輕烽燧　胡兒製駱駝　自傷遲暮眼　喪亂飽經過
강 녀 경 봉 수　호 아 체 낙 타　자 상 지 모 안　상 란 포 경 과

주

◆寓目(우목) : 눈에 뜬 것. ◆一縣(일현) : 온 고을. ◆苜蓿(목숙) : 거여
목. 서역(西域)의 이 풀이 중국에 전해진 것은 한 무제(漢武帝) 때다. ◆關
雲(관운) : 관문 일대에 낀 구름. ◆不成河(불성하) : 강이 완전한 강을 이
루지 못함. 사막 지대이기 때문이다. ◆羌女(강녀) : 오랑캐의 여인. 강
(羌)은 서방계(西方系)의 오랑캐. ◆胡兒(호아) : 호(胡)는 북방계의 오랑
캐. 그 호족(胡族)의 소년. ◆烽燧(봉수) : 봉화. ◆遲暮(지모) : 노년(老
年). ◆飽經過(포경과) : 싫도록 경험했다는 것.

해설

상원(上元) 2년(759) 진주(秦州)에 피난하고 있을 때의 작품. 당시의 감숙성(甘肅省) 일대는 한족(漢族)과 이민족이 뒤섞여 살고 있던 고장이어서, 중원 출신인 두보에게는 신기해 보이는 일이 적지 않았을 것이다. 한 무제(漢武帝) 때에 처음으로 중국에 전해진 포도와 거여목이 이곳에는 많아 인상적이었던 모양이고, 높은 지대라 비가 잦고 모래땅이어서 물이 금시에 잦아드는 등, 모두가 중원의 풍토와는 사뭇 달랐다. 그리고 그 주민들의 정한(精悍)한 기상! 만일에 두보가 한낱 여행자로서 이런 것을 목격했다면 흥미진진했을지도 모르나, 그는 여행자 아닌 피난민으로서 이것들을 대하는 것이매, 마음은 사뭇 평온치 못했던 것.

추흥(秋興) 1

찬 이슬 내려·
단풍숲 물드는데

무산(巫山)·무협(巫峽)은
쓸쓸하기만!

강물결 일어
하늘에 치솟고

성채(城寨)의 구름
땅을 뒤덮어…….

또 국화는 피어
다시 눈물 지우고

배는 매인 채라,
언제 고향 돌아가랴?

곳곳에서 겨울옷을
마련함이리,

백제성(白帝城)을 흔드는
다듬이 소리, 다듬이 소리!

秋興 一
추흥 일

玉露凋傷楓樹林　巫山巫峽氣蕭森　江間波浪兼天湧　塞上風雲接地陰
옥로조상풍수림　무산무협기소삼　강간파랑겸천용　새상풍운접지음

叢菊兩開他日淚　孤舟一繫故園心　寒衣處處催刀尺　白帝城高急暮砧
총국양개타일루　고주일계고원심　한의처처최도척　백제성고급모침

주

◆凋傷(조상) : 시들어 상하게 함.　◆巫山巫峽(무산무협) : 기주(夔州) 동
쪽에 있는 산 이름과 협명(峽名).　◆蕭森(소삼) : 조용하고 쓸쓸함.　◆塞
(새) : 요새. 성채(城寨).　◆兩開(양개) : 작년 가을에는 운안(雲安)에서, 금
년 가을은 여기 기주(夔州)에서 국화 피는 것을 본다는 뜻.　◆他日淚(타일
루) : 타일(他日)은 과거의 나날. 과거에 흘렸던 눈물을 다시 흘림.　◆刀尺
(도척) : 가위와 자. 즉, 바느질하는 일.　◆白帝城(백제성) : 기주에 있는
성(城).　◆砧(침) : 다듬이.

해설

대력(大曆) 원년(766) 기주(夔州)의 서각(西閣)에 살고 있을 때의 작품이다. 변방을 유랑하면서 가뜩이나 암담했던 두보의 심정은, 가을을 맞아절정에 달했다. 침통하고 비상하여, 이 여덟 편은 그의 율시(律詩) 중에서도 백미(白眉)로 평가되어 온다.

추흥 2

기부(夔府)의 외로운 성(城)
해가 지면은

북두(北斗) 저쪽 서울로
고개 돌려져…….

잔나비 울음 세 마디만 들리어도
눈물 흐르고

상명(上命) 받들어 8월의 떼야 타기는 탔건만
못 닿은 은하!

화성(畵省)의 향로(香爐), 베개에 엎드린
이 몸 떠나니

갈대피리 서글피 들려 오는
성루의 여원(女垣).

보라, 아까까지 뜰 앞 저 바위의 등넝쿨 댕댕이넝쿨
적시던 달이

어느덧 강물가 모래섬 앞 옮아가
갈대꽃 비추느니!

秋興 二
추 홍 이

夔府孤城落日斜　每依北斗望京華　聽猿實下三聲淚　奉使虛隨八月槎
기부고성낙일사　매의북두망경화　청원실하삼성루　봉사허수팔월사

畫省香爐違伏枕　山樓粉堞隱悲笳　請看石上藤蘿月　已映洲前蘆荻花
화성향로위복침　산루분첩은비가　청간석상등라월　이영주전노적화

주

◆京華(경화) : 서울. 장안은 기주의 북쪽에 있다.　◆聽猿實下三聲淚(청원
실하삼성루) : 원숭이 소리 세 마디만 들어도 아닌게 아니라 눈물이 난다는
뜻. 무협(巫峽)은 원숭이가 많기로 이름 있는 고장이어서, 이곳 어부의 옛
노래에 '파동삼협무협장(巴東三峽巫峽長) 원명삼성루점상(猿鳴三聲淚沾裳)'이
라고 한 것을 전제로 한 발상.　◆奉使虛隨八月槎(봉사허수팔월사) :『형초
세시기(荊楚歲時記)』에, 한(漢)의 장건(張騫)이 무제(武帝)의 명령을 받들어
서방을 여행했을 때, 떼를 타고 황하(黃河)를 자꾸 거슬러 올라간 끝에 은
하에 이르렀다는 전설이 적혀 있다. 또『박물지(博物誌)』에는, 바닷가에 사
는 어떤 사람이, 8월의 어느 날 흘러오는 떼를 탔다가 은하에 이르렀다는

이야기가 적혀 있다. 이 구는 두 전설을 혼합해 사용하고 있다. 자기도 장건같이 천자의 명령을 받들어 관리가 되었지만, 목적은 못 이루고 도중에서 좌절되었다는 뜻이다. '8월'의 근거는 물론 『박물지(博物誌)』다. ◆畵省(화성) : 상서성(尙書省 : 內閣)의 별명. 그 벽에는 옛 현인(賢人)들의 초상이 있었기 때문이다. 두보의 검교공부원외랑(檢校工部員外郞)의 벼슬은 상서성에 속해 있었다. ◆香爐(향로) : 상서성의 관리가 숙직할 때, 여관(女官)이 그 옷에 향을 쐬는 데에 쓰던 화로. ◆違伏枕(위복침) : 상서성의 향로가 지금 베개에 엎드려 있는 자기 몸을 배반해 떠나감이니, 상서성 벼슬도 그만두게 되었다는 뜻. ◆山樓(산루) : 기주(夔州)의 성루. ◆粉堞(분첩) : 흰칠을 한 성벽 위의 조그만 담. 치첩(雉堞)·여원(女垣). ◆隱悲笳(은비가) : 슬픈 갈대피리 소리가 어렴풋하게 들리는 것. ◆藤蘿月(등라월) : 등덩굴과 댕댕이덩굴을 비추던 달.

해설

희세(稀世)의 천재를 안은 채 좌절만을 거듭 맛보아야 했던 두보의 심정이 아프게 가슴에 온다. 그러면서도 얼마나 정확하고 풍성한 수사(修辭)이랴?

추흥 3

천가(千家)의 산성(山城)을
아침 해 비치면

나날이 푸름 속의
강루(江樓)에 앉는다.

밤을 새운 어부들
여기저기 배를 띄우며

가을인데도
새삼 제비떼 날아······.

광형(匡衡)같이 항소(抗疏)하다
공명을 잃고

유향(劉向)처럼 경(經)을 전하려는
그 뜻도 어긋난 몸!

동학(同學)의 옛 친구들
대개는 귀히 되어

엷은 옷 살찐 말에
오릉(五陵) 땅 설치는데!

秋興 三
추흥 삼

千家山郭靜朝暉　日日江樓坐翠微　信宿漁人還泛泛　淸秋燕子故飛飛
천 가 산 곽 정 조 휘　일 일 강 루 좌 취 미　신 숙 어 인 환 범 범　청 추 연 자 고 비 비

匡衡抗疏功名薄　劉向傳經心事違　同學少年多不賤　五陵衣馬自輕肥
광 형 항 소 공 명 박　유 향 전 경 심 사 위　동 학 소 년 다 불 천　오 릉 의 마 자 경 비

주

◆山郭(산곽) : 산성. 기주(夔州)를 가리킨다. ◆江樓(강루) : 강을 굽어보
는 다락. ◆翠微(취미) : 산허리의 뜻으로도 쓰이나, 여기서는 엷은 남빛.
산색(山色)을 이른다. 『이아(爾雅)』에 '산기(山氣)의 청표(靑縹)한 색을 취미
(翠微)라 한다.' 하였다. ◆信宿(신숙) : 배에서 묵는 것. 한 번 자는 것을 숙
(宿), 두 번 자는 것을 신(信)이라 한다. ◆還(환) : 오늘 아침에도 또. ◆泛
泛(범범) : 배가 떠 있는 모양. ◆燕子(연자) : 제비. 자(子)는 조자(助字).
◆故(고) : 일부러. 새삼스럽게. ◆飛飛(비비) : 나는 모양. ◆匡衡抗疏(광
형항소) : 한 원제(漢元帝) 때, 광형(匡衡)은 자주 상주(上奏)하여 시사(時事)
를 논했는데, 그것으로 인정받아 광록대부태자소부(光祿大夫太子少傅)의 벼

슬에 올랐다. ◆功名薄(공명박) : 광형(匡衡)은 상소로 출세했지만, 두보는 그 때문에 쫓겨난 사실을 가리킨다. ◆劉向傳經(유향전경) : 유향(劉向)은 한 성제(漢成帝)의 명을 받들어 고전의 교정과 정리를 행했다. 전경(傳經)이란 정리한 경(經)을 후세에 전하는 것. ◆心事違(심사위) : 마음에 원하는 일이 어긋나고 말았다는 것. 유향(劉向)은 경(經)을 후세에 전했지만, 자기는 그것을 바라면서도 못했다는 뜻. ◆五陵(오릉) : 장안의 북쪽에 있는 한(漢)의 다섯 개의 능. 이것은 그 일대의 땅을 가리킨 말. ◆衣馬自輕肥(의마자경비) : 가벼운 옷을 걸치고 살찐 말을 타서 부귀를 누리고 있다는 것. 『논어(論語)』 옹야편(雍也篇)에 '적지적제야(赤之適齊也) 승비마(乘肥馬) 의경구(衣輕裘)'라 했다.

해설

기주(夔州)의 아침 경치를 말하는 듯하더니, 시상(詩想)은 어느덧 자기의 좌절에 찬 생애로 옮아갔다. 장안(長安)의 경상(卿相)을 언급한 끝구는, 자탄(自嘆)하는 듯 부러워하는 듯하면서, 속에는 풍자의 가시가 숨겨져 있음을 간과(看過)치 말자.

추흥 4

바둑판처럼
변하는 서울 소식.

세상 일은
참 알 수가 없어…….

왕후(王侯)의 저택에는
새 주인 들어앉고

문무의 고관들도
옛 사람들 아니라데.

북녘 국경에선
북소리 요란하고

서쪽으로 말이
글을 갖고 달려가고.

어룡(魚龍)도 잠이 들어
가을 강물 차가운데

생각은 늘 내 고향
서울을 더듬는다.

秋興 四
추흥 사

聞道長安似奕棋 百年世事不勝悲 王侯第宅皆新主 文武衣冠異昔時
문도장안사혁기 백년세사불승비 왕후제택개신주 문무의관이석시

直北關山金鼓振 征西車馬羽書馳 魚龍寂寞秋江冷 故國平居有所思
직북관산금고진 정서거마우서치 어룡적막추강냉 고국평거유소사

주

◆聞道(문도) : 듣자니. ◆奕棋(혁기) : 바둑. ◆百年世事(백년세사) : 일생에 겪는 세상 일. ◆衣冠(의관) : 의관(衣冠)을 한 사람, 즉 고관(高官)을 가리킨다. ◆金鼓(금고) : 종과 북. ◆羽書(우서) : 새의 깃을 단 군용 문서. 새깃은 긴급한 표시. ◆魚龍寂寞(어룡적막) : 어룡(魚龍)은 용의 일종. 어룡은 가을로 밤을 삼기 때문에, 추분이 되면 물에 들어가 잠을 잔다. ◆故國(고국) : 고향인 서울. ◆平居(평거) : 평생. 언제나.

해설

전반은 장안(長安)의 변천을 말하여 자못 애절하다. 756년 안록산(安祿山)에 의해 점령당했던 장안은, 다음 해에는 곽자의(郭子儀)가 이끄는 관군에 의해 수복되었고, 763년에는 토번(吐蕃)에게 뺏겼다가 곽자의에 의해 탈환되는 등, 겨우 7년 동안에 네 번이나 주인이 바뀌었다. 황제와 고관들이 도망친 서울, 새 집권자들이 거드름을 피우는 세상이 되었으니, 인생의 무상함이 이보다 더 절실할 수가 있겠는가.

후반은 변경에서 벌어지는 전쟁에 언급하여 감회를 말하였다. 8년이나 끈 안사(安史)의 난(亂)이 당(唐)의 국맥에 치명적인 타격을 주었거니와, 그것이 일단락된 763년 9월에는 회흘(回訖)이 침입했으니 '정서거마(征西車馬)'란 이를 막기 위한 출동이었고, 이와 거의 같은 때에 토번(吐蕃)도 쳐들어왔으니, 「직북관산(直北關山)」에 울려 퍼진 북소리는 그들과의 숨막히는 결전을 의미했다. 이런 속에서 일개 시인이 무엇을 할 수 있으랴? 그러기에 더욱 한(恨)은 문자에 엉기고 있는 것이겠다.

추흥 5

종남산(終南山)과 마주 선
봉래궁(蓬萊宮)에는

승로반(承露盤) 구리 기둥
하늘에 높다.

서왕모(西王母)가 내려온
요지(瑤池)는 서쪽,

푸른 기운 감도는
동녘 함곡관(函谷關)!

구름처럼 치미선(雉尾扇)
펼쳐지는 곳

햇빛을 받아 용의 비늘 번쩍이니
상감 납시고……

창강(滄江)에 누워, 저무는 세월에
새삼 놀라는데

청쇄문(靑瑣門) 들어가
그 몇 번 조반(朝班)에 끼었던 나인가?

秋興 五
추흥 오

蓬萊宮闕對南山　承露金莖霄漢間　西望瑤池降王母　東來紫氣滿函關
봉래궁궐대남산　승로금경소한간　서망요지강왕모　동래자기만함관
雲移雉尾開宮扇　日繞龍鱗識聖顔　一臥滄江驚歲晚　幾回靑瑣點朝班
운이치미개궁선　일요용린식성안　일와창강경세만　기회청쇄점조반

주

◆蓬萊(봉래) : 한(漢)의 궁전 이름. 은근히 당(唐)의 그것을 가리킨 것.
◆南山(남산) : 종남산(終南山)이니 장안의 동남에 있다. ◆承露金莖(승로
금경) : 승로반(承露盤)의 동주(銅柱). 선도(仙道)에 혹한 한 무제(漢武帝)는
구리로 그릇을 든 거대한 선인상(仙人像)을 만들어 궁중에 세우고, 그 그릇
에 괴는 이슬을 마심으로써 불로장생을 이루고자 하였다. 금경(金莖)은 구
리 기둥. 단, 당대(唐代)에는 이것이 없었다. ◆霄漢(소한) : 하늘. ◆瑤池
(요지) : 곤륜산(崑崙山)에 있다는 서왕모(西王母)의 거처. 주 목왕(周穆王)
이 곤륜산에 갔을 때, 서왕모의 초대를 받아 요지 기슭에서 술을 마셨다는
이야기가 『열자(列子)』에 있다. ◆東來紫氣滿函關(동래자기만함관) : 『열선

전(列仙傳)』에 '노자(老子)가 서방에 가려 하여 함곡관(函谷關)에 이를 때, 관윤(關尹) 희(喜)는 자기(紫氣)가 동쪽으로부터 오는 것을 바라보고, 진인 (眞人)이 장차 여기를 지날 것을 미리 알았다'는 기록이 있다. 함관(函關)이 란 하남성 서북에 있는 함곡관(函谷關). ◆雲移雉尾開宮扇(운이치미개궁 선) : 치미(雉尾)란 꿩의 꼬리로 만든 커다란 부채 같은 것으로, 이것을 궁 선(宮扇)이라 한다. 처음에는 좌우 두 개의 궁선(宮扇)을 용상(龍床) 앞에 합쳐 두었다가, 천자의 출어(出御)를 기다려 열게 되어 있었다. 운이(雲移) 란 궁선(宮扇)을 좌우로 여는 것을 구름에 비유한 것. ◆龍鱗(용린) : 황제 의 옷에 수놓은 용의 비늘. ◆滄江(창강) : 양자강을 가리킴. ◆歲晩(세 만) : 늙었다는 뜻도 되고, 가을이 깊었다는 의미로도 해석된다. ◆靑瑣(청 쇄) : 궁문(宮門) 이름. 문짝에 자물쇠 모양을 조각하고, 푸른 칠을 입혔으 므로 이리 부름. ◆點朝班(점조반) : 조정의 석차(席次)에 따라 늘어서서 점 호를 받는 것.

해설

장안(長安)에서의 지난날을 회고한 작품. 당(唐)을 직접 거론할 수 없어 서 한 무제(漢武帝)를 인용했다. 현종(玄宗)은 무제에 비길 정치적 역량 은 없으면서도 선도(仙道)를 좋아한 것이라든지 사치스런 점에서는 닮 은 데가 있었으므로, 결과에 있어서 풍자처럼 된 것도 묘하다 하겠다. 그들은 마음의 수양에 의해서가 아니고 물질의 힘으로 신선이 되고자 했다. 남산과 높이를 다투는 선인의 동상은 이러한 제왕의 의지를 상징 하여 장하고도 서글픈 것이라 하겠다.

또 서왕모(西王母) 이야기는 양귀비를 가리킨 것. 본래 현종은 그 아들 수왕(壽王)의 비(妃)이던 여인을 뺏아들여 온천궁(溫泉宮)에서 처음 만났으니, '요지(瑤池) 왕모(王母)'의 비유가 얼마나 온당하며 정확한가. 또 동쪽 함곡관에 푸른 기운이 찼다는 것은 노자(老子)의 고사지만, 그리로 넘어온 것은 이민족의 군대였으니 얼마나 묘한 아이러니냐. 더욱 노자의 자손으로 자처하는 황제에게 있어서……

5·6구는 두보의 전 작품을 통해서 본대도 수사의 정교 미려함이 비길 데가 없을 것이다. 여기 등장하는 것은 치미선(雉尾扇)과 곤룡포지만, 표현에 있어서는 구름과 꿩의 꼬리가 이어지고, 햇빛과 용의 비늘이 연결되니, 착상의 절묘함을 무엇이라 하랴. 7·8구는 조정에 있을 때의 일을 추억하며 이 시를 맺은 것이니, 처절한 기운이 무겁게 흘러서, 화려한 장안에의 추억이 비로소 가을과 연관을 지니게 된다.

추홍 6

구당협(瞿唐峽) 이 길목과
곡강(曲江)의 기슭

가을 기운 만리를
이은 오늘은,

상감께서 화악(花蕚)의
협성(夾城)을 거쳐

납시던 부용원(芙蓉苑)
왠지 생각나…….

주렴(珠簾)이라 수주(繡柱)라
백조(白鳥) 에우고

금람(錦纜) 아장(牙檣) 놀라서
갈매기 날던—.

서글퍼라 노래와 춤
질펀하던 곳

진중(秦中)은 예로부터
제왕(帝王)의 터전!

秋興 六
추흥 육

瞿唐峽口曲江頭　萬里風煙接素秋　花蕚夾城通御氣　芙蓉小苑入邊愁
구당협구곡강두　만리풍연접소추　화악협성통어기　부용소원입변수

珠簾繡柱圍黃鵠　錦纜牙檣起白鷗　回首可憐歌舞地　秦中自古帝王州
주렴수주위황곡　금람아장기백구　회수가련가무지　진중자고제왕주

주

◆瞿唐峽(구당협) : 기주(夔州)의 동쪽에 있다.　◆曲江頭(곡강두) : 곡강(曲
江)의 기슭. 곡강은 장안의 동남에 있는 유원지로, 여기에 이궁(離宮)이 있
었다.　◆風煙(풍연) : 바람과 안개. 가을 기운.　◆接素秋(접소추) : 가을에
접한다는 뜻. 구당협과 곡강은 만리나 떨어져 있지만, 그 사이를 가을날의
풍연(風煙)이 연결시키고 있다는 것.　◆花蕚夾城(화악협성) : 화악(花蕚)은
흥경궁(興慶宮)에 있던 누각 이름. 협성(夾城)은 좌우가 벽으로 된 긴 복도
니, 그것이 화악루(花蕚樓)를 거쳐 곡강의 부용원(芙蓉苑)까지 통해 있었다.
◆通御氣(통어기) : 천자의 기운이 통했다는 것이니, 천자가 거기를 왕래했
다는 뜻.　◆芙蓉小苑(부용소원) : 곡강 기슭에 있던 궁원(宮苑)이니, 거기에

는 연꽃이 많았다. ◆入邊愁(입변수) : 변방을 떠도는 두보의 시름 속에 부용원(芙蓉苑)의 옛 모습이 들어온다는 것. 일설에는 안록산의 군이 부용원(芙蓉苑)에 들어온 것이라는 해석도 있으나, 좋지 않다. ◆黃鵠(황곡) : 고니. 백조. ◆錦纜牙檣(금람아장) : 비단의 닻줄과 상아로 만든 돛대. ◆秦中(진중) : 장안 일대를 가리키는 말. ◆帝王州(제왕주) : 제왕이 도읍했던 고장. 주(周)·진(秦)·한(漢)·수(隋)·당(唐)의 서울은 언제나 장안이거나 그 부근이었다.

해설

가을을 맞아 멀리 장안(長安)의 지난날을 회상하였다. 얼른 보기에는 달콤한 추억에 젖어 있는 듯도 하지만, 사실은 은근히 향락에 빠진 끝에 수도마저 잃고 만 위정자들을 비난하고 있는 것이니, '진중자고제왕주(秦中自古帝王州)'의 결구(結句)가 지니는 무한한 함축을 어떻다 하랴.

추흥 7

곤명지(昆明池)는
한(漢)이 이룩한 것.

무제(武帝)의 깃발들
눈에 보이는 듯.

직녀(織女)는 비단을 짜
공연히 밤을 새고

돌고래의 비늘과 껍질
갈바람에 움직인다.

물에는 줄 열매 뜨니
검은 구름 같은데

이슬이 연방(蓮房)에 차매
떨어지는 꽃가루 진홍 빛을 토해내고.

서울 쪽, 관문(關門) 높아
새나 넘어 다니리니

강호(江湖)를 떠도는 나는
고기잡이 늙은이!

秋興 七
추 흥 칠

昆明池水漢時功　武帝旌旗在眼中　織女機絲虛夜月　石鯨鱗甲動秋風
곤 명 지 수 한 시 공　무 제 정 기 재 안 중　직 녀 기 사 허 야 월　석 경 린 갑 동 추 풍

波漂菰米沈雲黑　露冷蓮房墜粉紅　關塞極天唯鳥道　江湖滿地一漁翁
파 표 고 미 침 운 흑　노 냉 련 방 추 분 홍　관 새 극 천 유 조 도　강 호 만 지 일 어 옹

주

◆昆明池(곤명지) : 장안 서남에 한 무제(漢武帝)가 판 못의 이름. 운남(雲南)의 곤명(昆明)이라는 나라를 치기 위해 수군을 훈련한 곳.　◆功(공) : 공사(工事).　◆旌旗(정기) : 함선에 단 기.　◆織女(직녀) : 곤명지에는 견우·직녀의 석상(石像)이 있었다.　◆石鯨(석경) : 곤명지에는 고래의 석상이 있었는데, 비가 오고 뇌성이 나면 그 꼬리와 껍질이 움직였다 함.　◆菰米(고미) : 못이나 늪 같은 곳에 나는 '줄'이라는 풀은 검은 열매가 열리는데, 흉년에 가난한 사람들이 이것을 먹기도 했다.　◆沈雲(침운) : 물에 비친 구름의 그림자.　◆蓮房(연방) : 연밥이 들어 있는 껍질. 연의 열매는 견과(堅果)에 속한다.　◆滿地(만지) : 도처. 어디를 가나.

해설

장안(長安)에 있는 곤명지(昆明池)의 장관을 회상하면서, 그곳으로 돌아가려 해도 돌아갈 수 없는 자신을 한탄하였다. 특히 '직녀기사허야월(織女機絲虛夜月) 석경린갑동추풍(石鯨鱗甲動秋風)'은 더없는 명구(名句)! '거기 서 있는 직녀(石像)는 베를 짜며 밤을 새겠지만, 황제도 안 계시는 지금 헛된 노력이 아니랴. 또 고래의 석상은 우레가 있을 때면 가을 바람에 비늘과 껍질이 움직이겠지만, 누가 있어 그것을 기특타 하랴'. '허(虛)'가 '야월(夜月)'을 어떻게 했으며, '석경(石鯨)'과 '동(動)'이 어울려서 빚어내는 운치를 맛볼 일이다.

추흥 8

곤오(昆吾)와 어숙(御宿)의
굽은 길을 가면

자각봉(紫閣峰)의 그림자
지는 미피호(渼陂湖)

앵무새가 쪼다 남긴
벼 이삭 향기론데

봉황이 늙어가는
벽오동 가지.

봄이라 미인들이
비취 주워 속삭이고

신선과 한 배 띄워
옮아가던 저녁 무렵.

천지도 감동시킨
옛날의 내 글

지금은 서울 쪽 바라보며
흰 머리 숙이다니!

秋興 八
추흥 팔

昆吾御宿自逶迤　紫閣峯陰入渼陂　香稻啄餘鸚鵡粒　碧梧棲老鳳凰枝
곤오어숙자위이　자각봉음입미피　향도탁여앵무립　벽오서로봉황지

佳人拾翠春相問　仙侶同舟晚更移　綵筆昔曾干氣象　白頭吟望苦低垂
가인습취춘상문　선려동주만갱이　채필석증간기상　백두음망고저수

주

◆昆吾御宿(곤오어숙) : 곤오(昆吾)는 지명. 어숙(御宿)은 강 이름. 다 장안
에서 미피(渼陂)로 가는 도중에 있다. ◆逶迤(위이) : 지형을 따라 길이 꾸
불꾸불한 것. ◆紫閣峯陰(자각봉음) : 자각봉(紫閣峰)의 북쪽 부분. 자각봉
은 장안의 동남에 솟은 종남산(終南山)의 한 봉우리다. ◆渼陂(미피) : 종남
산 북쪽에 있는 호수 이름. ◆香稻啄餘鸚鵡粒(향도탁여앵무립) : 도치법을
쓴 것이니, '앵무탁여향도립(鸚鵡啄餘香稻粒)'이라고 하는 것이 정상적인 표
현이다. 앵무새가 쪼아 먹다가 남긴 향그러운 벼알의 뜻. ◆碧梧棲老鳳凰
枝(벽오서로봉황지) : 이도 도치된 구. '봉황서로벽오지(鳳凰棲老碧梧枝)'의
뜻. 봉황이 서식하여 늙어가고 있는 벽오동 가지라는 말. ◆拾翠(습취) :

여인의 장신구인 비취새의 날개를 줍는 것. 조식(曹植)의 '낙신부(洛神賦)'에 '혹채명주(或採明珠) 혹습취우(或拾翠羽)'라고 한 것을 딴 것. ◆相問(상문) : 서로 이야기를 주고받음. ◆仙侶同舟(선려동주) : 선려(仙侶)는 신선의 짝. 『후한서(後漢書)』에 '이응(李膺)이 곽태(郭泰)와 배를 같이 타고 물을 건넜는데, 사람들은 이것을 바라보면서 신선인 듯 여겼다'고 한 고사에서 나왔다. ◆晚更移(만갱이) : 해질 무렵에 배의 위치를 다시 옮겨서 노는 것. ◆綵筆(채필) : 아름다운 시문. ◆干氣象(간기상) : 문장의 힘으로 자연 현상에게 영향을 주는 것. 천지를 감동시킨다는 것과 비슷한 말. ◆吟望(음망) : 시를 읊조리면서 바라보는 것.

해설

장안(長安) 일대에서의 아름다웠던 과거를 회상하면서 돌아가지 못하는 자기를 안타까워했다.

이상으로써 「추흥(秋興)」 8수가 끝난 셈이거니와, 그 다할 줄 모르는 시상(詩想)과 갈수록 더욱 절묘해지는 표현력에는 감탄하지 않을 수가 없다. 가을을 소재로 하여 이렇게도 애절하고 아리따운 시를 쓴 예가 다시 또 있었던가 싶다. 왕어양(王漁洋)의 「추류시(秋柳詩)」 4수도 두보의 이 「추흥(秋興)」을 본뜬 것이라는 것이 나의 주장인데, 여기서는 그 것을 논할 장소가 아니겠기에 후일로 미루겠다.

비가(悲歌) 1

나그네, 나그네
이름은 자미(子美).

흰 머리 헝클어져
귀까지 뒤덮었다.

저공(狙公)을 따라
도토리를 줍는데

산속에 날씨 차고
해도 기운다.

중원에선 소식 없어
못 돌아가고

손발은 온통
얼고 터졌다.

아, 첫 곡조 부르니
그 노래 애처로운데

슬픈 바람 나를 위해
하늘에서 불어온다.

乾元中寓居同谷縣作歌七首 一
건 원 중 우 거 동 곡 현 작 가 칠 수   일

有客有客字子美　白頭亂髮垂過耳　歲拾橡栗隨狙公　天寒日暮山谷裏
유 객 유 객 자 자 미　백 두 난 발 수 과 이　세 습 상 률 수 저 공　천 한 일 모 산 곡 리

中原無書歸不得　手脚凍皴皮肉死　嗚呼一歌兮歌已哀　悲風爲我從天來
중 원 무 서 귀 부 득　수 각 동 준 피 육 사　오 호 일 가 혜 가 이 애　비 풍 위 아 종 천 래

주

◆客(객) : 두보 자신을 가리킴.　◆字子美(자자미) : 두보의 자(字)는 자미
(子美)라 한다.　◆歲(세) : 매년.　◆橡栗(상률) : 도토리.　◆狙公(저공) : 원
숭이를 기르는 사람. 『장자(莊子)』·『열자(列子)』에 보이는 조삼모사(朝三暮
四)의 전설에도 저공이 나온다.　◆中原(중원) : 낙양을 중심한 황하(黃河) 유
역. 여기는 중국의 정치·문화의 중심지였다. 두보의 고향도 여기다.　◆凍
皴(동준) : 얼어서 살결이 트는 것.　◆皮肉死(피육사) : 가죽과 살이 무감각
하게 되는 것.　◆兮(혜) : 말투를 고르기 위해 뜻 없이 쓰는 글자.

해설

원 제목은 '건원(乾元) 연중(年中), 동곡현(同谷縣)에 붙어 살면서 지은 노래 일곱 수'라는 뜻. 이것은 그 중의 첫 작품이다.

건원(乾元) 2년(759), 벼슬을 그만 둔 두보는 진주(秦州)로 갔다가 동곡현으로 옮겼다. 동곡현에는 농사도 잘되고, 산과일도 많다는 소문을 들었기 때문이다. 그러나 사실은 어디보다도 비참한 고장이어서, 가족을 먹여 살리기 위해 산에 올라가 도토리도 줍고, 들에 나가 마도 캐곤 하였다. 그러다가 못 견디어 촉(蜀)으로 들어간 것이어서, 거기에 머문 기간은 한 달에 지나지 않았으나, 두보로서는 아주 비참한 체험을 한 시기였다.

비가 2

가래야, 가래야.
흰 나무로 자루하고

네게 의지해
목숨을 이어 간다.

둥글레 싹 안 보이고
눈만 깊은데

짧은 옷은 아무리 끌어도
정강이를 못 가린다.

이리하여 너와 내가
빈 손으로 돌아오니

가족들은 굶주리어
앓아 누워 있다.

아, 둘째 곡조 부르니
노래 울려 나가는데

이웃들도 나 때문에
측은해 한다.

乾元中寓居同谷縣作歌七首 二
건 원 중 우 거 동 곡 현 작 가 칠 수 이

長鑱長鑱白木柄 我生託子以爲命 黃獨無苗山雪盛 短衣數挽不掩脛
장 참 장 참 백 목 병 아 생 탁 자 이 위 명 황 독 무 묘 산 설 성 단 의 삭 만 불 엄 경

此時與子空歸來 男呻女吟四壁靜 嗚呼二歌兮歌始放 閭里爲我色惆悵
차 시 여 자 공 귀 래 남 신 여 음 사 벽 정 오 호 이 가 혜 가 시 방 여 리 위 아 색 추 창

주

◆鑱(참) : 가래. ◆柄(병) : 자루. ◆黃獨(황독) : 둥글레. '황정(黃精)'으로
된 텍스트도 있다. ◆數挽(삭만) : 자주 끌어 올림. ◆脛(경) : 정강이. ◆男
呻女吟(남신여음) : 아들과 딸들이 굶주림 때문에 신음하고 있다는 뜻. 남
녀(男女)는 아들과 딸. ◆四壁靜(사벽정) : 가난하여 집안이 텅 비어 있다는
뜻. ◆가시방(歌始放) : 노래 소리가 밖으로 뻗어지는 것. 다음의 3~7수의
6구의 이 자리에 보이는 가삼발(歌三發)·가사주(歌四奏)·가정장(歌正長)·
가사지(歌思遲)·초종곡(悄終曲)에는 미묘한 차이가 있는 듯 여겨진다. 이
'가시방'의 방(放)은 방가(放歌)의 경우 같이 소리 높여 부른다는 것과는 달
리, 첫 수에 나온 비애가 외부로 방출(放出)되는 뜻일 듯하다. ◆閭里(여

리) : 시골 마을. 여기서는 거기 사는 사람들. ◆색(色) : 얼굴빛. ◆惆悵
(추창) : 한탄하고 슬퍼하는 모양.

해설

굶는 일같이 뼈아픈 일이 어디에 있겠는가. 만고의 대시인이 산에 올라
가, 먹을 수 있는 풀뿌리를 캔다고 언 땅을 파헤치다니! 겨우 정강이를
가리는 옷을 걸친 채. 그리하여 돌아왔을 때에, 집에서 그를 기다리는
것은 굶은 끝에 드러누워 버린 자녀들! 이런 현실을 앞에 놓고, 누가
'하늘이 있으면 대답해 보라'고 외치고 싶은 심정이 안 되겠는가? 두보
의 시가 감동을 주는 것도, 그가 민중의 처지에 감상적(感傷的)인 동정
이나 이해를 보내고 있는 것이 아니라, 그 자신이 고통하는 사람 중의
한 사람이었기 때문일 것이다.

비가 3

아우들, 아우들.
멀리에 있어

누가 여위고
누가 살쪘는지?

생이별하여
만나 보지 못하는데

싸움 아니 멎고
길은 멀구나.

들거위가 날고
두루미는 날아도

나를 너희 곁에
데려다는 못 준다.

아, 셋째 곡조 부르니
세 번을 일어난 노래!

돌아온들 이 형의 뼈
어디서 거둘 테냐.

乾元中寓居同谷縣作歌七首 三
건 원 중 우 거 동 곡 현 작 가 칠 수 삼
有弟有弟在遠方 三人各瘦何人强 生別展轉不相見 胡塵暗天道路長
유제 유제 재원 방 삼인 각수 하인 강 생별 전전 불상 견 호진 암천 도로 장
東飛駕鵝後鶖鶬 安得送我置汝傍 嗚呼三歌兮歌三發 汝歸何處收兄骨
동비 가아 후추 창 안득 송아 치여 방 오호 삼가 혜가 삼발 여귀 하처 수형 골

주

◆三人各瘦何人强(삼인각수하인강) : 세 아우 중, 누가 여위고 누가 튼튼
하냐는 뜻. 후한(後漢)의 조례(趙禮)가 굶주리다가 도둑에게 잡힌 것을 그
형인 조효(趙孝)가 찾아갔더니, 여윈 아우보다 살찐 형이 낫다고 하였다는
이야기가 있다. ◆展轉(전전) : 각지를 떠돌아 다니는 것. ◆胡塵(호진) :
오랑캐의 군대가 일으키는 먼지. 그 전쟁을 가리킨 말. ◆駕鵝(가아) : 들
거위. 기러기와 비슷하다 함. ◆鶖鶬(추창) : 두루미와 비슷한 새. ◆汝
(여) : 아우를 가리킴. ◆歸(귀) : 고향에 돌아오는 것. 두보의 고향은 낙양
근처인 두릉(杜陵)인데, 지금 있는 곳은 동곡(同谷)이다.

해설

두보에게는 네 명의 동생이 있었다. 그 중 막내인 점(占)만은 두보를 따라 동곡(同谷)에 와 있었으나, 영(穎)·관(觀)·풍(豐)의 세 아우는 헤어진 채 소식이 묘연했다. 생활에 무능했던 두보보다는 동생들 쪽이 잘 지내고 있었을 가능성도 없지 않거니와, 그들을 걱정하는 이 시인의 우애는 지정(至情)에서 나와 우리들을 감동시킨다.

비가 4

누이동생, 누이동생.
종리(鍾離)에 살아

남편 일찍 여의고
철 모르는 어린 것들.

회수(淮水)에 물결 높고
도둑 날뛰어서

십 년을 못 봤거니
언제나 돌아오리?

배 저어 가려 해도
화살이 가로막고

아득한 남쪽 하늘
군기(軍旗)만이 나부껴…….

아, 넷째 곡조 부르니
네 번째 부른 노래!

원숭이도 느껴운지
대낮에 운다.

乾元中寓居同谷縣作歌七首 四
건원중우거동곡현작가칠수 사

有妹有妹在鍾離 良人早歿諸孤癡 長淮浪高蛟龍怒 十年不見來何時
유매유매재종리 양인조몰제고치 장회낭고교룡노 십년불견내하시

扁舟欲往箭滿眼 杳杳南國多旌旗 嗚呼四歌兮歌四奏 林猿爲我啼淸晝
편주욕왕전만안 묘묘남국다정기 오호사가혜가사주 임원위아제청주

주

◆鍾離(종리) : 지금의 안휘성(安徽省) 봉양현(鳳陽縣). ◆良人(양인) : 남
편. ◆諸孤(제고) : 여러 유아(遺兒). ◆癡(치) : 철이 없음. ◆長淮(장회) :
회수(淮水). 종리(鍾離)는 회수 남쪽에 있다. ◆蛟龍(교룡) : 비늘이 있는
용. 도둑의 비유. ◆箭滿眼(전만안) : 화살이 시야에 가득하다는 것이니,
곳곳에서 싸움이 벌어지고 있다는 뜻. ◆杳杳(묘묘) : 먼 모양. ◆旌旗(정
기) : 군기(軍旗).

해설

두보에게는 위씨(韋氏)에게 시집간 누이동생이 있었다. 일찍 과부가 되어 어린 조카들을 키우고 사는 것을 생각할 때, 우애가 두터운 두보로서는 금시에라도 달려가고 싶은 생각이 들었을 것이다. '원숭이도 느껴 운지 대낮에 운다'고 한 마지막 구는, 제 슬픔을 남에게 주어 대신 울게 한 것이니, 천지가 비창일색(悲愴一色)이 되어 버렸다.

비가 5

온 산에 바람 일고
물은 급히 흐르는데

찬 비 몰아쳐
마른 가지 적시운다.

다북쑥 우거진 옛 성에는
검은 구름 덮이고

흰 여우는 날뛰고
누런 놈은 일어선다.

이런 궁벽한 산 속에
나는 어찌해 살아야 하나?

밤중에 일어나 앉으면
모여드는 만 가지 시름.

아, 다섯째 곡조 부르니

노래 길게 울려 퍼지는데

혼 없이라도

어서 고향 갔으면.

乾元中寓居同谷縣作歌七首 五
건 원 중 우 거 동 곡 현 작 가 칠 수 오

四山多風溪水急 寒雨颯颯枯樹濕 黃蒿古城雲不開 白狐跳梁黃狐立
사 산 다 풍 계 수 급 한 우 삽 삽 고 수 습 황 호 고 성 운 불 개 백 호 도 량 황 호 립

我生何爲在窮谷 中夜起坐萬感集 嗚呼五歌兮歌正長 魂招不來歸故鄕
아 생 하 위 재 궁 곡 중 야 기 좌 만 감 집 오 호 오 가 혜 가 정 장 혼 초 불 래 귀 고 향

주

◆四山(사산) : 사방의 산. ◆颯颯(삽삽) : 빗소리의 형용. ◆黃蒿(황호) :
누렇게 시든 다북쑥. ◆雲不開(운불개) : 구름이 걷히지 않음. ◆跳梁(도
량) : 날뛰는 것. ◆窮谷(궁곡) : 궁벽한 산골짜기. 同谷(동곡)을 가리킨 말.
◆中夜(중야) : 밤중. ◆魂招(혼초) : 혼을 부름. 중국인들은 슬픔이나 놀라
움이 크면 혼이 흩어져 버린다고 여겼다. 그래서 종이로 기(旗)를 만들어
혼을 부르는 의식을 행했으니, 송옥(宋玉)의 「초혼(招魂)」은 이를 다룬 작품
이다. ◆不來(불래) : 초혼의 의식을 올린 결과, 설사 혼이 돌아오지 않는
다 해도.

해설

두보여! 내가 당신 앞에 무릎을 꿇어야 할 때가 온 것 같습니다. 나는 당신의 너무나 어두운 색조가 달갑지 않았습니다만, 이쯤 되면 그저 고개를 숙일 수밖에 도리가 없습니다. 바람과 시냇물과 비와 구름으로 어두운 마음의 풍경을 표현하는 것은 여전한 당신의 솜씨이기는 해도, 어쩌면 딴 시인도 할 수 있을지 모릅니다. 하지만 '흰 여우는 날뛰고, 누런 여우는 일어서는' 장면에 이르러서야 당신 아니고 누가 흉내나 낼 수 있겠습니까. 불교에서 마음을 원숭이에 비유하는 일이 있거니와, 당신의 비애는 흰 여우 되어 뛰어오르고 누런 여우 되어 일어섰구려. 견디려다 견디지 못하여, 마침내……. 두보여, 나는 당신이 천고에 독보(獨步)하는 시인임을 진심으로부터 인정합니다. 그리고, 당신이 누구보다도 불행한 시인이었다는 점도.

비가 6

남쪽 늪 속에는
용이 살고

고목(古木)은 높이 솟아
가지 서로 늘어졌다.

나뭇잎 지면
용은 숨고

독사는 나타나
물 위에 도사린다.

내가 가는데
이게 웬놈이냐고

칼을 빼어 치려다가
그만두고 만다.

아, 여섯째 곡조 부르니
노래에 없는 다하지 않는 비애!

골짜기야, 나를 위해
봄이라도 보내 오렴.

乾元中寓居同谷縣作歌七首 六
건 원 중 우 거 동 곡 현 작 가 칠 수   육

南有龍兮在山湫　古木巃嵸枝相樛　木葉黃落龍正蟄　蝮蛇東來水上游
남 유 용 혜 재 산 추　고 목 농 종 지 상 규　목 섭 황 락 용 정 칩　복 사 동 래 수 상 유

我行怪此安敢出　拔劍欲斬且復休　嗚呼六歌兮歌思遲　溪壑爲我廻春姿
아 항 괴 차 안 감 출　발 검 욕 참 차 부 휴　오 호 육 가 혜 가 사 지　계 학 위 아 회 춘 자

주

◆山湫(산추) : 산에 있는 늪이나 못. ◆巃嵸(농종) : 나무가 높이 솟은 모양. ◆樛(규) : 가지가 늘어짐. ◆蟄(칩) : 동면하는 것. 용은 가을이 되면 물 속에서 잔다고 믿었다. ◆蝮蛇(복사) : 독사. 살무사. ◆溪壑(계학) : 골짜기. ◆春姿(춘자) : 봄의 양상(樣相).

해설

두보여! 슬픔이 지극해지면 도리어 장한 양상을 띠게 되는 겁니까. 나는 당신의 이 시를 읽으며 비장(悲壯)의 뜻을 생각하게 됩니다. 항우(項羽)의 노래를 읽고 그것이 영웅의 기개요, 시인의 미칠 바 아니라 했더니, 당신은 시인이되 영웅의 본색을 나타냈구려. 두보여, 당신은 왜 칼을 들어 독사를 베지 않았습니까. 비애란 죽여도 불사조처럼 되살아나는 것임을 안 까닭입니까. 두보여, 낙엽진 가을 물 위에 도사리는 당신의 비애를 어쩌지 못한 시인이여! '봄'이 오기를 열망하다가 '가을' 속에서 죽어간 사람이여!

비가 7

사나이로 태어나
공명은 못 이룬 채 몸만 늙어서

3년이나 굶주려
산골을 헤매다니…….

서울의 재상들은
대개가 젊은이들

부귀는 일찍이
잡아야 하는 건가.

산중의 선비야
진작부터 친한 사이

그와 옛 애기 하며
마음 상해할 뿐.

아, 일곱째 곡조 부르니
초라한 내 노래를 마감하리라.

하늘을 우러러보니
해는 빠르기도 하다.

乾元中寓居同谷縣作歌七首 七
건 원 중 우 거 동 곡 현 작 가 칠 수　칠
男兒生不成名身已老 三年饑走荒山道 長安卿相多少年
남 아 생 불 성 명 신 이 로　삼 년 기 주 황 산 도　장 안 경 상 다 소 년
富貴應須致身早 山中儒生舊相識 但話宿昔傷懷抱
부 귀 응 수 치 신 조　산 중 유 생 구 상 식　단 화 숙 석 상 회 포
嗚呼七歌兮悄終曲 仰視皇天白日速
오 호 칠 가 혜 초 종 곡　앙 시 황 천 백 일 속

주

◆生不成名(생불성명) : 태어나서 공명(功名)을 이루지 못함. ◆荒山(황
산) : 황폐한 산골. ◆卿相(경상) : 대신. 재상. ◆少年(소년) : 젊은이. ◆應
須(응수) : 응당. 모름지기 ~할 것이다. 기대의 뜻을 나타냄. ◆致身(치
신) : 임금을 섬기는 것. ◆宿昔(숙석) : 예전 이야기. ◆悄(초) : 근심에 잠
기는 모양. ◆皇天(황천) : 하늘. ◆白日(백일) : 해.

해설

공명을 세우기는커녕 굶주려 산골을 헤맨 3년의 생활을 회고하고 신세를 한탄했다. 황제에게는 밉보였고 모처럼 얻어 한 벼슬도 버렸고. 48세의 시인에게는 적잖은 초조가 따랐으리라.

두보의 생애와 시 — 이원섭

1. 낙양(洛陽)과 장안(長安)에서의 우울

서기 712년(先天元年) 두보는 하남성 낙양(洛陽) 근처인 공현(鞏縣)에서 태어났는데, 공교롭게도 현종(玄宗)이 등극한 해와 겹치는 것도 재미있다. 그가 오(吳)를 멸하여 삼국(三國)의 대립에 종지부를 찍은 명장이자 좌씨전(左氏傳)의 주석으로 이름 있는 학자이기도 했던 진(晉)의 두예(杜預)의 후손이라 하나 그것은 13대 이전의 일이요, 대체로 현령(縣令) 따위 지방관이나 해온 가문이어서, 측천무후(則天武后) 때 시인으로 이름이 높았던 두심언(杜審言)이 바로 조부라는 것말고는 명사(名士)라곤 눈에 띄지 않는다. 후일 두보가 "시는 우리 집안의 일[詩是吾家事]"이라 하여 시의 명문인 듯 자부한 것도 이를 두고 한 말이다.

문학사적인 시각에서 두보의 일생을 몇 시기로 나누려 들 때, 누구나 먼저 안록산(安祿山)의 반란을 머리에 떠올릴 것이다. 755년 11월에 있은 이 사건은 당(唐)의 운명만이 아니라 두보의 생애에도 큰 파장을 미쳐, 그를 엄청난 고난 속으로 몰고 갔기 때문이다. 따라서 이 반란 발생 이전의 상황과 그 이후에 더듬은 행적으로 양분(兩分)할 수도 있을 것이다. 그러나 반란이 발생한 이후의 생애가 15년 정도밖에 안 됨에도 불구하고, 그 동안에 겪어야 했던 과정은 백년·천년에 겪어야 할 고난을 압축시켜 놓은 것이나 다름이 없었던 터이니까 간단치는 않다. 그러므로 이를 다시 넷이나 다섯·여섯으로 나눌 수도 있겠으나, 크게 보아 피란길에 올라 성도(成都)에서 몇 해 작은 편안함이나마 누리던 때를 기준으로 삼아, 그 이전인 성도에 이르기까지의 과정과, 다시 성도를 떠나 양자강을 끼고 내려가면서 겪는 암울한 표박(漂泊) 같은 것을 추가함이 좋을 듯도 하다.

그리하여 첫 시기를 안록산의 반란 이전이라 할 때, 44세가 되기까지 두보의 생활 터전이 된 것은 낙양(洛陽)과 장안(長安)이다. 후일 '장유(壯遊)'라는 시에서 회고한 것에 의하면 일곱 살쯤에는 이미 시를 쓰기 시작하고, 열 네다섯 살 때에는 시인들의 모임에 끼어 있었다 하니까, 매우 조숙했던 모양이다. 그리고 20세에는 훌쩍 길을 떠나 몇 해를 남방의 강소성·절강성 일대를 유람하면서 보내다가, 24세 때 낙양으로 돌아와 과거에 응했으나 낙제하자, 이듬해에는 다시 산동성·하북성으로 명승고적 탐방에 나서서, 30세가 되어서야 낙양으로 돌아오고 있다. 대략 십년을 여행으로 지낸 것이 되는데, 이것도 결국은 호연지기(浩然之氣)를 기름으로써 시에 거창한 생명력을 불어넣으려는 의도였을 것으로 보인다.

그러나 이런 처신이 크게 부유하지도 못했을 가정 형편을 궁지로 몰아넣었을 것은 뻔하니, 그가 황제에게 삼대예부(三大禮賦)니 봉서악부(封西嶽賦)니 하는 글을 바친다든가, 권문세가에게 장문(長文)의 시를 보낸다든가 하여 아첨에 가까운 태도를 취한 것도 이해가 간다. 재주라곤 시 쓰는 능력밖에 없는 그로서야 벼슬을 얻어 하는 것 외에 어떤 타개책이 있었겠는가. 그리하여 44세 때에는 살아갈 길이 막혀버려 처자를 봉선현(封先縣)까지 끌고 가 처가에 맡겨 놓아야 했고, 그리하여 이듬해 다시 가족을 찾아갈 때의 처참한 모습을 다룬 것이

이 책에 수록된 「봉선현을 찾아가면서」라는 시다. 그리고 그의 오랜 소원이 달성되어 태자우위솔부(太子右衛率府)의 병조참군사(兵曹參軍事)라는 미관말직에 취임한 것이 755년 10월이요, 11월에는 가족이 걱정돼 봉선현을 찾아 나섰으니까, 그 관직을 탐탁하게 여긴 것은 되지 않는다.

그리고 이 시기에 있어 보다 중요한 것은 이백(李白)과의 만남이다. 744년 여름 이백이 한림(翰林) 자리에서 쫓겨나 낙양에 들르게 됨이 두 사람을 묶는 계기가 되고, 고적(高適)과도 이때에 알게 되었다. 그리하여 세 시인은 같이 하남성에 노닐기도 하고, 다음해에는 하남성·산동성을 여행하기도 했다. 그리고, 연주(兗州)에서 헤어진 것이 이백과의 마지막 만남이 되고 말았다.

이때에 이백으로부터 강한 인상을 받은 듯, 후일 두보는 그를 소재로 하는 꽤 많은 시를 남기고 있다. 그를 찬양하기도 하고, 역경에 처한 그를 변호하기도 하고 안타까워하기도 했다. 꿈에서 만나기까지 하여, 그것을 노래한 작품마저 있다. 이에 비해 이백 쪽에서 뜨거운 우정을 두보에게 쏟은 흔적은 안 보인다. 서로 만났을 때에 두보에게 준 시가 있기는 하지만 덤덤한 데 그친다. 헤어진 후에는 아예 언급한 일조차 없다. 그러면 두 사람의 이런 관계는 어디서 온 것일까. 이백은 두보에 비해 11년이나 연장자다. 게다가 개성이 서로 다르다. 그러기에 두보로서는 까마득한 선배가 토해 내는 분방한 정열에 깊이 끌린 반면에, 호방한 성격인 이백에게는 이 후배의 사실적인 시풍이 평범하게만 느껴졌던 것인지도 모른다.

2. 험난하기만 한 촉도(蜀道)

775년 11월에 반란을 일으켰던 안록산은 한 달 만에 낙양을 점령하고 이듬해 정월에는 용상에 올라 앉아 황제로 자처하기도 하는 따위로 무서운 기세를 떨치는가 하면, 장안에서는 혼비백산한 현종이 촉(蜀)을 향해 몽진(蒙塵) 길을 떠나야 하는 초라한 신세로 전락한다. 더구나 그 도중에서 호종하는 군대의 강요에 못 이겨 그토록 사랑하던 양귀비(楊貴妃)를 내주어 목졸라 죽이는 것을 지켜보아야 했으니, 이만 저만 구겨진 황제의 위신은 아닌 것이 된다.

이렇게 급격하게 변동하는 시국 속에서, 두보는 가족을 봉선(奉先)에서 백수(白水)를 거쳐 부주(鄜州)의 강촌(羌村)으로 옮기고, 숙종(肅宗)이 영무(靈武)에서 즉위했다는 소식에 접하자 황제 있는 곳을 찾아 길을 떠났다가, 이내 반란군에 잡혀서 장안에 억류되는 불운을 겪어야 했다. 그러나 이듬해인 757년 4월에는 용케도 탈출해 섬서성의 봉상(鳳翔)에 옮겨와 있던 숙종(肅宗)의 행재소(行在所)에 도착하는 데 성공하고, 그런 그가 기특하다 하여 좌습유(左拾遺)에 임명되니, 품계는 낮다 해도 간관(諫官)의 중요한 직책이라, 두보로서는 처음으로 벼슬다운 벼슬을 해보는 것이 되었다.

그러나 동관(潼關)을 지키다가 패한 재상 방관(房琯)을 변호하다가 황제의 노여움을 사서 이듬해에는 화주(華州)의 사공참군(司功參軍)으로 좌천되었는데, 그의 고난이 극에 달한 것은 이때부터다. 마침 기근까지 겹쳐 도저히 식솔을 먹여 살릴 수 없게 된 두보는 벼슬을 버리고, 진주(秦州)로 가고 다시 동곡(同谷)으로 옮아갔지만, 어디에도 그의 안식처는 없었다. 특히 동곡에서는 도토리를 줍고 둥글레 싹을

캐야 하는 기아의 막바지로 몰려야 했으니, 그런 사정은 「비가[원제는 乾元中寓居同谷縣作歌七首]」에 처참히 나타나 있다. 그리하여 다시 '촉나라 가는 길은 청천(靑天)에 가는 것보다도 험난하다'고 이백이 노래한 촉도(蜀道)를 거쳐 성도(成都)에 도착한 것이 759년 12월의 일이었으니, 안록산의 반란을 44세 때 맞았던 우리 시인은 어느덧 48세가 돼 있었다. 그리고 두보가 가장 왕성한 창작욕에 끓어올랐던 것도 바로 이 시기여서, 「북정(北征)」을 비롯한 여러 명작들을 남기고 있다.

3. 완화초당(浣花草堂)에서의 한때

안록산의 반란으로 야기된 중첩되는 고난에 시달리던 것이 둘째 시기였던 데에 비해, 성도에 도착하고 난 뒤로는 비교적 미미하지만 안정을 되찾은 셋째 시기에 두보는 놓이게 된다. 그리고 이런 그의 생활에 터전이 되어 준 것이 이르는 바 완화계초당(浣花溪草堂)이다.

연말에 성도에 도착한 두보는 잠시 완화계의 사찰에 기거하다가, 곧 그곳에 와 있던 이모의 아들인 왕사마(王司馬)가 제공하는 돈으로 집을 짓기 시작하여 이듬해인 766년 늦봄에는 초당의 낙성을 보고, 여러 유지들이 살림살이의 기구를 대고 뜰에 심을 나무도 기증해 주어 일단 주거지가 마련된 것이었다. 그리고 마침 멀지 않은 촉주(蜀州)에는 옛 친구인 고적(高適)이 자사(刺史)로 와 있어서, 두보와 서로 오가면서 우정을 나누는 편의가 있었고, 이윽고 세교(世交)가 있는 엄무(嚴武)가 서천절도사(西川節度使)가 되어 성도에 부임해 옴에 미쳐서는 이곳은 결코 낯선 땅만은 되지 않았다. 엄무는 무인이면서도 시에 대한 이해와 너그러운 면도 있는 사람이어서, 두보의 생활을 안정시킴에 있어 큰 도움이 되었던 것으로 보인다. 이런 안정 탓인지 이때의 「강촌(羌村)」·「낙일(落日)」·「봄비 오는 밤」·「낙화[可惜]」 같은 시에는 유한(幽閑)한 정경이나 모처럼인 가정의 단란을 노래한 것이 많다.

　그러나 이것도 잠시의 일이어서 762년 7월 엄무가 중앙 정부의 관직으로 전근하자 두보는 배에 동승하여 멀리 면주(綿州)까지 따라가 전송한 것까지는 그렇다 쳐도, 서천병마사(西川兵馬使) 서지도(徐知道)가 반란을 일으킴에 미쳐 성도로 못 돌아가게 되자 재주(梓州)로 가서 아우를 시켜 가족을 불러 오고, 이후로는 재주·면주·한주(漢州) 사이를 왔다 갔다 하기 2년, 마침내는 낙양으로 돌아가려고 먼저 낭주(閬州)에 이르렀을 때, 엄무가 다시 성도에 부임해 왔다는 소식을 듣고는 다시 완화계초당으로 발길을 돌리는 따위의 일로 몇 해를 보내기도 했다. 그리하여 막료가 되라는 엄무의 권고를 받자 이전과는 달리 순순히 응해, 조정으로부터 절도참모(節度參謀)·검교공부원외랑(檢校工部員外郎)의 첩지를 받고 비어대(緋魚袋)를 하사받기도 한다. 그러나 다 늙은 나이에 남의 막료 노릇을 하는 것이 달가울 리 없어 이듬해 정월에는 사직하고 초당에 돌아가 버렸다가, 5월이 되자 마침내 장안으로 가기 위해 배에 오르고 만다. 그렇다면 초당에서의 작은 안정도 결코 달가운 것만은 되지 못한 것이 될 것이다.

4. 양자강의 흐름을 타고

이리하여 54세의 노시인이 765년 5월 초당을 떠나 배에 오름으로써, 그의 마지막 시기가 전개된다. 그는 장강의 흐름을 따라 유주(渝州)·충주(忠州)·운안(雲安)을 거쳐 다음해인 766년 늦봄에는 기주(夔州)에 이르러 여기에 2년이나 머물게 된다. 이곳의 도독(都督)인 백무림(柏茂林)의 비호를 받아 조그마한 야채 농사도 짓고 과수도 가꾸면서 비교적 안정된 나날을 보낸다. 시인으로서의 원숙한 기량이 극치에 이른 듯, 「백제성최고루」·「강상(江上)」·「반조(返照)」·「밤」·「추흥(秋興)」·「일모(日暮)」·「등고(登高)」 따위 명작들을 무더기로 쏟아내고 있다.

그러나 언제까지나 안주할 데는 되지 못한 듯 768년 정월에는 이곳을 떠나 뱃길을 따라 삼협(三峽)을 벗어나 3월에는 강릉(江陵)에 이르고, 그 후 2년을 악주(岳州)·담주(潭州) 같은 데를 오고가고 하다가, 장안으로 돌아가기 위해 배에 오른 끝에 얼마도 가지 못한 채 악주·담주 중간에서 숨을 거두니 770년의 일이었고, 향년은 59세였다.

5. 엄정지(嚴挺之)의 아들

두보의 생애를 더듬을 때 어째서 이리도 불운했는가 싶은 생각이 든다. 그는 죽을 때까지 한번도 화려한 각광을 받은 일이 없이, 언제나 써늘하고 어두컴컴한 무대 뒤편에서 서성거리고 있어야 했다. 성당(盛唐)의 문화로 일컫는 개원(開元)의 봄이 아무리 무지개처럼 찬란한 그것이었다 해도, 그는 개원의 봄의 주역(主役) 중의 한 사람인 주제에 늘 권외(圈外)에 머물러 있어야 했다.

그러나 그를 둘러싼 외부적 여건이 불리하게 돌아갔던 것은 의심할 여지가 없는 대로, 그의 사람됨이 불운에 기름을 붓거나 그것을 끌어들였거나 한 점도 없지는 않은 듯 싶다.

이와 관련해 『구당서(舊唐書)』는 두보를 가리켜

"성미가 조급하고 넓은 도량이 없었다."

하고, 『신당서(新唐書)』도

"성미가 조급하고 오만했다."

고, 비슷한 말을 하고 있다. 그리고 이 글에 이어 두 책에는 똑같이 두보의 다음 같은 행동이 기록돼 있다.

서천절도사(西川節度使)로 부임한 엄무(嚴武)는 백방으로 두보를 감싸고 깍듯이 대우했으며, 그를 막료로 삼아 조정으로부터 직첩까지 받게 해주었건만, 어느 날 술에 취한 두보는 엄무의 의자에 올라가 앉아 엄무를 똑바로 바라보면서,

"엄정지니까 이런 아들 녀석을 두었지[嚴挺之有此兒]!"

라고 빈정대니, 이에 대해 엄무는 화를 내면서도 문제삼지는 않았다 함이 『구당서』의 기록인 데 비해, 『신당서』는 이때에 엄무는 당장은 분을 참고 넘기면서도 마음에 담아 두었다가 어느 날 두보를 죽이려 했으나, 이를 들은 엄무의 어머니가 만류하고 나서는 통에 화(禍)를 면했다 하고 있다.

어느 쪽이 사실인지는 알 길이 없기는 해도, 두보의 이런 폭언은 있었다고 보아야 할 것 같다. 중국에는 두보의 팬들이 많고, 그런 사람 중에는 그럴 리 만무하다 하여 엄무에게 보낸 두보의 여러 시들이라든가, 절도사로 있다가 장안으로 돌아가는 엄무를 멀리까지 여행하면서 전송한 일 따위를 근거로 제시하기도 한다. 물론 그런 자료에 나타나 있듯 두보가 엄무의 호의를 더없이 고맙게 생각하고 있었던 것은 엄연한 사실이다. 그러나 그것이 이같은 돌출행동의 가능성을 말소하지는 못한다. 남다른 천재를 지닌 두보고 보면 천하를 눈 아래로 굽어보는 호기가 없을 리 만무하고, 그런 호기는 역경에 뒹굴수록

커질 개연성이 높은 바에는, 평소에 임무의 우정을 감사히 여기는 것과는 별도로 그런 언행은 취기를 틈타 얼마든지 분출할 수도 있을 것이기 때문이다. 더욱이 「봉선현을 찾아가면서」라는 작품에 나타나 있듯 두보가 평소에 자기를 직(稷)과 설(契)로 자처하고 있는 사람인데야 당연하지 않겠는가.

그리고 내킨 김에 순임금[舜]을 보좌해 중국 정치의 하나의 이상을 실현한 인물들로 자처한 것과 관련해, 내가 지적하고 싶은 것은 엄청난 포부와 두보의 능력 사이에서 빚어지는 괴리다. 역대의 두보 팬들 중에는 두보가 때를 만났더라면 천하를 태평으로 돌려놓는 업적을 이뤘을 것이라고 생각하는 사람도 적지 않다. 그러나 그러기에는 너무나 큰 결함을 지니고 있는 사람이 두보인 것이었다.

먼저 판단의 오류를 그는 도처에서 드러내고 있다. 모처럼 간관이라는 중요한 직책에 등용된 바에는 신중하게 처신만 했던들 적어도 친구인 고적(高適)처럼 절도사(節度使) 한 자리쯤은 얼마든지 차지할 가능성이 있었다. 그런데도 그는 좌습유(左拾遺)에 임명된 뒤에 바로 한 일이 전쟁에서 패한 방관(房琯)을 옹호하는 일이었다. 나라가 풍전등화와도 같은 위기에 몰린 판국에서, 작은 실수가 있다 하여 대신을 파면해서는 안 된다 주장하고 나섰으니, 황제의 노여움을 살 것은 자명했다고 해야 한다.

그리하여 화주(華州)의 사공참군(司功參軍)으로 좌천되고 나서, 기근을 견디기 어렵다는 이유로 관직을 버리고 진주(秦州)·동곡(同谷)으로 간 것에도 문제는 있다. 아무리 시시해도 벼슬은 벼슬이다. 그 자리를 고수했더면 혹독한 기아로는 몰리지 않았을 것이다. 그런데도 식량을 구해 하필이면 궁벽한 산골을 찾아간 끝에 갖은 고초를 겪어야 했다. 이 또한 그릇된 선택임이 분명하다.

그리고 촉(蜀)의 땅인 성도(成都)에 정착한 것은 일단 성공이었다고 치자. 그러나 이 '성공'이라는 말은 당장 먹고 살 수는 있었다는 것일 뿐, 정치의 중심권과 이렇게 격리돼 있어서는 관직을 다시 얻어 출세할 가능성은 스스로 차단하는 일이기도 한 점에서, 결코 현명한 결정이기만 한 것은 되지 않는다. 거기에다가 앞에서 언급한 것 같은 참을성 없는 일면이 있었다면, 명재상과는 처음부터 인연이 먼 사람됨이었다고 단정지어도 좋을 것이다.

그러나 옛날의 이상적 정치가에 자신을 견준 것에는 긍정적인 면도 없지는 않다. 설사 그것이 매우 주제넘은 일이었다고 치더라도, 그런 자부는 천하의 아픔을 온통 자기의 아픔으로 바꾸는 효능을 낳아, 드디어는 두보를 절세(絶世)의 대시인으로 자라게 했기 때문이다. 그렇다고 두보의 천부적 시재(詩才)를 도외시해도 좋을 리는 없겠지만, 그를 항상 따라다녔던 불운과, 다시 그 불운에 기름을 붓는 구실을 하고 만 그의 인간적 결함이 어우러져 그의 업적이 이루어졌음을 생각하면, 그의 불운도 실은 행운이었고, 그의 성격의 결점도 하나의 장점이었음이 될 것이다. 「이두(李杜)의 시집을 읽고 책 뒤에 적어 둔다」는 제목의 시에서, 바로 이 점을 백낙천(白樂天)은 이렇게 노래했다.

하늘의 깊은 뜻을 그대는 알라.
인간(人間)에는 좋은 시 꼭 있어야 하는 것을!
天意君須會 人間要好詩

6. 집대성(集大成)이요 시사(詩史)

그러면 두보가 이루어낸 문학이란 어떤 것이었던가. 일찍이 임어당 (林語堂)은 먹는 것에 관심이 많은 민족성을 지적하여 '중국은 위(胃) 의 문화'라고 농담을 한 일이 있거니와, 그와는 다른 뜻에서 나는 두 보에게 '위의 시인'이라는 칭호를 바치고자 하는 충동을 느낀다. 그는 보고 듣는 것 모두를 집어삼키고 소화시킴으로써, 이를 시로 승화시 키는 희한한 재주를 지니고 있었기 때문이다.

그는 황금기를 맞아 꽃밭처럼 찬란했던 장안과 낙양의 봄날을 삼켜 버렸고, 그 화려함에 따르는 으시시한 음영(陰影)도 삼켜 버렸다. 안 록산이 일으킨 돌풍도 삼켜 버렸다. 몽진 길에 오르면서 허둥대다 버 려진 왕손(王孫)도 삼켜 버렸다. 험준하기로 이름높은 구당(瞿唐)의 석 문(石門)도 삼켜 버리고, 삼협(三峽)의 하늘에 걸려 흔들리고 있는 은 하도 삼켜 버렸다. 집집마다에서 일어나는 곡성도 삼켜 버렸다. 백제 성(白帝城)에서 울려 퍼지는 다듬이 소리도 삼켜 버렸다. 징병에 걸려 모자(母子)가 흘리는 눈물도 삼켜 버렸다. 천신만고 끝에 찾아가 만난 처자의 파리한 얼굴에, 메고 간 보따리를 푸는 것과 함께 생기(生氣) 가 도는 것을 바라보던 애처로움도 삼켜 버렸다. 산천을 삼켜 버리 고, 전개되는 역사의 물줄기를 삼켜 버렸다. 일체를 삼켜 버렸다.

그리고 그 모두를 소화해 냈다. 마치 무한대의 용광로이기나 한 듯 깡그리 녹여 버렸다. 그러고는 녹아 버린 그 하나하나에 정서의 색동 옷을 입혀 주었다. 날개를 달아 주어 하늘을 날게 하고, 무지개 되어 하늘에 걸려 찬란한 광채를 발하게 해주었다. 그리하여 그의 작품은 시인 자신의 것이 아닌 당시에 고통받던 중국인 모두의 노래로 바꿔

고, 한 격동기의 참상을 더없이 생생하게 전하는 기록으로 바뀌었다. 그러므로 시사(詩史)라는 평가가 나올 만도 했던 것이니, 그의 손에서 나온 것은 시이자 한 시대의 역사요, 한 시대의 역사이자 시이기도 한 것이었다.

많은 사람들이 그에게 리얼리스트라는 딱지를 달아 주려 하는 것에도 일리는 있다. 분명히 그는 한 시대의 아픔을 더없이 생생하게 묘사해 냈으니까 그 같은 부류에 포함시키기도 싶을 것이다. 그러나 그의 리얼리즘은 낭만을 배제하고 현실 추종에만 기울어 무미건조해진 그런 리얼리즘과는 다르다. 그의 작품 「춘망(春望)」만 해도 그렇다.

나라는 깨져도 산하(山河)는 남고
옛성에 봄이 오니 초목 우거져…….
시세(時勢) 설워하여 꽃에도 눈물 짓고
이별이 한스러워 새 소리에도 놀래는 것.
봉화 석 달이나 끊이지 않아
만금(萬金)같이 어려워진 가족의 글월.
긁자니 또다시 짧아진 머리
이제는 비녀조차 못 꽂을레라.

반란군에 점령당한 장안에 납치돼 있을 때의 작품인데, 여기에 넘쳐나는 것은 슬퍼하고 안타까워하는 정서다. 현실의 참상은 정서 뒤에 깔려 있다. 물론 객관적 묘사에 기운 듯한 삼리(三吏)·삼별(三別)이나 북정(北征) 따위 작품이 없는 것은 아니라 해도, 이런 경우에도 정서가 그같은 현실 묘사 뒤에 깔려서 그것에 침통한 분위기를 더해주고 있는 것이니까, 정서가 표출된 경우와 결과에 있어서는 매한가지다. 이런 점을 놓친다면, 그의 시에 접근하는 길은 영원히 막히고 말 것이다.

그리고 이같이 특이한 감성의 소지자였기에, 그는 지극히 다양한 것을 시의 소재로 삼아 갖가지 기법을 동원하여 그것을 형상화하는 결과를 낳기도 했다. 과거의 유교도들은 두보의 시를 충군우국(忠君憂國)의 표본이나 되는 듯 보아 왔고, 또 그런 점이 짙은 것도 사실이다. 그러나 이것은 황제에 대한 충성을 떠난 애국을 꿈에도 생각할 수 없었던 1200년 전의 시대적 제약에서 오는 결과라 해야겠고, 또 그런 종류의 시에서도 제왕의 실덕과 사치·방탕 따위에 대한 규탄이 찬양하는 듯한 표현 속에 날카로운 가시가 되어 숨겨져 있는 일이 적지 않다. 허세를 부리는 고관과 무능한 장군에 대한 질책도 있다. 고통에 신음하는 서민의 참상이야 이를 것도 없지만, 때로는 한적(閑寂)함을 즐기는 풍류도 나타나는가 하면 귀뚜라미 같은 미물에 쏟는 애정도 나타난다. 심지어 생존의 부조리에 언급한 것도 있고, 불교·도교에 대한 관심을 표명한 것까지 끼어 있다.

요컨대 눈에 띄는 모든 것에 관심을 보인 것이 되려니와, 이를 시로 형성(形成)함에 있어서도 갖가지 기법을 제 것으로 만들었다. 특히 중국 시의 전통 속에서 많은 것을 배운 것이니, 두보의 묘지명(墓誌銘)에서 백년 뒤의 시인 원진(元稹)은 이렇게 말했다.

"위로는 풍아(風雅)에 다가서며 아래로는 심송(沈宋)을 아우르고, 언어는 소리(蘇李)의 것을 뺏으며, 기(氣)는 조류(曹劉)의 것을 삼키고,

안사(顏謝)의 고고(孤高)를 뒤덮으며, 서유(徐庾)를 뒤섞어서 남김 없이 옛 사람의 체세(體勢)를 얻은데다가, 지금 사람의 장점들을 겸했다."

풍아란 국풍(國風)과 대아(大雅)·소아(小雅)를 지칭한 것이어서 『시경(詩經)』이요, 그 아래 인명은 초당(初唐)의 심전기(沈佺期)·송자문(宋子問)과, 전한(前漢)의 소무(蘇武)·이릉(李陵)과, 후한(後漢) 말기의 조식(曹植)·유정(劉楨)과, 남북조(南北朝) 시대 송(宋)의 안연년(顏延年)·사영운(謝靈運)과, 역시 남북조 시대의 나라인 양(梁)의 서릉(徐陵)·유신(庾信)을 이른다. 결국 긴 중국사의 전통을 검토하여 이름 있는 선배들의 각기 다른 장점을 모두 취해서 이를 자기 것으로 만든 것이 두보라는 지적이다. 그렇다면 두보는 격동하는 현실 상황에만 거대한 위(胃)의 소유자임을 과시하는 데 그치는 것이 아니라, 중국 시의 장구한 전통에 대해서까지 위대한 소화력을 발휘한 것이 되겠다. 그의 시에 집대성(集大成)이라는 이름이 붙는 것도 이 때문이니, 여기에도 두시(杜詩)로 하여금 천고에 독보(獨步)케 한 요인의 하나가 숨어 있었을 것은 생각되고도 남는다. 원진은 묘비명에서 앞의 인용문에 이어서 다음 같은 단안을 내렸다.

"시인이 있은 이래 두보와 같은 사람은 없었다."고.

연보(年譜)

712년(선천先天 원년, 1세)
하남(河南)의 공현(鞏縣)에서 두한(杜閑)의 아들로 태어나다.

725년(개원開元 13년, 14세)
문인들과 접촉. 낙양(洛陽)에서 이귀년(李龜年)의 노래를 듣다.

730년(개원 18년, 19세)
산서(山西)의 구현(郇縣)에 놀다.

732년(개원 20년, 21세)
오월(吳越)에 유랑(3년 간).

735년(개원 23년, 24세)
오월에서 낙양으로 돌아옴. 과거에 실패.

736년(개원 24년, 25세)
산동(山東)·하북(河北)에 놀면서, 소원명(蘇源明)과 사귀다.

741년(개원 29년, 30세)
낙양으로 돌아와 육혼장(陸渾莊)을 짓고 살다.

744년(천보天寶 3년, 33세)
할머니가 죽다. 이백(李白)과 낙양에서 만나다. 가을에 이백·고적(高適)과
양송(梁宋)을 여행.

745년(천보 4년, 34세)
하남·산동에 놀다. 가을 연주(兗州)에서 이백과 만나다. 얼마 뒤 두 사람
은 성 동쪽의 석문(石門)에서 헤어졌는데, 그것이 마지막 이별이 되다.

746년(천보 5년, 35세)

장안(長安)에 나타나다. 「음중팔선가(飮中八仙歌)」 등의 작품이 있다.

747년(천보 6년, 36세)

칙명(勅命)으로 일예(一藝)에 통한 자를 시험하게 되어 거기에 응했으나 낙제. 「천구부(天狗賦)」를 황제에게 바치다.

751년(천보 10년, 40세)

「삼대예부(三大禮賦)」를 바치다.

753년(천보 12년, 42세)

「여인행(麗人行)」·「배정광문유하장군산림십수(陪鄭廣文遊何將軍山林十首)」.

754년(천보 13년, 43세)

가족을 장안으로 옮겼으나 생계를 잇지 못해 처자를 봉선현(奉先縣)의 지인(知人)에게 맡기다. 시를 고관에게 바쳐 벼슬하려 애쓰다.

755년(천보 14년, 44세)

9월, 처자를 만나러 봉선(奉先)에 갔다가 10월에 귀경(歸京). 하서위(河西尉)에 임명되었으나 받지 않고, 우위솔부주조참군(右衛率府冑曹參軍)이 되다. 11월, 안록산의 반란이 일어나다. 낙양이 함락.

756년(지덕至德 원년, 45세)

5월, 난을 피해 봉선현(奉先縣)으로 가서 가족을 백수현(白水縣)으로 옮기다. 6월, 다시 부주(鄜州)의 강촌(羌村)으로 이사. 숙종(肅宗)이 영무(靈武)에서 즉위했다는 말을 듣고 거기에 가려다가 적군에 잡혀 장안에 유폐되다. 「월야(月夜)」·「애왕손(哀王孫)」·「대설(對雪)」 등을 쓰다.

757년(지덕 2년, 46세)

4월, 장안에서 탈출하여 봉상(鳳翔)의 행궁에 도착하다. 5월, 좌습유(左拾

遺)에 제수되다. 그러나 방관(房琯)을 변호하다가 숙종(肅宗)의 노여움을 사서 부주(鄜州)의 가족에게 돌아가다. 11월, 장안으로 돌아오다. 「희달행재소삼수(喜達行在所三首)」·「술회(述懷)」·「행차소릉(行次昭陵)」·「팽아행(彭衙行)」 등을 쓰고, 특히 「북정(北征)」으로 대시인의 지위를 굳히다.

758년(건원建元 원년, 47세)
좌습유(左拾遺)로서 장안에 있다 6월, 방관(房琯)이 빈주자사(邠州刺史)로 좌천됨에 따라, 두보도 화주(華州)의 사공참군(司功參軍)에 임명되어 중앙을 떠나다.

759년(건원 2년, 48세)
기근으로 벼슬을 버리고, 먹을 것을 찾아 진주(秦州)로 가고, 다시 동곡(同谷)으로 옮기다. 더욱 빈궁에 빠져 촉(蜀)으로 들어가, 성도(成都)의 완화계사(浣花溪寺)에 묵다. 「신안리(新安吏)」·「동관리(潼關吏)」·「석호리(石壕吏)」·「신혼별(新婚別)」·「수로별(垂老別)」·「무가별(無家別)」·「몽이백이수(夢李白二首)」·「진주잡시이십수(秦州雜詩二十首)」·「건원중우거동곡현작가칠수(乾元中寓居同谷縣作歌七首)」·「검문(劍門)」 등의 중요한 시를 쓰다.

760년(상원上元 원년, 49세)
완화계(浣花溪)의 초당을 준공. 「촉상(蜀相)」·「유객(有客)」·「강촌(江村)」·「한별(恨別)」.

761년(상원 2년, 50세)
초당에서 지내다. 고적(高適)이 내방(來訪). 「객지(客至)」·「춘야희우(春夜喜雨)」·「낙일(落日)」·「만흥구수(漫興九首)」 등.

762년(보응寶應 원년, 51세)
엄무(嚴武)의 원조를 많이 받다. 엄무가 중앙으로 영전하는 것을 봉제현(奉濟縣)까지 가서 전송하다. 그때 마침 서지도(徐知道)가 반(叛)해서 성도(成

都)에 못 돌아가고 재주(梓州)에 가서 머물다. 늦가을에야 성도(成都)에 가서 가족을 이끌고 재주로 돌아오다.「야망(野望)」·「소년행(少年行)」. 이백이 죽다.

763년(광덕廣德 원년, 52세)

관군이 하남·하북을 수복했다는 소식을 듣고 낙양에 돌아갈 뜻을 품게 되었다.「문관군수하남하북(聞官軍收河南河北)」·「춘일재주등루이수(春日梓州登樓二首)」·「유감오수(有感五首)」.

764년(광덕 2년, 53세)

초봄에 동방으로 돌아가려고 길을 떠났으나, 엄무(嚴武)가 다시 절도사로 온다는 말을 듣고 계획을 고쳐 성도로 가다. 엄무의 추천으로 절도참모(節度參謀)·검교공부원외랑(檢校工部員外郞)에 임명되어, 그 막하(幕下)가 되다.

765년(영태永泰 원년, 54세)

정월, 막부를 떠나 완화초당으로 돌아오다. 5월에 초당을 떠나 양자강을 따라 내려가, 유주(渝州)·충주(忠州)를 거쳐 9월에는 운안(雲安)에 이르다. 병으로 여기에 머물다.「우묘(禹廟)」.

766년(대력大曆 원년, 55세)

기주(夔州)로 가서 서각(西閣)에 묵다. 그곳의 도독(都督) 백무림(柏茂林)의 원조를 받다.「백제성최고루(白帝城最高樓)」·「강상(江上)」·「반조(返照)」·「제장오수(諸將五首)」·「초각(草閣)」·「추흥팔수(秋興八首)」·「영회고적오수(咏懷古跡五首)」·「각야(閣夜)」 등을 쓰다.

767년(대력 2년, 56세)

채소를 가꾸어 생활하다. 아우 관(觀)이 장안(長安)으로부터 찾아오다.「등고(登高)」·「구일오수(九日五首)」.

768년(대력 3년, 57세)

정월, 기주(夔州)를 떠나 3월에는 강릉(江陵)에 도착. 늦가을에는 공안(公安)에 이르고, 세모에는 악주(岳州)에 이르다. 「공안현회고(公安縣懷古)」·「세안행(歲晏行)」·「등악양루(登岳陽樓)」 등.

769년(대력 4년, 58세)

정월에 악주(岳州)를 떠나 동정호(洞庭湖)에 이르고, 상수(湘水)를 거슬러 올라가 담주(潭州)로 가다. 다시 남하하여 형주(衡州)로 갔으나 여름에는 담주로 돌아와 여기에 머물다. 「발담주(發潭州)」·「강한(江漢)」.

770년(대력 5년, 59세)

담주에서 이귀년과 만나다. 양양(襄陽)·낙양(洛陽)을 거쳐 장안으로 가고자 했으나, 겨울에 담주·악주 사이에서 죽다. 「강남봉이귀년(江南逢李龜年)」·「소한식주중작(小寒食舟中作)」 등.